교보문고
스토리공모전

단편 수상작품집 2020

교보문고
스토리공모전

단편 수상작품집 2020

마카롱

차례

롸이 롸이

엄성용

뭐, 예전부터 독인 건 변함없지만, 이제는 확실히 사람들 대부분이 독약이라고 인식하고 있다. 뭘 얘기하는 거냐고?

"구했어?"

"당연하지. 야, 조용히 말해. 들릴라."

"아, 미안. 작게 말할게."

눈을 부라리며 노려보는 내게 성현이 서둘러 입술을 오므리며 옹알거린다.

"그거 진짜 담배 맞냐고."

그렇다. 담배. 담배를 말하는 거다.

'담배는 극약입니다.' 물론 나도 잘 안다. 하지만 뭐 어떤가? 숨도 제대로 못 쉴 만큼 지독하게 나쁜 공기가 어딜 가도 반기는데. 어차피 담배가 아니어도 세상이 독 안개 천지니, 이거나 그거나 오십보

백보란 얘기지.

성현이 내 옆자리에 가방을 던지며 털썩 앉았다. 나는 한숨을 내쉬며 교재를 펼쳤다. 강의실에는 학생이 거의 없었다. 인기도 없고 질도 떨어지는 강의인지라 수강생이 몇 없었다. 그런데 시간표 맞추느라 어쩔 수 없이 신청한 이 교양 과목이 얻어걸린 행운이 되었다.

"어, 성식아. 너도 예전에 담배 태웠었다 했지?"

선임이 제대하기 전, 나와 마지막 경계 근무를 서면서 말을 툭 던졌다.

"네, 그렇습니다."

"새끼. 너 우리 학교 후배니까 특별히 좋은 정보 하나 알려줄게. 이거 너만 알고 있어라. 복학한다 했지? 내가 휴가 나가서 들은 건데, 우리 학교에 특이한 애 하나 들어왔다고 하거든? 국문학과인데 학교 가보면 유명할 거야."

선임은 특유의 바보 같은 웃음소리를 내며 키득거렸다.

"군대 좋다는 게 뭐냐? 내가 챙겨주려는 거야, 인마. 인맥을 동원해서 어떻게든 걔랑 알고 지내라. 좋은 거 얻을 수 있으니까."

"박 병장님 친구분이십니까?"

"내 친구 아니야. 아, 그건 중요하지 않고, 중요한 건…."

'무조건 친해져라.'

맨 앞자리에 앉아 있는 연지의 뒷모습을 슬쩍 쳐다보았다. 저 애가 바로 김연지. 선임이 말했던 꼭 친해져야 할 사람. 아니, 애초에 워낙 수강생이 없어서 안면 트기부터 진행하려 한 '어떻게든 친해지기 계획'은 하루 만에 끝났다. 이렇게 인기가 없는 강의면 폐강되는 게 정상 아닌가? 무슨 강의인지는 말하지 않겠다. 뭐, 다른 학교는 같은 강의라도 인기 폭발일 수 있으니. 연지가 뒤를 획 돌아보았다. 얼른 손을 흔들며 방긋방긋 웃어 보였다. 연지가 미소로 답하며 손가락 두 개를 펼쳐 들었다.

'2시까지 모여요.'

'오케이.'

손으로 동그라미를 만들고 여전히 사람 좋은 웃음을 지으며 실실거리자, 성현이 옆에서 보고 있다가 한심하다는 듯이 내 어깨를 툭 쳤다.

"왜?"

"너 저런 이상한 애랑 왜 친하게 지내는 거냐?"

"이상한 애 아니다."

사실 꽤 이상하다. 아니, 그냥 좀 이상한 정도가 아니라 학교 전체에 소문이 자자하다.

"우리 학교에서 유일하잖아."

"상관없잖아. 남한테 피해 주는 것도 아니고."

"모르겠다. 자살행위지." 성현이 엎드리며 중얼거렸다. "마스크 안 쓰고 다니는 건 자살행위나 다름없어."

* * *

강의실이 있는 건물에서 구내식당까지는 10분 정도 걸어야 한다. 나와 성현은 준비한 특수 마스크를 꺼내 착용하고 심호흡을 몇 번 하며 테스트를 했다. 숨이 가쁘진 않은가. 냄새는 안 나는가. 여과기 모터는 잘 작동하는가. 이상이 없음을 확인한 후 우리 둘은 건물 밖으로 나섰다.

노란, 아니 싯누런 하늘 아래 많은 학생이 마스크를 착용하고 이리저리 이동 중이었다. 성현이 옆에서 뭐라고 말했지만 잘 들리지 않아 얼굴을 더 가까이 들이대자, 틸틸대는 모터 소리와 툴툴대는 말소리가 들렸다.

"귀먹었냐?"

"내가 귀를 먹은 게 아니라 네가 쓰고 있는 마스크가 구형이라 소리가 잘 안 들리는 거잖아."

"그럼 어째. 가난한 대학생이 돈이 어디 있냐. 하나 겨우 있는 거 망가트리지나 않도록 조심해야지."

미세먼지가 한창 이슈였을 때, 사람들은 걱정을 하긴 했지만 충분히 심각하게 생각하지는 않았다. 환경에 대한 걱정은 누구나 기본적으로 할 것이다. 전 세계 인구가 지구 위에서 살고 있으니 지구가 망가지는 건 집이 무너지는 거나 다름없다. 그러니 지구를 살리자고 파리기후변화협약Paris Climate Change Accord에 195개국이나 동의하지 않았겠는가? 의견은 착착 맞아서 2030년까지 온실가스 배

출량을 미국은 28퍼센트, 유럽연합은 40퍼센트, 우리나라는 37퍼센트 줄이기로 협약했다.

비극의 시작은 초강대국의 갑작스러운 똥배짱이었다. 미국이 생떼를 부리며 협약을 탈퇴한 것이다. 아, 그때는 이상하게도 이 상황이 크게 공론화되지 않았는데, 아마도 전 세계가 당시 미국 대통령의 허세로만 생각했던 것 같다. 어차피 미국 내 정권이 바뀌면 당연히 재가입할 것이라고 봤으리라. 하지만 미국과 어떻게든 경쟁하려는 또 하나의 덩치 큰 나라를 사람들은 간과했다.

바로 중국이다.

뭐, 우리는 아직도 인정하지 않지만 전 세계에서 초강대국 둘을 꼽으라면 미국과 중국일 것이다. 흔히 두 나라를 묶어 G2로 지칭할 정도니까. 규제가 유달리 심하다며 미국이 탈퇴해버리자, 중국 역시 같은 이유를 대며 협약을 탈퇴해버렸다. 일종의 기 싸움인 셈인데, 이게 파급력이 어마어마했던 게 문제였다. 당연히 전 세계는 비난을 퍼부었고 선진국이라 일컬어지는 나라들이 한목소리로 미국과 중국을 비판했지만, 우리나라는 상황이 좀 달랐다. 동맹국인 미국과의 관계와 지리적으로 근접한 중국과의 관계 모두 무시할 수 없었던 것이다. 옛말 그대로 고래 싸움에 새우 등이 터지다 못해 찌부러진 격이었다. 눈치만 밥 먹듯이 보던 정부는 이러지도 저러지도 못하고 입만 꾹 다물었다.

'온실가스 효과는 사기다'라는 주장에 힘입어 중국은 공장을 적극적으로 가동하기 시작했다. 그러자 그놈의 빌어먹을 황사가 수십

배는 커져 한반도를 덮치기 시작했다. 여기서 결단력을 드러냈어야 할 정부는 무능하기 그지없었고 찍소리도 못하는 우리를 보며 중국은 미세먼지를 말 그대로 들이부었다. 미국에 '형님, 도와주세요'라고 할 수도 없는 게 미국도 같은 의견으로 협약을 탈퇴한 상황이니, 이건 뭐. 속만 타는 거지. 힘이 없는 게 죄라면 죄일까.

그렇게 시간이 흘러 실질적으로 건강에 심각한 피해를 본 이들이 나타나기 시작하자, 정부는 부랴부랴 수습한답시고 배기가스 줄이기 운동이나 선택적 공장 가동 등의 정책을 펼치며 우리나라만 들들 볶았다. 공기 청정기와 마스크는 진작에 품절 사태. 점점 짙어지는 미세먼지와 정부의 무능함이라는 원투 펀치에 사람들은 점차 위기감을 느끼기 시작했다. 위험하다. 이 공기는 들이마시면 위험하다고.

"밥 먹고 뭐 할 거냐?"

"나 동아리 활동 있어. 오늘 모임이야. 강의도 없고."

"성식아, 그거는 주고 갈 거지? 하나 줄 거지?" 성현이 애처로운 눈으로 나를 보며 간절한 목소리로 말했다. "다, 담배…."

"이 새끼가 진짜. 둘만 있을 때 말하라고! 어련히 알아서 안 줄까."

"오. 고맙다, 룸메야. 내가 너무 찡찡대지? 헤헤."

하루아침에 흡연자들은 공공의 적이 되었다. 간접흡연이 안 좋다는 인식은 원래도 있었지만, 미디어들이 앞다투어 미세먼지의 유해성을 담배 연기와 비교하면서 흡연자들은 독을 뿌리는 벌레 취급당했다. 폭발한 여론과 국민 감정에 지지율이 떨어질까 두려움을 느낀 정부는 세금의 큰 부분을 차지하는 담배 사업을 드디어 접어버렸다. 담배를 더는 생산하지 않겠다고 발표했을 때 대통령과 정부의 지지율은 소폭이나마 상승했다. 당연히 흡연자들은 욕을 한 바가지 퍼부었지만.

해외는 아직 괜찮았기에 수입 담배를 구하려면 구할 수 있었지만, 정부는 자기들이 벌 돈을 다른 나라가 버는 게 눈꼴신지 철저히 단속했다. 그건 마치 마약 단속과도 같았다. 범죄자 취급을 당하는 것도 억울한데, 수요보다 공급이 달리니 담배 가격도 천정부지로 솟아 돈까지 펑펑 써야 했다. 결과적으로 담배는 서민이 쉽게 구하지 못하는 최고급 기호품, 아니 고가의 마약이 되었다.

그러나 나는 쉽게 구할 수 있었다. 연지와 친해져야 하는 이유가 바로 이것이다. 연지는 놀랍게도 담배를 구해서 돈도 안 받고 뿌렸다! 이 사실은 내가 속해 있는 동아리의 회원들을 빼면 누구도 몰랐다. 룸메이트인 성현에게 담배 피우는 걸 걸린 건 실수였지만, 다행히 이놈 역시 흡연자였기에 아예 공범으로 만들어버렸다. 내친김에 담배를 제공하는 대신 청소와 빨래 모두 도맡아 하는 하인으로 부려먹기까지 한 건 내가 생각해도 대단한 수습이었다.

구내식당으로 들어서며 마스크를 벗었다. 심호흡을 한 성현이 입가를 쓱 훔치며 메뉴판이 걸린 벽으로 성큼성큼 걸어갔다. 나 역시 마스크를 가방에 집어넣으며 성현의 뒤를 따랐다. 메뉴를 고르고 있는 성현의 뒤에 서서, 배식대 안 식당 아주머니를 보고 인사를 건넸다.

"안녕하세요. 와! 파마하셨어요?"

"어머나. 티 나?"

"그럼요. 얼마나 잘됐는지 한 번에 알아봤어요. 미용실 대박이네."

웃으면서 떠드는 나를 흘깃 본 성현이 혀를 차며 돈가스를 주문했다. 아주머니가 평소대로 무심하게 돈가스 한 덩이를 성현의 접시 위에 툭 올렸다.

"성식 학생은 뭐 먹을 거야?"

"어머니의 손맛은 역시 제육 아닐까요? 고기가 당기네요."

소복하다 못해 수북이 담긴 제육볶음을 테이블 위에 내려놓자, 먼저 앉아 돈가스를 입에 넣고 우물거리던 성현이 나를 물끄러미 쳐다보았다.

"파마하셨어요? 너는 그런 거 어떻게 다 아나?"

"눈치 하면 나 아니냐. 그리고 입에 뭘 넣었으면 다 씹고 말해라. 튀잖아."

"너는 새끼가 아주 그냥 외모도 좋고 머리도 좋고 목소리도 좋고 몸도 좋고 유머 감각도 좋고." 성현이 돈가스가 잘 안 잘리는지 인상을 찌푸리며 포크로 연신 찍어댔다. "다 가진 분이 뭐가 부족해서 그 동아리에 다녀?"

"취미 생활이다, 취미 생활."

"아, 취미 생활. 왜?"

"왜냐니. 말 그대로 취미 생활." 수저로 제육을 한가득 퍼담아 입에 가져가며 내가 답했다. 성현은 고개만 저을 뿐 입을 더 열지 않았다. 우리 둘은 한동안 말없이 각자의 음식을 입안에 욱여넣기만 했다.

식사를 마치고 빈 그릇을 반납하며 물을 따라 마시는 동안, 성현이 주변을 살피더니 다가와 손을 쓱 내밀었다. 나는 작은 주머니를 꺼내 성현에게 건넸다. 성현이 히죽 웃었다. 나는 몸을 살짝 숙여 성현의 귀에 입을 가까이 대고 진지한 말투로 당부했다.

"당분간 못 구하니까 이거 아껴서 조심히 피워라. 절대 걸리지 마."

"당연하지. 진짜 아끼고 아껴 피울 테니 걱정하지 마라."

"교내에서는 무조건 안 된다. 센서가 있어서 감지하니까. 걸리면 나는 모르는 일이야. 물귀신 되지 마라."

성현의 어깨를 툭툭 치며 나는 가방에서 마스크를 꺼내 들었다.

"다음 주 월요일에 보자."

"뭐? 너 어디 가나?"

"알아서 청소랑 빨래 다 해놓고. 와서 검사한다?"

오늘은 금요일이고, 주말에는 동아리 활동이 예정되어 있다. 2박 3일간의 일정이다.

나는 어깨를 으쓱하며 마스크 옆에 달린 여과기 모터의 스위치를 올렸다.

　　　　　　　　　　* * *

　동아리 방에 도착해서 문을 여니 영수 혼자 있었다. 영수는 불
도 안 켜고 검은 천을 뒤집어쓴 채 촛불을 켜놓고 뭔가를 유심히
쳐다보고 있었다. 내가 들어온 것도 모를 정도로 집중한 것 같았
다. 손뼉을 짝 치자 화들짝 놀란 영수가 천을 젖히고 콧등 아래로
내려간 안경테를 올리며 고개를 들었다.

　"엇, 선배님. 안녕하십니까?"

　"야, 방에 불은 왜 안 켜? 다른 사람들은 어디 있어? 아직 안 왔
어?"

　"아, 이거 이렇게 하면 집중이 잘 돼서…. 연지 선배님은 먹을 거
사러 가셨고요, 정식 선배님은 아직 안 오셨고, 기철 선배님은 잠깐
화장실 가셨어요. 선미 선배님은…." 어깨를 으쓱하며 영수가 중얼
거렸다. "아시잖아요. 또 어디서 순진한 애들 조련하고 있겠죠."

　"선미 걔는 진짜 무서운 애라니까."

　"교내에서 유명한 여왕님 아닙니까. 아무튼 곧 다들 모일 거예
요. 식사는 하셨어요?"

　"밥 먹고 왔지."

　"아 씨, 나도 먹어야 하는데."

　영수가 천을 다시 뒤집어쓰더니 아까같이 뭔가를 뚫어져라 쳐다
보았다. 궁금해져 같이 들여다보니 알 수 없는 문자가 가득 쓰여 있
고 밑에 주석이 잔뜩 달린 어려운 책이었다. 영수는 그 주석을 손

18

으로 일일이 짚으며 따라 읽고 있었다. 봐도 모르는 것투성인지라 나는 그대로 몸을 일으켜 벽에 있는 소파를 향해 몸을 던졌다. 문이 벌컥 열렸다. 기철 형이었다.

"깜깜하잖아. 뭐 하는데? 불 왜 안 켜? 성식이 왔냐?"

"안녕하십니까, 회장님."

"회장은 무슨. 그냥 형이라고 해. 연지 곧 올 거고 정식이 막 온다는 연락 왔고. 선미는…."

한숨을 푹 내쉬며 기철 형이 고개를 절레절레 저었다. 킥킥 웃으며 내가 기지개를 켰다. 나는 이 동아리의 포근함이 좋았다. 사람들도 좋았다. 내가 이 동아리에 가입한 이유는 연지가 회원이라는 것 단 하나였다. 즉, 담배를 위해서. 그러나 막상 어울리니 다들 좋은 사람들이라 편했다.

어떻게 담배를 그렇게 쉽게 구해서 뿌리는지 우리 모두 궁금해했다. 연지는 그저 웃음으로 넘길 뿐 전혀 알려주지 않았다. 우리 모두 흡연자였고, 연지 덕분에 담배를 쉽게 구해서 피울 수 있었기에 더는 캐묻지 않았다. 실은 동아리에 가입할까 말까 고민은 많이 했었다. 오컬트라니. 나는 애초에 귀신 따위는 믿지 않는다.

문이 살짝 열리더니 연지가 먹거리를 들고 나타났다.

"안녕하세요."

인사하던 연지가 나를 보고 씩 웃어 보였다. 최대한 멋진 미소로 응답했다. 연지가 맥주와 과자 봉지 등을 내려놓으며 내 옆에 앉았다. 나는 연지 쪽으로 몸을 살짝 숙여 귓가에 조그맣게 속삭였다.

"땡큐."

연지가 배시시 웃었다.

쿵쾅거리는 소리와 함께 이번에는 둘이 동시에 들어왔다. 정식과 선미였다. 둘은 나와 동갑내기로 서로 극과 극을 달리는 친구들인데, 정식은 쉴 새 없이 떠드는 개그맨 같은 놈이고, 선미는 무시무시한 카리스마를 풍기는 여장부다. 선미는 들어오자마자 가죽 재킷을 벗어 저 멀리 던져버리고는 소파에 앉았다. 정식은 기철 형 옆에 앉으며 그런 선미를 보고 우스갯소리를 던졌다.

"나도 관심받는 거 좋아하지만 여기 더한 사람이 있네요."

"졸라 재미없으니 닥칠래?"

선미가 고개를 돌려 영수를 보더니 주먹으로 머리를 콩 쥐어박았다. 영수가 "아야" 하며 쳐다보자 선미가 눈을 부라렸다.

"누나 왔으면 인사를 해야지. 뭐 하니? 촛불 켜고 코스프레하니?"

"앗! 네. 누, 아니 선배님. 안녕하십니까."

"엉, 그래. 저기 마실 거 좀 가져다주지 않으련? 귀여운 놈."

영수가 음료수를 건네자, 선미는 병째로 벌컥벌컥 마셨다. 반을 단숨에 들이켠 선미가 촛불에 대고 꺽, 하고 트림했다. 꺼진 촛불을 본 영수가 고개를 저으며 일어나 동아리 방의 전등을 켰다. 정식이 낄낄거리며 과자를 집어 덥석 물었다. 오물거리던 그가 기철 형에게 시선을 돌렸다.

"다 모였는데 회장님 한 말씀 하셔야죠?"

"이번 주말에 떠나는 건 다들 알지?" 기철 형이 진지하게 말했다.

모두가 고개를 끄덕였다. 나는 연지를 슬쩍 바라보았다. 검은 뿔테 안경을 걸친 연지는 통통한 이미지였는데, 아까 성현도 언급했듯이 교내에서 마스크를 쓰지 않고 다니는 유일한 애였다. 언젠가 그 이유를 물었을 때 연지는 오히려 되물었었다.

"나는 오빠들이 더 이해 안 가요. 담배 연기야말로 미세먼지보다 더 강한 독이라고요."

그렇다. 아이러니하게도 연지는 담배를 절대 피우지 않는다. 하지만 담배를 공수해서 우리에게 전해주는 건 연지다. 뭔가 이상하다는 건 나도 잘 안다. 하지만 멀쩡한 담배를 공짜로 준다는데 마다할 흡연자가 어디 있겠는가.

이번 일정은 바로 그 이상한 점에 대한 호기심을 풀 수 있는 절호의 기회라는 점에서 중요했다.

"오늘 저녁에 출발해서 2박 3일 동안 연지의 고향 마을에 머물 거야. 산골 오지라 걱정을 좀 했는데 연지가 수소링 필요한 건 다 준비되어 있으니 우리는 몸만 가면 된다네?"

"그런데 왜 다 가야 해요? 저 주말에는 약속이 차고 넘쳐요." 선미가 퉁명스럽게 말했다.

"모두 같이 가야 해. 그게 조건이거든." 기철 형이 우리를 죽 둘러보며 말을 이었다. "잘 들어. 연지 말로는 연지 고향 마을에서 행사를 한다고 해. 정기적으로 하는 축제인가 봐. 그리고 말이야, 내가 좀 알아본 게 있거든." 기철 형이 침을 한 번 삼키더니 입을 열었다.

"강원도 산골인데 모두 마스크를 안 쓰고 다닌대."

"정말요? 에이, 요즘 세상에 마스크 없이 바깥 생활을 어떻게 해요. 자살행위인데."

정식이 떠들다가 연지 눈치를 보고 얼른 입을 다물었다. 연지가 괜찮다며 손을 들었다.

"미세먼지가 사람 죽이는 이 시기에, 마스크 없이 지내는 마을이라…. 뭔가 수상하지 않아? 물론 여기 있는 연지가 들으면 기분 나쁠 수도 있지만, 우리 동아리가 뭐 하는 곳이야? 알 수 없는 현상을 조사하는 오컬트 동아리잖아. 너희들은 무슨 생각으로 여기 있는지 몰라도, 나는 항상 우리 동아리의 목적에 대해 고민해왔어. 내가 창립 멤버이기도 하고…."

"아니, 그러니까 왜 다 가야 하냐고요. 동문서답하신다." 선미가 다시 묻다가 뭘 기대하냐는 듯이 말했다. "나 안 갈래요. 귀찮아."

"너 부회장이잖아. 간부가 왜 이래?" 정식이 말했다.

"야, 씨발. 그럼 네가 간부 해. 간부는 무슨. 동아리 회원이라곤 겨우 여섯 명인데." 선미가 정식을 향해 손을 확 치켜들며 쏘아붙였다.

"다들 가야 해요."

연지가 듣고 있다가 조용히 말을 던졌다. 모두 그런 연지를 쳐다보았다.

"가서야 해요. 가서야, 제가 담배를 계속 구할 수 있으니까."

"콜!" 정식이 시원하게 답했다.

연지가 나를 쳐다보았다. 나는 말없이 고개를 끄덕여 동조했다. 불법적으로 거래되는 담배를 공짜로 쉽게 얻는다는 건, 평범한 대학생에게는 절대 흔치 않은 기회니까.

연지가 말을 이었다.

"제가 자란 곳은 진짜 시골인데요, 원래 시골은 그 뭐랄까? 오래 전부터 내려온 전통 같은 게 있어요. 우리 마을도 그런 게 있는데, 1년에 한 번씩 하는 행사거든요? 큭큭. 그런데 그게 좀 웃긴 게, 혹시 아메리칸 인디언들이 조상을 영접할 때 하던 행동 아세요? 샤머니즘. 바로 담배예요. 담배 연기를 들이마시며 몸을 정화하고 앞날을 예언했다고요."

"그게 무슨 상관이 있는데?"

연지가 잠깐 말을 멈추고 앞에 놓인 물병을 들어 입술을 적셨다.

"그 아메리칸 인디언들이 아시아에서 이동해 베링 해협을 거쳐서 아메리카 대륙에 정착했다는 설이 있어요. 황인종과 백인종 혼혈이라고도 하고. 먼 조상들 사이에 밀접한 관계가 있었을지도 모르죠. 아무튼 아메리칸 인디언들의 종교적인 부분과 비슷한 게 우리 마을에도 대대로 이어져 내려온 거예요. 담배 연기를 들이마시며 영적 접촉을 하는 샤머니즘 행위가요."

영수가 눈을 동그랗게 떴다.

"와, 그러고 보니 뭔가 일리가 있는데요?"

"응, 워낙에 작은 마을이고 좀 폐쇄적인 곳이기도 해서 그 풍습이 오랫동안 유지된 것 같아요. 그래서인지 담배는 함부로 피우면 안 된다는 인식이 박혀 있어요. 1년에 한 번씩 행사할 때만 대표 다섯 명이 번갈아 가며 신성한 담배를…"

"신성하대. 빵 터지네, 이거. 태어나서 처음 들어보는 것 같은데? 담배가 신성하다는 말."

정식이 톡 쏘았지만 연지는 아랑곳하지 않고 말을 이어갔다.

"물론 이건 일종의 전통이니 우리 상식에는 맞지 않을 수 있죠. 그런데 문제가 생겼어요. 이번에 대표로 담배를 피우셔야 하는 분들 중에 한 분이 돌아가셨거든요."

"아, 뭔가 사고라도 났나 보네…" 선미가 중얼거렸다.

"아뇨, 자연사요."

"…"

"갑자기 벌어진 상황이라 대신 담배를 피울 사람을 찾아야 하는데, 마을 분들이 담배는 신성한 거라는 인식에 거부를 하셔서…. 게다가 그 의식에서는 다섯 명을 하나의 의식 공동체로 여기기 때문에 한 명이 빠지면 전체를 교체해야 해요. 당연히 교체하는 데 시간이 걸리죠."

어느새 모두들 연지의 말을 경청하고 있었다.

"그래서 결국 담배를 아무렇지 않게 피우는 외부인 다섯 명을 찾게 된 거예요. 참, 초청이고 부탁이니 당연히 돈도 줄 거예요."

정식이 듣고 있다가 옳다구나, 하고 손뼉을 쳤다. 영수가 의아해하며 연지에게 물었다.

"돈도 준다고요? 담배를 피우면?"

24

"응. 행사가 늦어지면 안 되고, 차질이라도 생기면 안 되니까." 연지가 침착한 목소리로 답했다. "어차피 담배 피우는 외부인 초대할 거면 우리 동아리 사람들이 좋잖아요? 수도 딱 맞고, 돈도 벌고, 담배도 구하고."

"아니 졸라 웃기네. 담배 피우면 돈을 줘? 완전 개꿀이잖아. 혹시 우리 실험체, 뭐 그런 거야?"

"아니에요, 언니. 그냥 마을 전통이라 생각하시면 돼요. 다 촌사람들이에요." 연지가 웃으며 선미의 질문에 답했다.

기철 형이 테이블을 두드렸다. 주목하라는 뜻이다.

"나도 이상하다고는 생각해. 하지만 돈도 벌고 담배도 구하고, 꿩 먹고 알 먹고니까 모두 함께하자. 괜찮지, 선미?"

자신을 지목해 묻는 기철 형을 보며 선미가 눈살을 찌푸렸다.

"가야죠. 돈도 준다는데. 그런데 회장님은 이상해서 더 좋은 눈치네요?"

"당연하지. 난 오컬트 동호회 회장이니까. 그럼 각자 잔난이 심 챙겨서 8시까지 동아리 방으로 다시 와. 차는 내 차 타고 가면 되니까."

"경차잖아요…."

선미가 울상을 지으며 정식을 쳐다봤지만, 정식은 애써 눈을 피했다.

좀 수상한 건 분명하지만 거부할 수 없는 제안이었다. 연지를 보면서 궁금했었다. 이 미세먼지에도 마스크를 안 쓰고 다니며, 담배를 피우지 않으면서도 담배를 구해주는 사람이라니. 이상하다.

우리는 이상한 걸 찾는 오컬트 동아리니까. 일단은 나도 회원이고 말이지.

* * *

세 시간을 달리고 나니 이미 깜깜한 어둠이 몰려온 상태였다. 내비게이션을 찍어도 경로가 이상하게 꼬이는 경우가 있다. 연지의 고향 마을로 갈 때도 그랬다. 다행히 연지가 길을 알려줘서 늦게나마 겨우 마을 근처까지 올 수 있었다. 여섯 명이 한 차에 몰아 타서 미어터진 만두소처럼 곤죽이 된 상태였다.

"야! 이거 성추행이야! 알아?"

"그럼 딱 붙어 있는데 어떡해?"

정식의 대꾸에 선미는 그냥 눈을 감아버렸다. 왼쪽 끝에 앉아 있던 영수가 볼멘소리로 말했다.

"그러게 왜 차를 안 가져가요. 정식 선배님 차도 새로 뽑았으면서."

"나는 모르는 타지에는 절대로 차 안 가져가. 뭔 일이 벌어질 줄 알고?" 정식이 히죽거리며 답했다.

선미가 눈을 부릅떴다.

"야! 씨. 그럼 차는 왜 가지고 다니냐? 어? 폼이냐?"

"시끄러워. 뽑은 지 얼마 안 돼서 그래. 너도 나중에 차 생기면

26

알 거다. 처음 몇 달은 타기는커녕 보기만 한다고. 아이고 내 새끼 하고. 그런 너는 면허는 왜 땄냐?" 선미의 공격을 받아치고는 정식이 기철 형에게 물었다. "그런데 진짜 언제 도착한답니까?"

운전대를 잡은 기철 형은 대답하지 않았다. 엄청나게 집중하고 있는 모양이었다. 조수석에 앉은 연지가 고개를 돌려 정식의 물음에 답했다.

"죄송해요. 이제 거의 다 왔어요."

"기철 오빠 눈 빠지겠다. 면허 딴 지 이제 일주일이죠?" 선미가 말했다.

나는 그들의 대화를 보기만 할 뿐 섣불리 끼어들지는 않았다. 누군가와 같은 편으로 보이는 걸 피하는 편이었다. 물론 선미와도 친구고, 정식과도 친구다. 영수는 아끼는 후배고 나를 잘 따른다. 연지 역시 내게 호감을 가지고 있다는 것도 안다. 하지만 인간관계라는 건 어떻게 비틀어질지 모르기에 나는 홀로 서는 쪽을 택했다. 말없이 가만히 있는 나를 보며 정식이 중얼거렸다.

"성식이 저놈은 나랑 같은 식 자 돌림인데 어쩜 저리 다를까?"

"아재 개그 그만 치고 내 무릎에서 손 떼라고, 이 새끼야!"

선미가 버럭 화를 내는데 드디어 차가 멈춰 섰다. 우리는 모두 정면을 향해 시선을 돌렸다. 연지가 문을 열더니 곧바로 내려 부리나케 앞으로 뛰어갔다. 기철 형이 고개를 돌려 우리를 쳐다보았다.

"다 온 것 같다. 누가 기다리고 있는데?"

모두가 조금 떨어진 곳에 서 있는 사람을 바라보았다. 기철 형이 말을 이었다.

"일단 연지가 나갔으니 돌아오면 다시 움직이자."

연지가 누군가와 대화를 나누는 것이 보였다. 어두워서 잘 보이지 않았지만, 배가 많이 나온 중년 남자였다. 아마도 연지 친지인 것 같았다. 연지가 고개를 몇 번 끄덕이더니 우리 쪽으로 돌아왔고, 그 중년 남자 역시 몸을 돌려 걸어갔다. 연지가 조수석으로 들어와 입을 열었다.

"조금만 더 가면 주차 공간이 있어요. 숙소 준비해놨으니 바로 짐 풀면 된대요."

"좋아. 가자. 선미야, 조금만 참자."

"다 오고 나서 뒷북은." 선미가 툴툴거렸다.

조금씩 마을의 전경이 모습을 드러냈다. 흔히 볼 수 있는 전형적인 시골 마을이었다. 낡은 건물들. 금이 간 가로등과 깜박이는 깨진 전구. 하늘에 지저분하게 선을 그어놓은 전깃줄들. 곳곳에 보이는 텃밭. 비포장도로인지라 차가 들썩거렸다. 쿵쿵. 연지가 기역 자로 구부러진 집을 가리켰다.

"저 집이에요."

"일반 가정집이었어? 따로 펜션 같은 거 잡은 게 아니고?"

"우리가 놀러 왔냐? 돈 벌러 왔지. 담배랑. 돈 안 쓰는 것에 감사해야지 뭔 펜션."

"말을 말아야지."

정식의 비꼼에 선미가 입을 닫았다.

"정식 선배님은 일본에서 태어났으면 진짜 개그맨 됐을 거예요."

"그래?"

"일본에 만자이まんざい라는 형식의 예능이 있거든요. 만담이요. 콤비 중에 하나는 공격하고, 하나는 당하고, 뭐 그런 식인데 선배님이 공격하는 쓰코미つっこみ에 딱 맞아요."

"뭔 소리야. 알아듣게 말해봐, 멍청아."

"거봐요. 그런 거. 그런 거 잘하는 사람이에요. 쓰코미가." 영수가 킥킥 웃으며 말을 이었다. "전 보케ボケ고요. 이거, 이래 봬도 일본에서 엄청 인기 있어요. 아깝다."

"일본 문화 관심 없어."

"에이, 일본의 괴담이나 설화도 오컬트에서 많이 다룬다고요. 우리 동아리가 뭐 하는 곳인지는 아시죠?"

영수가 대답하는데 기철 형이 중간에 끼어들며 말을 끊었다.

"다 왔다. 다들 마스크 준비해."

우리는 각자 가방에서, 품에서, 핸드백에서 마스크를 꺼내 들었다. 연지가 손을 저었다.

"필요 없어요. 마을 공기는 깨끗해요."

"진짜? 리얼?"

선미의 물음에 기철 형이 창 너머를 유심히 바라보더니 대신 답했다.

"지나다니는 주민들이 몇 명 보이는데, 다들 마스크가 없어. 아무래도 연지 말이 맞는 것 같아."

"와, 마스크 없이 밖에 나갈 수 있다니 이게 얼마 만이에요? 얼마 전에 깜박하고 마스크 안 챙기고 나갔다가 바로 숨 막혀서 골로 가는 줄 알았는데. 이게 미세먼지야? 살인먼지지."

"마스크가 진짜 필요 없다면 대단한 발견인데요." 영수가 안경테를 올렸다. "우리나라에서 유일할지도 몰라요. 진짜 이상하네요."

"그러니까 우리가 이렇게 찾아왔잖아. 너희들은 무슨 생각으로 왔는지 몰라도 내 목적은 오직 그거야. 이상한 현상을 찾는 거."

기철 형이 창을 내렸다. 모두 깜짝 놀라 얼어 있는데 기철 형이 창밖으로 얼굴을 내밀더니 숨을 크게 들이켜고 내뱉었다.

"괜찮아. 공기 좋아. 다들 내려라."

모두가 우르르 밖으로 나와 기지개를 켰다. 뻐근한지 어깨를 몇 번 매만지던 정식이 주머니에 손을 넣어 그것을 꺼냈다. 담배였다.

"어차피 산골 촌구석인데 뭐 어때?" 정식이 웃으며 담배를 입에 물었다. "한 대 태워야지."

"안 돼요!"

연지가 강하게 반발하며 정식이 입에 문 담배를 손으로 쳐냈다. 정식이 놀란 토끼 눈으로 연지를 보며 물었다.

"왜? 왜 안 돼?"

"마을에서는 절대로 피우면 안 돼요! 피울 수 있는 곳이 따로 있어요. 다시 말하지만, 절대 마을에서 피우지 마세요."

"아니, 그러니까 왜 안 되냐고, 라고 계속 물어보고 싶지만 피곤하니 알았다고."

정식이 씩 웃으며 떨어진 담배를 주워 주머니에 다시 집어넣었다. 연지가 우리 모두를 돌아보며 또박또박 말했다.

"절대로, 마을에서, 담배를 피우시면, 안 돼요. 흡연을 할 수 있는 장소는 따로 있어요. 마을 안에서 담배를 피우면 돈이고 뭐고 다 물거품이니 꼭 지키셔야 해요."

"아 참, 뭐 신성하다나 뭐라나 했었지? 그거야 뭐 쉽지. 아, 일단 얼른 들어가서 좀 쉬자." 선미가 알았다며 손을 흔들었다.

연지가 숙소를 안내했다. 숙소는 평범한 시골집 이상도 이하도 아니었다. 기역 자 형태로 구부러져 있고, 한쪽 끄트머리에 이곳 주민이 지낸다고 했다. 방은 두 개로, 큰 방과 작은 방이 있었다. 연지가 문을 열고 안을 보여주며 말했다.

"나중에 잘 때는 따로 자면 되고, 모일 땐 큰 방으로 오시면 될 것 같아요."

우리는 짐을 큰 방에 내려놓고 다시 마당으로 나왔다. 시계를 보니 자정이 다 되어가고 있었다. 마스크도 없이 밤공기를 맡고 있으니 기분이 묘했다. 마스크 없이 바깥 공기를 맡은 게 언제였는지 기억도 나지 않았다. 어떻게 여기는 공기가 깨끗한지 궁금했다. 담배가 몹시 당겨왔다. 허구한 날 괴롭히던 미세먼지가 갑자기 없어지니 몸이 놀라 대처 방안을 찾으려는 건가 싶었다. 내가 툭 말을 던졌다.

"담배는 어디서 피우면 되지?"

"아, 잠깐만요."

연지가 마을 주민이 있다는 끄트머리 방으로 후다닥 달려갔다. 문을 두드리자 40대 후반으로 보이는 비쩍 마른 남자가 고개를 쑥 내밀었다. 연지의 말을 들은 남자가 슬그머니 몸을 일으켜 방에서 나왔다. 주섬주섬 슬리퍼를 찾아 신은 그가 우리를 보며 말했다.

"한 명씩만 갈 수 있는데 누가 가시려고?"

"한 명씩만 갈 수 있다고요? 그 흡연실이 어딘데요? 마을 안에 없어요?"

선미의 물음에 남자가 손가락을 들어 저만치 멀리를 가리켰다. 산이 보였다. 선미의 표정이 구겨졌다.

"산에?"

"저기에 흡연 공간을 만들어놨으니 따라와요."

남자가 몸을 돌려 걷기 시작했다.

아무도 선뜻 나서지 못하는 가운데 내가 남자를 따라 걸음을 성큼 옮겼다. 기철 형이 얼른 다가와 작은 목소리로 속삭였다.

"성식아, 네가 다녀오면 바로 내가 갈 테니 뭐 이상한 거 있으면 잘 봐뒀다가 말해줘라."

"네."

"분명 이 마을, 뭔가 있어. 내 촉이 말해준다. 그래서 이것도 가져 왔지."

기철 형이 살짝, 품에 있는 소형 카메라를 보여주었다. 손가락 마디만큼 작고 검은 도둑 촬영용 카메라였다. 나는 고개를 살짝 끄덕인 후 얼른 남자를 따라갔다.

마을을 벗어나자 시야가 어두워지기 시작했다. 앞에서 걷던 마을 주민이 뭔가를 들더니 조작했다. 손전등이었다. 밝은 빛이 어둠을 가르며 앞을 비추었다. 나는 천천히 걷는 그의 옆으로 다가가 슬쩍 물어보았다.

"왜 산에 흡연 공간을 만든 건가요?"

"마을에서는 절대 피우면 안 되니까."

"그런데 흡연 공간은 왜 있는 거예요? 마을 분들 모두 안 피우신다 들었는데."

남자는 입맛만 몇 번 다시더니 대답하지 않았다. 성급한 질문이었다. 나는 분위기를 바꾸기 위해 입가에 미소를 지었다.

"그런데 형님. 형님이라고 불러도 되죠? 30대 초반으로 보이시는데."

"어? 아니야. 하하. 내가 무슨 30대야. 50이 다 돼가는데."

"와, 엄청 동안이시네. 역시 깨끗한 곳에 사니 몸도 마음도 깨끗해서 그런가."

남자는 기분이 좋은 듯 허허 웃었다. 나는 계속 아부를 했다.

"역시 금연해야 하는 거죠?"

"담배를 피워본 적이 없으니 나야 모르지."

"그러네요. 그런데 연지 말로는 담배 피우면 돈도 줄 거라는데, 혹시 아세요?"

"그럼. 자네들 운 좋은 거야. 연지 아니었으면 이런 기회 얻지도 못해."

"그건 저도 느껴요. 와, 그런데 요즘 미세먼지 없는 곳은 처음인데, 이런 곳이 왜 안 알려졌는지 진짜 모르겠네요. TV 방송국이나 인터넷 매체에서 달려들 텐데."

"그거야 다 우리가 잘 관리하니까…" 남자가 말을 하다 말고 입을 다물었다.

'관리?'

뭔가를 숨기는 게 분명했지만 더 물어보면 분위기가 다시 안 좋아질까 봐 나도 역시 입을 닫았다. 한참을 걸어도 보이는 건 온통 논밭뿐이었다. 우리 둘은 말없이 계속 걷기만 했다. 참지 못하고 내가 다시 입을 열었다.

"꽤 머네요?"

"마을에서 멀리 떨어져 있어야 해서."

"왜 마을과 떨어져 있어야 하나요?"

은근슬쩍 던진 질문에도 남자는 역시 답하지 않았다.

'젠장.'

당최 무슨 생각을 하는지 알 수가 없으니 맞춰주기도 힘들었다. 그래도 사람 상대하는 건 자신 있었는데.

"조금만 더 가면 돼."

평지였던 길에 어느덧 서서히 경사가 생기고 있었다. 산에 오르는 시점이다. 야밤에 산에 오르니 기분이 묘했다. 벌레가 우는 소리, 새가 푸드덕대는 소리, 바람이 불어 나뭇잎이 떨리는 소리. 온갖 소리가 목소리를 높이는데도 전혀 시끄럽지 않았다. 시계를 보왔다. 새벽 12시 30분이 조금 안 됐다. 아까 출발한 것이 12시 10분 경이니 대략 20분 정도는 걸어야 나오는 곳이다.

"다 왔어."

남자가 나를 보며 손을 들어 어딘가를 가리켰다. 누구라도 그곳을 처음 봤다면 흡연을 위한 공간이라고는 꿈에도 생각하지 못할 것이다. 작은 창고같이 생긴 목조 건물로 창이라고는 없는 곳이었다. 입구와 연통을 제외하면 구멍 하나 없었다. 검은 방수포 같은 것으로 온통 꽁꽁 동여매어 있었으니까. 천장 우측 구석으로 삐죽 나와 있는 연통은 길게 이어져 바닥을 타고 산 위로 연결되어 있었다. 그 끝이 보이지 않을 정도로 길었다.

나는 후, 하고 숨을 들이마신 뒤 그대로 흡연실을 향해 걸어갔다. 남자가 열쇠를 꺼내 자물쇠를 열었다. 삐걱, 하는 소리와 함께 문이 열렸다. 안으로 들어서자 아무것도 보이지 않을 정도로 어두웠다. 사방이 온통 검은 방수포로 둘러싸여 있으니 당연한 일이었다. 내가 남자를 향해 고개를 돌리자 남자가 손전등으로 흡연실 안을 비추더니 스위치를 올렸다.

"불 들어와. 아 참. 그리고 이거."

남자가 뭔가를 건넸다. 받아보니 검은 안대였다. 내가 묻기 전에 남자가 얼른 말했다.

"안에서는 상관없지만, 밖으로 나오기 전에 이 안대를 꼭 착용해야 해. 조건이니 무조건 지켜."

"이게 뭐예요? 왜 안대를 차야 하는 거죠?"

"묻지 말고. 그냥 시키는 대로 해. 돈 준다니까, 돈. 담배도 많이 줄 테니."

남자가 너무도 진지하게 말해서 반박도 못 한 채 안대를 들고 안쪽으로 들어갔다. 정중앙에 재떨이 하나가 놓여 있었고, 천장 구석 아래 연통이 연결된 구멍이 보였다. 구멍의 크기는 아주 작았는데 겨우 휴지 심만 할까 말까였다. 가운데 서서 담배를 꺼내 불을 붙였다. 연기를 들이마신 지 꽤 오래된지라 잠깐 어지럼을 느꼈다.

"어어!"

남자가 놀라며 서둘러 문을 닫았다.

'왜 저러지?'

"피, 피우기 전에 꼭 말하고 피우라고! 당신 친구들한테도 그렇게 전해!"

"네네, 잘 알겠습니다."

문밖에서 외치는 남자에게 나는 무감정한 목소리로 답했다.

연기가 똬리를 틀고 올라가다가 흡연실 안을 맴돌았다.

'어디로 가니? 나갈 데가 없지? 출구는 하나란다.'

연기가 퍼지면서 흡연실 안 공기가 금방 뿌옇게 흐려졌다. 한 개비를 다 피운 뒤, 하나를 더 꺼내 물었다. 연기가 점점 늘어난다. 밖과 안의 기압 차 때문인지 연기는 이윽고 연통 입구로 줄기차게 모여들더니 그대로 빨려 나갔다. 멍하니 쳐다보고 있다가 문득 저 연통이 어디로 이어져 있는지 궁금해졌다. 물어볼까 하다가 당연히 대답을 안 해줄 것 같아서 그만두었다. 순간, 밖에서 이상한 소리가 들리는 것 같아 귀를 기울였다.

"형님, 뭐라고요?"

나는 밖에 있을 마을 주민에게 큰 소리로 물었다.

"롸이 롸이 롸이롸. 롸이 롸이 롸이롸."

작게 들리는 노랫소리. 벽에 가까이 다가가 얼굴을 바싹 붙이고 더 집중해 들었다.

"롸이 롸이 롸이롸. 롸이 롸이롸."

분명 노래였다. 음률이 있었다. 하지만 가사는 오직 '롸이 롸이'라는 단어뿐이었다. 갑자기 등골이 오싹해져 나는 담배를 얼른 비벼 껐다. 서둘러 문을 열고 나가려 하는데 문이 열리지 않았다.

'밖에서 잠갔어?'

나는 문을 주먹으로 쾅쾅 두드렸다. 노랫소리가 멈췄다. 밖에서 남자의 목소리가 들렸다.

"다 피웠어? 안대 찼어?"

"네? 아, 안대고 뭐고 얼른 이 문 열어요!"

"안 돼. 안대 차. 아직 안 돼. 잠시만. 조금만 기다려봐."

"안대 찼어요. 찼다고요."

"잠시만 기다려."

이게 무슨 짓인지 알 수가 없었다. 내가 안대를 찬 뒤 팔짱을 끼고 기다리고 있으니 철컥, 하는 소리와 함께 문이 삐걱 열리는 소리가 들렸다.

"그대로 앞으로 나와."

안대를 차니 아무것도 보이지 않아 나는 조심조심 걸음을 옮겼다. 약간 짜증이 난 말투로 내가 물었다.

"아니, 형님. 왜 문을 잠그고 그래요. 사람이 안에 있는데. 이 안대는 정말 왜 차는 거예요?"

"그런 게 있어. 신경 쓰지 마. 어차피 자네들, 여기서 담배만 피우면 돈도 벌어 가잖아."

무슨 극한 직업도 아니고, 자꾸 돈, 돈, 하니 슬슬 짜증이 나기 시작했다. 맞는 말이지만 너무 자주 하니 누굴 무슨 돈에 미친 놈으로 보는 건가 하는 생각에 기분이 나빠졌다. 소심한 복수로 나는 형님에서 아저씨로 호칭을 바꿨다.

"아저씨, 그나저나 그 노래는 뭐예요?"

내 질문에 남자가 순간 움찔했다.

"무슨 노래?"

"그 라이 라이, 하는 거요."

안대를 벗으려 하자 남자가 내 손을 잡았다.

"무슨 소리야? 아무튼 여기선 안대 벗으면 안 돼. 조금 있다가 내 손을 잡고 내려가서 벗어."

"아 씨, 이건 좀 아닌 것 같은데요? 사람 가지고 장난치는 것도 아니고."

내가 짜증을 내자 남자가 내 손을 놓았다.

"그래서, 어쩌려고?"

말투가 너무 차가워서 나도 모르게 말문이 막혔다.

"어이, 하지 말라면 하지 마. 다 그쪽을 위해서 하는 말이야. 그냥 시키는 대로 하라고, 어?"

남자의 말투가 점점 거칠어졌다. 섬뜩해진 나는 알았다는 표시로 고개를 끄덕였다. 남자가 다시 내 손을 잡았다.

"씨발. 하필이면 내가 걸려서 이게 무슨 고생이야. 재수도 없네, 씨불."

역시 이상한 마을이다. 마을 사람들도 그렇고. 소름이 살짝 돋았다.

한참을 그렇게 내 손을 붙잡고 내려가던 남자가 이제 안대를 벗어도 된다며 손을 놓았다. 안대를 벗으며 눈을 몇 번 끔벅거렸다. 어둠에 익숙해져서 그런지 아까보다는 주변이 밝아 보였다. 나는 남자를 향해 고개를 돌렸지만 남자는 신경도 안 쓰고 그저 걸음을 빨리했다.

'기철이 형이 엄청 좋아할 만한 것투성이군.'

나는 속으로 중얼거리며 남자의 뒤를 따랐다. 마을 입구가 보이자 품에서 진동이 느껴졌다. 핸드폰을 꺼내 보니 문자가 하나 와 있었다. 문자가 온 시각은 12시 30분. 그런데 지금 진동이 왔다는 것은 산에서는 핸드폰이 안 터진다는 얘기였다.

'걸렸다. 좆 됐어. 누가 연기 보고 신고했나 봐.'

성현의 문자였다. 나도 위험해질 수 있다는 걱정에, 지금까지 느꼈던 모든 이상한 감정과 생각들이 순식간에 수그러들었다.

* * *

내 다음으로 기철 형이 떠난 후, 나는 모두에게 내가 겪은 일을 전달했다.

"별 미친." 선미가 욕을 내뱉으며 바닥에 벌렁 드러누웠다. "안 피워. 기분 나빠."

"과연 네가 안 피울 수 있을까? 우리 중에 제일 골초잖아." 정식이 비꼬며 웃었다.

"안 피운다고. 나는 안 가, 거기."

"안 가도 되는지는 모르죠. 다섯 명이 필요하다고 했잖아요. 돈을 받는 조건이 우리 모두가 담배를 피우는 거 아닐까요? 선배님이 안 가서 괜히 돈도 못 받으면 어떡해요?"

영수가 말하자 선미가 벌떡 일어나 영수의 머리를 쥐어박았다.

"이 존나 철저한 새끼."

"물어보면 되니까요."

영수가 머리를 매만지며 인상을 찡그렸다.

"기철이 형이 정확히 뭐 할지는 모르겠는데 소형 카메라를 준비해왔더라고." 내가 카메라 얘기를 하자 방에 있던 모두가 "오오" 하며 집중했다. "그 노랫소리가 어디서 들려온 건지, 누가 불렀는지 알 수 있을 거야."

"카메라로 촬영하는 걸 같이 간 주민이 모를까? 둘밖에 없는데. 성식이 네 말대로라면 안에는 뭐 별것도 없잖아. 문제는 밖인데."

선미의 물음에 나는 어깨를 으쓱했다.

"다 생각이 있겠지. 카메라가 원체 작으니까 걸리진 않을 거야. 뭐, 라이터나 담뱃갑을 떨어뜨렸다고 하면서 자연스럽게 바닥에 카메라를…."

"불법 촬영까지 하고 아주 별 쇼를 다 한다, 우리." 선미가 투덜댔다. "그런데 연지는 어디 갔어?"

"여기 연지 고향이니까 뭐 친지들과 있겠지. 마을 행사라니까 내일 배 터지게 먹을 수 있겠지? 아, 오늘 밤이 빨리 지나갔으면 좋겠다. 진짜 기분 나쁜 경험이었어."

"기철이 형 오고 나면 내 차례인데, 자꾸 겁 좀 주지 마." 정식이 찡그리며 말했다.

"너야말로 안 피우면 되잖아, 등신아."

선미의 말에 정식이 고개를 절레절레 저었다.

"노노노노노노노노. 나는 무조건 담배를 피워야 잠이 오거든."

"자랑이다."

영수가 수첩을 꺼내 펼쳤다. 나를 바라보는 영수의 안경알이 반짝반짝 빛났다.

"선배님, 정리해보죠. 외딴곳에, 산이죠? 산기슭에 흡연실이 있는데, 그곳에서만 담배를 피울 수 있다. 흡연실은 문과 연통을 제외하고는 철저하게 봉쇄되어 있다. 연통 하나로 담배 연기를 빼낸다. 나올 때는 안대를 차야 한다. 일정한 거리를 벗어나면 안대를 벗는다. 뭐 빼먹은 게 있나요?"

"없는 것 같은데. 아, 노랫소리."

내 말에 영수가 고개를 끄덕이며 메모했다.

"밖에서 노랫소리가 들렸는데 롸이 롸이라는 가사를 반복했다. 무슨 의미일까요?"

"야심한 밤에 이상한 노랫소리가 들리면 그 가사가 무슨 뜻일까 고민하냐, 너는?"

정식이 빈정댔지만 영수는 대꾸도 안 하고 그저 메모에 열중했다. 선미가 그런 영수를 보며 말했다.

"쟤는 집중하면 눈빛이 변하더라. 귀여워 죽겠어. 누나를 위해 그렇게 정식이 말 계속 씹어주렴."

"넵."

영수의 대답에 정식이 눈을 동그랗게 떴다.

"아니 이게 지금 뭔 시추에이션…"

영수가 다시 무시하며 내게 질문을 던졌다.

"성식 선배님. 그 노래, 밖에 있던 마을 주민이 부른 걸까요?"

"그렇지 않을까? 우리 둘 말고는 아무도 없었으니."

대답은 그렇게 했지만 실은 긴가민가했다.

정식을 보며 킥킥대던 선미가 다리를 쫙 펴더니 허벅지를 마사지하기 시작했다. 고개를 숙이고 허벅지 주무르기에 열중하던 선미가 문득 내게 말을 던졌다.

"그런데 성식이 너 은근히 강심장이다?"

"뭐가?"

42

"되게 냉정하다고. 그런 이상한 일을 겪고도 뭔가."

"뭐, 내가 해코지를 당한 건 아니잖아."

무심한 내 대답에 선미가 낄낄 웃었다.

"내가 저런 애들 많이 봐서 알지. 저런 애들이 진짜 무서운 애들이야. 감정 조절 잘하거든. 사람 좋아 보여도 다 꿍꿍이가 있다니까?"

"딱히 틀린 말은 아닌데 꿍꿍이라기보다는, 그냥 시키는 대로만 하는 게 이득이니까 의미를 두지 않는 거야."

내 대답에 선미가 "저 봐, 저 봐" 하며 영수를 쳐다보았다.

"봤지? 쟤 무서운 애야. 말발로 절대 못 이겨."

"적이라면 그렇겠지만 우리 편이잖아요." 영수가 역시 무심하게 답했다.

선미가 핸드폰을 만지작거리다가 내게 다시 말을 걸었다.

"그나저나 네 룸메 걸렸다며."

또 생각하니 짜증이 났다. 나는 말없이 고개만 끄덕였다. 영수가 그런 네게 약산은 걱정되는 말투로 물었다.

"그럼 선배님도 말리는 거 아니에요?"

"증거 없어. 집이랑 학교 다 뒤져도 아무것도 없을 테니. 담배 숨겨놓은 장소는 비밀이거든."

"그래도…."

"무죄추정의 원칙." 정식이 옆에서 말을 툭 던졌다. "증거가 없으면 무죄야, 일단."

"그래도 조심해야지. 우리, 돈 얼마 준대?"

선미가 질문했지만 다른 사람들도 아는 것이 없었다. 선미가 고개를 갸우뚱하며 인상을 찌푸렸다. 한참을 생각하던 선미가 날카로운 의문을 던졌다.

"야, 이거 졸라 뒤통수 맞는 거 아냐?"

갑자기 문이 벌컥 열렸다. 깜짝 놀란 우리의 시선을 받으며 기철형이 방 안으로 성큼 들어왔다. 밖에서 서성이던 마을 주민이 다음에 갈 사람 나오라며 재촉했다. 정식이 일어나려 하는데 기철 형이 막았다. 표정이 이상했다.

"가지 말아봐. 오늘은 아무도 안 간다고 해. 내 말 들어."

"아, 저 담배 못 피우면 잠 안 와요."

"그럼 밤새. 일단 확인부터 하고."

기철 형이 갈 사람 없다며 문을 닫았다. 정식이 투덜대며 다시자리에 앉았고, 기철 형을 둘러싸고 모두가 모여들었다. 기철 형이주머니에서 소형 카메라를 꺼냈다.

"성식이 말대로 노래가 들렸어. 소름이 쫙 돋더라. 롸이 롸이, 하는 그거." 기철 형이 나를 보며 중얼거렸다. "몇 가지 물어봤는데 답을 안 해주대? 일단은 시키는 대로 했지. 들어가서 담배를 피우고 난 다음에 안대를 차고 나왔어. 오면서 생각해봤는데, 왜 안대를 차라고 했을까?"

"답은 쉬워요. 보면 안 되는 게 있으니까." 영수가 수첩에 메모를 하며 답했다. "들어가기 전엔 괜찮은데, 왜 나올 때는 눈을 가릴까.

44

담배를 피우는 사이에 뭔가가 벌어진다는 거죠."

"그렇지. 내 생각도 그래. 그래서 카메라를 입구 옆에 몰래 떨어 뜨렸어." 기철 형이 호흡을 가다듬고 말을 이었다. "담뱃갑을 놓친 척하면서 자연스럽게."

다들 내 얼굴을 쳐다봤지만 나는 딱히 반응을 보이지 않았다. 쉬 운 추측이었으니까.

"안대를 차고 나온다는 걸 이미 성식이한테 들어서 알고 있었으 니까, 안 보여서 미끄러져 넘어지는 척하며 카메라를 수거했지. 눈 치 못 챘을 거야. 밤이라 어두웠고, 카메라는 입구 근처에 있었으니 까. 엉거주춤 땅을 마구 짚는 척하며 바로 수거했다고."

"첩보물 찍으셨네요."

정식이 농담을 던졌지만 아무도 웃지 않았다.

"지금도 녹화 돌아가고 있어. 자, 이제 뭐가 찍혔는지 확인만 하 면 된다."

기철 형이 카메라를 들더니 SD 카드를 빼내어 핸드폰에 꽂아 넣 었다. 계속 안절부절못하던 영수가 그런 기철 형의 팔을 덥석 붙잡 았다.

"잠시만요, 선배님. 그거 보면 안 될 것 같아요. 보면 안 되니까 안대를 한 거잖아요. 하지 말라는 건 하면 안 되는 게 타지에 갔을 때의 상식이에요."

"오컬트 동아리 회장으로서 그럴 수는 없지." 기철 형이 진지하게 답했다.

정식이 옆에서 얼른 재생하라며 독촉했다. 기철 형이 핸드폰을 조작하기 시작했다. 영수가 나를 쳐다보았다.

'왜? 아직도 기철이 형이 어떤 사람인지 몰라서 그래? 고지식하잖아. 완전 아저씨라고.'

내 눈빛을 보며 영수가 고개를 푹 떨구었다. 선미가 물러나 벽에 몸을 기대며 눈을 감았다.

"나도 안 보련다. 되게 기분 나쁠 것 같으니까. 악몽 꾸기 싫다고."

기철 형이 동영상 앱을 보고 있었다. 정식이 옆에서 새로 깔라느니, 지원이 안 된다느니 중얼댔다. 영수의 말도 일리가 있고, 기철 형의 행동도 수긍이 갔다. 이 수상한 산골 오지 마을에 대한 경계심과 호기심이 서로 부딪히며 갈등을 만들어내고 있었다. 잠시 고민했다.

'보지 말자.'

나는 보지 않기로 하고 물러나 핸드폰 게임을 켰다.

"어! 이걸로 보면 돼요. 다 지원하네."

"그래? 깔아보자. 이거 깔면 되나?"

"바로 열기로 하세요. 네. 그 밑에 코덱도 까시고. 네. 거기 목록 뜨죠? 오, 여기 있네. 재생하시면 됩니다."

나는 바닥에 누워 게임 화면에 시선을 고정한 채 기철 형과 정식의 대화를 들었다. 둘이 갑자기 조용해졌다. 아마도 동영상 재생이 시작된 것일 테다. 무엇이 찍혔을까 궁금하긴 했다. 귀를 살짝 기울이는데 기철 형이 뭔가 중얼거렸다. 정식 역시 마찬가지였다.

"아니 이게…. 뭐야?"

"저거, 저거 뭐예요? 뭐예요? 어어? 어어?"

둘의 반응이 이상해 나는 바로 몸을 일으켰다. 선미 역시 벽에서 등을 떼고 둘을 주시하고 있었다. 영수가 걱정스러운 얼굴로 그들에게 왜 그러는지 물었다.

"선배님, 왜 그러세요? 뭐가 찍혔는데요?"

"칵."

기철 형이 갑자기 이상한 소리를 내며 핸드폰을 던졌다.

"칵. 칵."

정식 역시 벌떡 일어나 기괴한 소리를 내기 시작했다.

"칵. 칵. 칵."

기철 형이 몸을 꺾기 시작했다. 두 팔을 들더니 허리를 이상하게 비틀었다. 정식도 같은 행동을 했다. 나와 선미와 영수 모두가 그런 둘을 보며 경악한 표정을 지었다.

만세를 부르는 것처럼 두 팔을 번쩍 든 기철 형이 칵칵거리며 고개를 숙였다 들었다 하기 시작했다. 정식도 똑같이 행동했다. 다리를 굽혀 무릎을 가슴팍까지 쳐들더니, 양다리를 들었다 났다 반복했다.

"칵. 칵."

높이 든 두 팔도 서로 번갈아 가며 내렸다 올렸다 반복하기 시작했다. 마치 인디언들이 주술을 행할 때 추는 춤과 비슷했다.

그들은 상하로 움직이던 고개를 이제 좌우로 마구 흔들고 있었다. 기철 형과 정식의 머리가 마구 흔들리다 서로 부딪혔지만 고통이 없는지 똑같은 행동을 반복할 뿐이었다. 겁에 질려 굳은 영수와 놀라 일어나지 못하는 선미와는 달리, 나는 재빨리 몸을 움직여 기철 형과 정식의 사이에 끼어들어 둘을 갈라놓으려 했다.

"지금 뭐 하는 거예요? 왜 그래요?"

엄청난 힘이었다. 정식의 몸을 붙잡고 당겼지만 꿈쩍도 하지 않았다. 분명 나보다 덩치도 작고 힘도 없는 놈인데, 지금은 나보다 힘이 갑절은 세진 것 같았다. 기철 형이 칵칵 소리를 그치더니 흔들던 고갯짓도 멈췄다. 우뚝 서 있는 기철 형의 모습이 소름 끼쳐 정식의 몸을 붙잡고 있던 손을 나도 모르게 놓고 뒷걸음질 쳤다. 기철 형과 정식이 동시에 고개를 들어 정면을 바라보았다. 눈에 동공이 없었다.

"롸이~ 롸이롸~ 롸이~."

영수가 후다닥 내 옆으로 다가왔다. 나는 선미에게 얼른 손짓했다. 선미가 안색이 창백해진 채 내 쪽으로 기어 왔다.

"롸이! 롸이! 롸이롸!"

저 노랫소리. 분명 흡연실 밖에서 들었던 그 노래다. 기철 형이 던진 핸드폰을 선미가 집어 들려 하자 영수가 고함을 빽 질렀다.

"안 돼요! 선배님, 아니 누나! 보지 마요! 아, 내가 이상하다고 했잖아요, 뭔가!"

"씨발!"

선미가 핸드폰을 벽에다 집어 던지며 욕을 내뱉었다. 파편이 튀며 핸드폰이 부서져 떨어졌다. 기철 형과 정식은 여전히 멀뚱히 서서 노래를 부르고 있었다.

"롸이. 롸이. 롸이롸."

"이 둘 왜 이러는 거야!"

"저도 모르죠! 그, 그 동영상을 보고 저러는 게 분명하다는 것만 알지……."

"누구 불러야 하는 거 아니야?"

기철 형이 고개를 홱 돌렸다. 정식도 마찬가지였다. 두 팔을 높이 들더니 번갈아 가며 상하로 움직이기를 반복했다. 다리 역시 마찬가지로 무릎을 들었다 놨다 하고 있었다. 생선 눈처럼 희멀건 눈을 하고 기괴한 노래를 반복해 부르며 춤을 추었다. 선미가 기겁하며 나를 쳐다봤다.

"야, 언제까지 청기 백기 추는 거 쳐다만 볼 거야. 얼른 나가자고!"

선미의 말이 옳았다. 위험하다. 나는 문을 힘껏 열었다.

문밖에 마을 주민들이 모여 있었다.

힘 좀 쓸 법한 덩치 큰 사내 둘이 방으로 휙 올라오더니 춤을 추고 있는 기철 형과 정식을 붙잡았다. 마당에 서서 우리를 쳐다보는 주민들의 눈빛이 기묘해, 우리 셋은 꼼짝도 못 한 채 굳어 있었다. 나이가 많아 보이는 노인 하나가 앞으로 쓱 나오더니 뭔가를 지시했다. 사내 둘이 더 방으로 들어갔고, 이윽고 기철 형과 정식을 밖으로 질질 끌고 나왔다.

"롸이! 롸이롸~ 롸이! 롸이롸~."

끌려가면서도 여전히 그 노래를 부르고 있었다. 노인의 행동으로 보아 둘을 어디로 데리고 가려는 것 같았다. 뭐라도 말을 해야 하는데 목소리가 나오지 않았다. 적막을 깬 건 선미였다.

"어디로 데려가는 거예요! 당신들 뭐야!"

노인이 고개를 비스듬히 기울여 그런 선미를 물끄러미 바라보았다. 이가 빠져 쭈그러진 입이 오물거리는 게 보였다. 진득하게 붙어 있던 입술이 떨어지며 바람 빠진 풍선 같은 목소리가 새어 나왔다.

"쿠네쿠네를 봤으니 그냥 둘 수 없지. 도대체 어떻게 본 거지?"

우리를 흡연실로 데려다줬던 남자가 양손이 뒤로 묶인 채 노인 앞에 밀려 쓰러졌다. 남자는 금방이라도 울 것처럼 눈물을 글썽이고 있었다. 노인이 다시 고개를 비스듬히 기울이며, 바닥에 주저앉은 남자를 향해 물었다.

"박 씨, 이 친구들이 쿠네쿠네를 봤어. 어떻게 된 거지?"

"모, 몰라요. 촌장님. 저는 그저 평소 하던 것처럼 안내만 하고…."

"박 씨, 아직 아니잖아. 벌써 보면 안 되는 건데. 이리 일을 망치나? 일을 망쳤으니 벌을 받아야지. 알지?"

노인이 이렇게 말하자 옆에 서 있던 사내들이 남자의 주위로 모여들었다. 사람 하나 죽일 기세였다. 내가 얼른 촌장이라 불린 노인에게 외쳤다.

"촌장 어르신! 카, 카메라요. 아까 끌려간 일행 중 한 명이 흡연실 밖을 몰래 촬영했어요! 그걸 보더니 갑자기 저렇게 된 거예요!"

"카메라?" 노인이 꺾었던 고개를 바로 폈다. "그런 걸 왜 가지고 다니나?"

"우린 오컬트, 아니 그 수상하거나 이상한 걸 조사하는 동아리… 동아리 아세요? 그 동아리가, 어휴, 학생들이 취미 생활 같은 거 공유하는 그런 곳인데, 이곳이 좀 이상하다고 생각해서 몰래 촬영하기로 한 거예요."

"카메라는 어디 있지?"

영수가 부서진 핸드폰을 가리키자 마을 주민 하나가 방에 들어가 발로 밟아 으깨버렸다. 기괴한 소리와 함께 핸드폰 파편이 투득 튀었다.

촌장은 초점 없는 눈으로 계속 우리를 쳐다보았다. 흐리멍덩한 눈빛에서 뭔가 모를 섬뜩함이 느껴졌다. 어깨를 으쓱하며 촌장이 히죽 웃었다.

"젊은 친구들이 겁도 없이. 여기가 어딘 줄 알고. 돈도 주고 담배도 준다는데 왜 시키는 대로 안 해?"

"우, 우리는 시키는 대로 할게요…."

영수가 답했지만 촌장은 들은 척도 하지 않았다.

"젊은 애들은 이래서 싫어. 나대다가 꼭 일을 벌이거든. 그냥 3일 동안 담배만 피우고 돌아가면 되는데, 이렇게 쉬운 일이 어딨다고."

"어르신, 돈도 담배도 필요 없으니 일행만 데리고 떠나게 해주세요.”

내 말을 들은 촌장이 주민들을 죽 둘러보았다. 마을 주민들이 모두 배를 잡고 웃었다.

껄껄껄. 깔깔깔. 으하하. 킬킬킬. 새벽에 듣는 여러 웃음소리는 생각보다 끔찍했다.

“연지야, 이리 와봐라.” 촌장이 연지를 불렀다. 연지가 주민들 뒤에서 슬쩍 나와 촌장 곁에 섰다. 그제야 알 수 있었다.

연지도 한통속이었다.

“연지야, 여기 이놈이 돈이랑 담배를 안 줘도 조용히 떠난단다. 너는 어떻게 생각하니? 다 네 친구들이잖아?”

연지가 배시시 웃으며 답했다.

“그냥 보내줄 리가 없잖아요, 할아버지.”

“그렇지?”

“이런 단순한 거짓말에 혹해서 온 재들이 잘못한 거죠.”

“그렇지?”

“그래도 담배는 피우게 해야 해요.”

참다못한 선미가 연지를 향해 소리쳤다.

“야, 이 쌍년아! 뒤통수를 쳐?”

배시시 웃고 있던 연지가 미소를 거두었다.

“내일이랑 모레까지는 담배 연기가 필요하니까 그때까지는 가둬놓죠.”

“말 한번 잘하네. 역시 내 손녀야.”

연지가 입술을 실룩거리더니 입꼬리를 올렸다. 저런 표정은 처음이었다.

"일단 흡연실에 던져놓고, 그렇게 좋아하는 담배나 마음껏 피우라고 하죠."

* * *

정신을 차릴 새도 없이 나와 영수와 선미는 산자락에 있는 흡연실로 끌려갔다. 주민들이 너무 많아 힘으로 이기기에는 역부족이었다. 괜스레 반항했다가는 역풍을 불러올지도 모른다고 생각했기에 그들의 요구에 순순히 따랐다. 영수는 잔뜩 겁먹었는지 내 뒤를 따라왔지만, 그렇지 않은 사람도 있었다. 선미는 반항을 했다. 그것도 아주 심하게.

"건들지 마! 내 몸에 손대면 가만 안 둬! 내가 알아서 갈 테니 잡지 말라고! 왜? 이쁜 처자가 성격 좆같으니 신기해? 이 변태 같은 늙다리 아재들아."

'애가 세상 무서운 걸 몰라. 저러다 맞으면 어쩌려고. 살기가 등등한 상황에.'

내가 영수에게 얼른 눈짓했다. 영수가 선미에게 가서 뭐라 뭐라 속삭이자, 선미가 영수를 잠시 쳐다보더니 입을 닫았다. 내 곁에 돌아온 영수에게 뭐라고 말했는지 물어봤다.

"그 힘 아껴뒀다가 이따 흡연실에서 쓰라고 했어요."

"선미가 단순하긴 하지. 평소에 널 귀여워했으니까 수긍한 거지 다른 사람이 그랬으면 들은 체도 안 했을걸?"

우습게도 선미는 정말 힘을 축적하는 모양인지 얌전히 걸었다. 마을 주민 몇몇이 우리를 둘러싸고 혹시 달아날까 경계하며 맴돌았다. 우리는 말없이 계속 걸었다. 드디어 평지에서 경사지로 바뀌기 시작했다. 조금 있으면 그 흡연실이 나타날 것이다.

궁금했다. 우리 앞에 닥친 이 상황에 대해서도, 기철 형과 정식이 본 무언가에 대해서도. 시간이 좀 지나니 마음이 차분해졌다. 예전부터 그랬다. 나는 이상하게 감정 조절을 잘한다. 영수가 옆에서 다시 속삭였다.

"저기, 선배님. 아까 그 촌장이 쿠네쿠네라고 했죠, 분명?"

"나도 그렇게 들은 것 같은데."

"비슷한 이름을 들어본 적이 있거든요." 영수가 안경테를 올렸다. 뭔가 생각나면 나오는 습관이다. "일본 도시 괴담이에요."

"도시 괴담?"

"네, 구네구네くねくね. 사실 원래 발음은 '쿠네쿠네'에 더 가까워요. 구불구불. 꿈틀꿈틀. 의태어인데 그것과 관련된 괴담이 있어요."

"일단 알았어. 여기서는 말하지 마." 나는 주위를 둘러보며 조용히 말했다. "이따가 흡연실에서 얘기하자."

"네." 영수가 얼른 입을 닫았다.

곧 검은 방수포로 뒤덮인 흡연실이 보였다. 특유의 기분 나쁜 분위기를 풍기고 있었다. 처음 본 선미와 영수도 비슷한 기분을 느끼는 것 같았다. 표정만 봐도 알 수 있었다. 선미가 중얼거렸다.

"와, 흡연실이 이런 SM스러운 곳이었어? 이런 거 내 전문이긴 한데."

우리 셋은 흡연실 안으로 말 그대로 내동댕이쳐졌다. 바닥에 널브러져 울상을 짓는 영수 앞에 담배 세 보루가 툭 던져졌다.

'한 사람당 한 보루? 이틀 동안 담배만 피우다가 죽으라고?'

내 표정을 봤는지 마을 주민 하나가 웃었다.

"이틀만 담배로 좀 버티라고. 그 이후에 어떻게 할지는 나도 모르니까. 뭐, 운이 좋으면 일 다 끝나고 뜨신 밥 먹고 따신 이불 밑에서 잘 수도 있잖아? 명색이 마을 축제에 초대받은 거니까. 이히히."

'정식이 같은 놈이 또 있구나.'

내가 이렇게 생각하는 사이 선미가 뭐라고 한마디 하려 했지만 영수가 얼른 그 입을 틀어막았다. 쿵, 하는 소리와 함께 문이 닫혔다. 문에 귀를 대고 바깥의 소리에 집중했다. 낙엽 밟는 소리, 떠드는 소리가 점점 멀어졌다.

'갔나? 아무도 없나?'

잠깐의 침묵이 흘렀다. 밖에서 아무런 기척도 느껴지지 않았다. 나는 문에서 얼굴을 뗐다. 영수와 선미는 어둡고 앞이 잘 보이지 않아 우왕좌왕하고 있었다. 나는 더듬더듬 벽에 있는 스위치를 찾아 올렸다. 불이 켜졌다.

"불 있네?"

"있더라고."

"진작 말하든가."

선미가 쪼그리고 앉아 흡연실 내부를 둘러봤다. 천천히 둘러보던 선미가 담배 한 보루를 들어 포장을 뜯었다.

"아니, 여기 완전 밀봉이네. 뭐, 틈새 하나도 없잖아. 밖을 아예 볼 수가 없게 막아버렸구나."

선미가 담뱃갑을 나와 영수에게 던졌다. 나는 라이터를 꺼내 담배에 불을 붙이며 영수에게 아까 말하던 것에 관해 물었다.

"영수야, 그거 자세히 말해봐. 쿠네 뭐시기."

"아, 네. 쿠네쿠네라고 도시 괴담이 있는데 기원은 알려진 게 없어요. 그, 논이나 밭에서 막 춤추는 게 있는데요⋯."

"춤을 춰?"

내가 되묻자 영수가 고개를 끄덕였다.

"네, 하얀 구름 같기도 하고 뭔가가 뭉친 것 같은 생김새인데, 그 움직임이 기묘한 춤을 추는 것같이 독특해서 쿠네쿠네라는 이름이 붙은 거예요. 이 마을 주민 입에서 그 이름이 나올 줄은 몰랐는데⋯. 저도 놀랐어요."

"아니, 괴담이라며. 괴담, 그거 다 거짓말 아니야?" 선미가 담배 연기를 따라 시선을 옮기며 말했다. "요즘 누가 괴담을 믿어. 쌍팔년도도 아니고."

"아네요, 괴담이 사실로 밝혀진 것도 있어요. 누나 그거 몰라요? 미국에서 사람들 잡아놓고 실험한 거. MK 울트라 프로젝트. 그것도 도시 괴담이었는데 진짜로 밝혀졌잖아요. 괴담은 무조건 다 거

짓이라고 생각하면 안 돼요. 아니, 저도 아까 그 이름 딱 듣는데 진짜 소름 돋아서 완전. 만일 저 사람들이 말하는 쿠네쿠네가 제가 아는 그 쿠네쿠네랑 연관이 있다면, 아까 기철 선배랑 정식 선배 행동도 설명이 되거든요."

홍미가 생겼는지 선미가 영수에게 가까이 다가갔다. 나도 옆으로 갔다. 내가 연기를 내뿜으며 물었다.

"설명을 해봐."

"쿠네쿠네를 '가까이서' 보면 미친대요."

나와 선미가 동시에 마주 보았다. 분명 아까 기철 형과 정식의 행동은 뭔가에 미친 것 같았다.

"왜 '가까이서'를 강조해?"

선미의 질문에 영수가 담배 연기를 들이마시다 말고 콜록거렸다.

"'멀리서' 보면 괜찮으니까요."

"그럼 가까이서 보면 미치는데, 멀리서 보면 괜찮은 거야?"

"네, 그래서 쿠네쿠네의 생김새나 모양에 대해 구전으로 내려올 수 있었던 거고요. 제가 아는 쿠네쿠네 괴담은 그래요."

"아니, 그러면 존나 소름 끼치잖아. 아까 그 동영상, 여기 바깥 촬영한 거 아니야? 그 말은 쿠네쿠네인가 뭔가가 여기 있다는 거잖아. 바로 앞에. 와, 씨발. 나 소름 돋았어." 선미가 중얼거렸다.

'가까이서 보면 미친다. 그래서 틈새를 모두 막았나? 아니 이건, 담배 연기가 빠져나가지 않게 하려는 걸 수도 있지. 그렇다면 그 안대는? 그래, 안대는 들어맞네. 보지 못하게 하려는 거잖아.'

여기까지 생각한 나는 영수를 돌아보며 물었다.

"그 쿠네쿠네는 소리를 내?"

"저야 모르죠. 알 수 없는 미지의 존재 콘셉트의 괴담이니까요."

"이해가 안 가는데. 도대체 그 쿠네쿠네 괴담이랑 이 마을이 무슨 연관이 있는 거지?"

영수의 눈이 반짝하고 빛났다. 선미가 히죽 웃더니 그런 영수를 보며 중얼거렸다.

"아, 쟤 저런 눈빛 하면 은근 설렌다니까?"

"저기, 선배님. 제가 책이나 영화 같은 거 많이 봐서 좀 알거든요. 일종의 클리셰예요." 영수가 조심스럽게 입을 열었다. "자기들이 못 하니까 우리를 데리고 온 거예요. 연지 누나도 말했잖아요. 여기 사람들은 담배를 못 피워요."

처음 동행한 주민이 기겁하며 담배 피우기 전에 꼭 말하라고 외치던 기억이 떠올랐다.

"되게 간단하거든요? 보세요. 하나하나 나열해보죠. 자기들은 담배를 못 피운다. 그런데 담배를 피울 줄 아는 이들이 필요하다. 그래서 돈이나 담배를 준다고 유혹해서 외부인을 데려와 담배를 피우게 만든다. 즉, 담배 연기가 필요한 상황이에요."

영수가 수첩을 펼치고 손가락으로 하나하나 짚어가며 중얼거렸다.

"왜 필요할까요? 주술이니, 전통이니, 마을 행사니, 그런 건 연지 선배 거짓말로 밝혀졌으니 제외. 여기서 쿠네쿠네 괴담을 접목해보죠. 쿠네쿠네를 가까이서 보면 미친다. 그걸 방지하기 위해 담배를 피우고 나올 때 안대를 차라고 했다. 좀 멀리 떨어져야 안대를 벗을 수 있다. 가정이지만 기철 선배와 정식 선배는 가까이서 촬영된 쿠네쿠네를 보고 미쳐버렸다."

흡연실에서 나오자마자 안대를 벗으면 안 되고 한참 내려가서 벗으라던 마을 주민의 말이 떠올랐다.

"자, 이제 중요한 부분이에요. 마을 사람들은 안대를 차지 않았다. 만일 기철 선배 카메라에 쿠네쿠네가 촬영됐다면, 흡연실 밖에 있던 마을 주민은 그걸 보지 못했을까요?"

"그럴 리가." 내가 대답했다.

선미는 이해가 안 가는 듯 고개를 갸웃거렸다.

"야, 뭐가 쉽다는 거야. 졸라 어렵구먼."

"선미 누나를 위해 더 쉽게 정리해볼까요? 우리는 담배를 피운다. 마을 사람들은 안 피운다. 담배를 피운 선배들은 쿠네쿠네를 보고 이상해졌다. 마을 사람은 쿠네쿠네를 보고도 멀쩡하다. 결론. 담배를 피우지 않으면 쿠네쿠네를 보고도 미치지 않는다!"

"진짜 독이네, 이거." 나는 피우던 담배를 집어 던지며 중얼거렸다. "아, 그래서 연지도 담배를 안 피웠던 거네. 그 마을 주민도 내 담배 연기를 행여 맡을까 봐 피우기 전에 말부터 하라고 그 야단법석을 떤 거고."

"그렇죠. 말 되죠? 제 추측이긴 하지만, 제 추측은 꽤 잘 들어맞는다고요. 우리 동아리 최고의 인재 아닙니까! 기철 선배가 인정했다고요. 제가 메모를 하는 이유가 있죠. 그리고 또 중요한 게 있어

엄성용

요."

"또 뭐?"

"롸이 롸이라는 노래요."

영수가 숨을 죽였다.

"왜 흡연실 밖에서 그 노래가 들렸을까요? 누가 불렀으니 들렸겠
죠? 도대체 누가, 왜 불렀을까요?"

"그야 안에는 나, 밖에는 주민 혼자였으니, 당연히 밖에서 나를
감시하던 주민이 부른 거겠지. 이유는…."

"쿠네쿠네가 찾아와서 부른 거예요." 영수가 노트를 탁, 치며 말
했다. "그 노래는 뭐랄까, 일종의 찬양 같은 거로 생각해요."

"너, 너무 단정하는 거 아니냐? 누나가 좀 걱정돼서 하는 말이
야." 선미가 두 번째 담배를 입에 물며 영수에게 말했다. "어디서 들
었는데, 생각을 너무 많이 하면 뇌가 힘들어서 자기 입맛에 맞는 결
론을 짓는 습관이 생긴대."

"분명 제 생각이 맞을 거예요. 틀림없어요."

영수가 힘을 주어 담배를 부러뜨렸다. 왠지 살짝 멋져 보였다.

"그들은 쿠네쿠네를 받들어 모시는 거예요."

"영수는 역시 똑똑해."

문밖에서 들리는 말소리에 우리 모두 놀라 비명을 질렀다. 연지
였다. 연지가 특유의 느릿한 말투로 속삭였다.

"성식 오빠아, 내가 오빠 좋아하는 거 알고 있었죠?"

오싹했지만 바로 대답하지 않고 조용히 있었다. 선미가 욕을 하

60

려는 것을 내가 손을 들어 막았다. 영수도 연지의 말에 귀 기울이며 쥐 죽은 듯 가만히 있었다. 나는 침을 한 번 꿀꺽 삼킨 뒤 천천히 입을 열었다.

"알고 있었어."

"오빠도 나 좋아하죠?" 연지가 물었다.

아까 마지막으로 본 연지의 미소가 떠올랐다. 어쩐지 내게 지은 미소 같다고 생각했었다.

"글쎄, 너는 어떻게 생각하는데? 그 대답이 듣고 싶어서 여길 찾아온 거야?"

"대답에 따라 오빠를 구해줄 수도 있어요." 연지가 웃는 소리가 들렸다. "여기서 나랑 살면. 같이."

목구멍까지 차오르는 욕지거리를 가까스로 참으며 나는 대화를 이어가려고 노력했다.

"나 말고 여기 내 친구들은?"

"걔들까지 구해줄 순 없어요. 먹이를 줘야 하거든요."

"먹이라니?"

"담배 연기. 그게 좋은 먹이예요. 그걸로 붙잡아두고 있는 거죠."

"뭘?"

영수에게 손짓해 펜과 수첩을 던지라고 했다. 영수가 펜과 수첩을 내 쪽으로 밀었다. 나는 빠르게 글씨를 적으며 연지의 답변을 기다렸다.

"쿠네쿠네. 영수가 잘 알잖아?" 연지가 말했다.

내가 영수에게 벙긋거렸다.

'대화 끊기지 않게 답변해!'

"아, 연지 선배님. 음. 저, 저는 그저 괴담으로만 알고 있는 거예요. 정말로 존재하는지는 몰랐어요."

"어머, 영수야. 쿠네쿠네는 실재해. 그리고 큰 도움을 주지. 사실 우리도 처음에는 당황했어. 마을 사람들 반은 미쳐버렸거든."

아무렇지 않게 답하는 연지의 목소리에는 어떤 감정도 담겨 있지 않은 것 같았다. 섬뜩했다.

"한 번이라도 담배를 피워봤거나 그 연기를 맡아봤던 사람들만 말이야."

영수가 나와 선미를 보고 자기 생각이 맞았다며 소리 없는 환호성을 질렀다. '지금 상황에 그게 좋아할 일이냐, 새끼야' 하는 내 입모양을 보고 영수는 금세 풀이 죽었다. 나는 수첩을 선미에게 들이밀었다. 개발새발 급하게 써서 한 번에 못 알아본 모양인지 잠깐 뚫어져라 메모를 보던 선미가 고개를 들어 문짝을 쳐다보았다.

'너 이단 옆차기로 이 문 열 수 있냐?'

괜히 한 말이 아니다. 선미는 우리 학교에 특채로 들어온, 체육 장학생 출신이었다. 주 종목은 태권도. 영수가 그 힘 아꼈다가 이따가 쓰라고 한 말 역시 다 생각이 있어 한 것이었다. 선미가 잠시 문을 쳐다보더니 손가락을 동그랗게 말았다. 오케이 사인. 얼른 연지에게 다시 말을 걸었다.

"하, 눈치채고 있었구나. 창피하네. 사실은 나도 너를 좋아하긴 했어. 아직까지 내 감정에 확신이 들지 않아서 표현은 제대로 하지 않았지만." 나는 살기 위해 필사의 거짓말을 했다.

"정말이에요?"

"여기까지 온 마당에 왜 속이겠어? 그냥 난 나를 보며 웃어주는 네 미소가 좋았어. 그것뿐이야. 그게 너무 설레서…."

"하긴…. 오빠만 보면 웃음이 나와서 어쩔 수 없었어요." 연지의 말이 빨라지는 게 느껴졌다. "내 진심이 전해졌구나."

선미가 몸을 살짝 일으켜 거리를 재고 있었다. 나는 옆으로 조심스레 비키며 계속 말을 걸었다.

"그런데 나는 담배를 피운 사람이니 그것을 보고 미치지 않을까 걱정돼."

"괜찮아요. 마을에는 오지 않아요. 여기서 담배 연기를 제공하는 한."

점점 의문이 풀리고 있었다. 선미가 깍지를 낀 팔을 죽 뻗어 스트레칭을 하기 시작했다.

"기철이 형이랑 정식이는 이상하게 변했잖아? 지금 여기에는 없어?"

이어진 연지의 대답은 무시무시했다.

"흡연실 주위는 쿠네쿠네 새끼들로 온통 뒤덮여 있긴 한데, 보지만 않으면 되니까 너무 걱정하지 말아요. 내가 문을 열면 눈을 감고 나와요. 열리는 순간, 담배 연기를 먹으러 새끼들이 안으로 몰려들 거예요. 그때를 틈타 멀어지면 돼요."

엄성용

벽 쪽에 앉아 있던 영수가 중앙으로 후다닥 튀었다. 선미가 그런 영수를 보며 쯧, 혀를 찼다. 선미는 허벅지와 다리를 주무르며 근육을 풀고 있었다. 나는 담배를 들어 불을 붙인 뒤, 마지막으로 연지에게 말했다.

"나도 담배 끊어야겠어. 연지, 너는 한 번도 피운 적 없지?"

"당연하죠, 오빠. 저는 미쳐서 춤만 추다 죽기 싫어요."

"그렇구나. 연지야, 할 말이 있는데…."

"뭔데요, 오빠?"

"좀 창피해서. 가까이 와줄래? 문 가까이. 너만 들을 수 있게…."

말꼬리를 길게 늘였다. 킥킥대는 웃음소리와 함께 연지가 움직이는 소리가 들렸다. 연기를 있는 힘껏 들이마신 뒤, 선미에게 신호를 보냈다.

'박살 내버려.'

선미가 성큼성큼 뛰더니 공중에 몸을 던졌다. 내 평생 본 것 중 가장 멋진 이단 옆차기였다.

문이 벌컥 열렸다. 앞에 있던 연지는 문에 부딪혀 뒤로 나동그라졌다. 연지가 쓰러진 그 찰나에, 나는 위치를 확인한 뒤 눈을 감고 그대로 몸을 날렸다. 영수와 선미 역시 마찬가지였다. 연지의 몸에 올라탄 나는 그 애의 두 팔을 붙잡고 그대로 키스했다. 키스라기보다는, 담배 연기를 좀 나눠준 것이다.

"흐끼아악!"

연지가 비명을 지르며 팔다리를 바동거렸다. 위에 올라탄 내가

64

눈을 감은 채 연지를 향해 소리쳤다.

"담배 연기를 마셨어! 이제 너도 그걸 보면 미쳐! 담배 연기를 들이마셨으니까! 이제 너도 보면 미친다고!"

연지가 등을 돌리더니 몸을 일으켜 헐레벌떡 달아나기 시작했다. 일단 나도 바닥을 기다가 에라 모르겠다, 하고 눈을 떴다. 어차피 뒤만 돌아보지 않으면 되니까. 나는 뒤에 있을 영수와 선미에게 고함을 질렀다.

"쿠네 새끼들이 흡연실 안으로 다 들어갔을 테니 앞만 보고 달려!"

"끼야아아아악!"

굳이 안 질러도 되는 비명을 지르며 영수가 나를 쏜살같이 지나쳤다. 선미가 와서 나를 일으켜 세웠다. 정면만 꼿꼿이 바라보고 있는 모습이 우스꽝스러웠다. 하긴, 나도 그렇게 보일 것이다.

"얼른 저 쌍년을 붙잡아야지!"

선미가 침을 뱉으며 앞으로 뛰어나갔다. 나도 죽을힘을 다해 달렸다. 그렇게 달리다 보니, 앞에서 넘어져 데굴데굴 구르는 연지의 모습이 보였다. 선미가 연지의 머리채를 붙잡고 번개같이 주먹을 날렸다. "악!" 하며 연지가 얼굴을 감싸 쥐었다. 선미가 주먹을 다시 치켜들자, 연지가 두 손을 휘저으며 소리를 질렀다.

"때리지 마! 때리지 마!"

"야, 이년아. 생각 같아서는 이빨을 다 털어버리고 싶지만, 아직 물어볼 게 있을 테니 참는다." 선미가 연지의 목을 잡고 계속해서 협박했다. "너 좆 된거야. 담배 연기 마셨으니까 여기서 더는 살 수 없어."

연지가 울기 시작했다. 다가간 내가 선미를 말리며, 연지에게 차갑게 비수를 꽂았다.

"너랑 친해진 이유 말해줄까? 담배 얻으려는 연기였어. 박성호라고 알지?"

"서, 성호 오빠?"

"내 군대 선임이었거든. 너랑 친해지면 담배를 얻을 수 있다고 하더라. 그래서 접근했지."

"…"

"제비라고 욕해도 좋아. 담배는 그만큼 가치 있는 거니까. 너 낚였다고."

"으흑. 으흐흑흑…. 성호 오빠도 여기 있어요." 연지가 울며 중얼거렸다. "내가 마을로 데리고 온 사람들은 다 이곳에 있어요. 물론 미쳐버린 상태로요. 스스로 쿠네쿠네를 보지 않았어도, 마을의 비밀이 밝혀지면 안 되니까 우리가 보게 했어요."

어이가 없어 쳐다보는 내게, 연지가 힘없이 손을 들어 마을이 있는 방향을 가리켰다.

"더 가야 해요. 여기는 아직 위험해요. 쿠네쿠네를 만날 수도 있으니까."

연지의 말이 끝나기 무섭게 영수가 다시 달리기 시작했다. 나와 선미도 뛰었다. 그렇게 우리 넷은 죽어라 뛰었다. 한참을 뛰다가 경사가 없어지고 평지로 바뀌는 시점에 걸음을 늦췄다. 숨을 몰아쉬며 영수가 연지에게 말했다.

"와 씨, 숨차. 헉. 헉. 저기, 연지 선배. 이제 우리 다 같은 편이죠? 여기서 달아나야 하니까 도와줘요."

"안 돼. 난 못 해." 연지가 울먹였다. "너희들이 멀쩡한 걸 알면 마을 사람들이 가만있지 않을 거야. 원래 계획대로라면 이틀 후 너희들은 다 쿠네쿠네를 강제로 보고 미쳐버려야 해. 다 틀어졌어. 나 때문에."

"도대체 그 롸이 롸이 하는 노래는 뭐야?"

내가 묻자 연지가 고개를 푹 숙였다.

"할아버지 말로는 쿠네쿠네를 부르는 주문이래요. 이리로 오라고 춤을 추고 노래를 하며 어필하는 거죠. 미쳐버린 사람들을 마을 한복판에 그냥 놔둘 순 없으니까 마을 회관 지하실에 가둬뒀어요."

"이런 개 잡것들이 진짜. 다 쥐어패야 하는데, 씨발."

선미가 분한지 바닥을 쿵, 하고 굴렀다.

"방법이 있어." 내가 말하자 선미가 나를 보며 물었다.

"다 쥐어패는 방법이 있다고?"

"아니, 마을로 가는 방법. 연지가 연기만 잘하면 돼."

이번에는 연지와 영수도 나를 쳐다보며 물었다.

"무슨 소리야?"

"우리는 기를 쓰고 달아나려 하다가 그만 쿠네쿠네를 보고 미쳐버린 거지. 그렇게 마을 언저리를 배회하는 것을 연지가 우연히 발견한 거야. 그럼 마을 사람들이 우리를 데려갈 거 아니야, 마을 회관으로. 가서 기철이 형이랑 정식이를 구출하는 거지."

"그게 말처럼 쉬워요? 지금 우리만 달아나기도 벅찬데…."

영수의 투정이 끝나기도 전에 선미가 영수의 머리를 쥐어박았다.

"아야!"

"이 새끼 의리도 없네. 여기까지 왔는데 도망이나 칠래? 한참 잘못 봤네, 내가."

아무 말 못 하고 가만히 서 있는 영수를 보며, 선미가 들으라는 듯이 중얼거렸다.

"전에 나한테 제발 같이 가자고 한 게 뭐였더라…. 코믹콘? 코믹컵? 아 씨, 기억이 가물가물하네. 뭐 되게 큰 행사라고…."

"코믹콘! 코믹콘이요! 와! 누나! 진짜요? 지금 나 놀리는 거 아니죠?"

영수의 눈빛이 변했다.

"딜하는 거야. 네가 부탁한 어둠 사냥꾼 코스프레, 누나가 눈 딱감고 해줄 테니까 기철 오빠랑 정식이 구해서 가는 거다. 이 오타쿠 자식아. 오케이?"

"당연히 구해야지! 얼른 가죠! 구하자! 드디어 내 소망이 이뤄지는구나! 누나 진짜 어둠 사냥꾼 베인에 딱이라고요! 대박! 어? 맞다…." 영수가 흥분해서 말하다 말고 말꼬리를 흐렸다. "저 갑자기 생각났는데, 그 춤도 춰야 하는 거죠, 우리?"

"그렇지. 내가 춤을 기억해. 아마도 이런 식이었을 거야."

나는 고개를 비스듬히 꺾고 허리를 살짝 틀었다. 팔을 올리고 내리며 무릎도 마찬가지로 번갈아 움직였다. 모두 입을 벌린 채 내 모습을 바라보았다. 선미가 기가 막힌다는 투로 말했다.

"하아. 저 청기 백기 춤을 춰야 한다니…"

"인디언들이 모여서 우우, 하는 그 동작 알지? 그거랑 좀 비슷한 것 같아. 선미 말대로 청기 백기 게임 하듯 팔을 흔드는데, 여기서 중요한 건 고개를 들지 않아야 한다는 거야. 전에 보니까 쿠네쿠네를 보고 홀리면 동공이 없어지는 것 같더라고. 그니까 이렇게…"

"아니, 왜 그렇게 차분한 설명조야. 진짜 무서운 놈이야, 저거."

내가 고개를 숙이고 좌우로 마구 흔들며 동작을 보여주자 영수가 한숨을 내쉬었다.

"선배님들 구하러 가기도 전에 제 풀에 지치겠네요."

"야, 리듬감 있게 했다가 멈췄다가 해야지. 종일 하면 피 쏠려서 안 돼." 선미는 이렇게 말하고 팔과 무릎을 들더니 이리저리 움직였다. 진짜 끔찍한 몸치였다.

"운동하면 원래 몸 유연하지 않냐? 근데 넌 왜 이래? 그러니까 만날 힘만 주지. 봐봐. 좀 더 각이 나오게. 요기, 중점으로 잡아주고."

"내 몸이 어디가 어때서! 운동 잘만 하는데! 에이, 씨발!"

투덜대는 선미의 팔과 무릎의 위치를 잡아주며 조언을 해줬다. 어설프게나마 비슷해 보였다.

"성식 선배님, 소싯적에 춤 좀 췄나 보네요."

영수의 말이 웃겨서 잠시 폭소했다. 내가 웃자 영수와 선미도 그제야 웃었다. 이 빌어먹을 마을에서 이렇게 웃을 수도 있다니 신기했다.

"연지 쟤 믿을 수 있어?"

선미의 질문에 나는 연지를 잠시 바라보았다. 어떻게든 우리 편으로 만들어야 한다. 나는 선미를 보며 고개를 끄덕였다.

"네게 맡긴다. 솔직히 나 지금 너, 졸라 천재라 생각하는 중이거든. 그 삼국지에 나오잖아. 치세의 능신이 난세의 간웅 된다고."

"와, 누나. 완전 반전."

영수의 말에 선미가 고개를 돌리며 살짝 윙크했다.

"이래 봬도 나 대학생이거든? 나 삼국지 게임 좋아해."

나는 연지에게 다가가며 급속도로 어두운 표정을 지었다. 울고 있던 연지가 그런 나를 물끄러미 쳐다보았다. 나는 뭔가 체념하는 표정이자 동정심을 자극하며 모성애를 자극하는, 한쪽 입꼬리만 올린 미소를 살짝 지으며 연지의 손을 덥석 잡았다. 화들짝 놀라며 쳐다보는 연지를 향해, 나는 최대한 부드러운 말투로 속삭였다.

"네 이야기를 해줘 봐."

"…?"

"연지, 너. 이 마을에서 태어나고 자랐어? 왜 이렇게 힘든 일을 맡은 거야."

"뭐, 뭐가요…"

"왜 연약하고 힘없는 네가 미끼가 되어 사람들을 낚냐고. 너는 그저, 아직 어리고 꿈 많은 대학생일 뿐이잖아."

70

나는 말을 일단 멈추고 연지를 지긋이 바라보았다. 아르바이트하던 핸드폰 판매점에서 배운 기술이다. 설득한 뒤 침묵을 던지면 고객은 뭔가 답을 하거나 결정해야 한다는 무언의 압박을 느낀다. 참고로 그 판매점 사장님은 내 복학을 기를 쓰고 반대했었다. 판매왕이 어디 가느냐고. 돈 벌라고. 어차피 공부하는 것도 다 돈 벌려고 하는 거 아니냐면서. 사람 상대하는 건 정말 자신 있다.

연지가 고개를 푹 떨구며 훌쩍거렸다.

"성식 오빠, 오빠는 몰라요. 내가 왜 이러는지…"

"말해주면 알게 되겠지. 네가 말해주기를 바라. 이제 우리는 한배를 탄 거니까." 내가 조용히 속삭였다. 동질감을 유도하라.

"나는, 나는 이렇게 배운 것뿐이에요. 사람들을 데리고 오면 된다고. 그리고 가장 잘 낚을 수 있는 사람은 젊은 애들이라고…"

"그래서 어땠어? 막상 데리고 오면." 나는 약간 낮은 어조로 바꿔물었다.

"…"

"죄책감이 들었어? 그랬어?"

표정만 봐도 알 수 있었다. 연지는 분명 탐탁지 않았을 것이다. 애정이라는 감정이 있는 사람이라면 그만큼 정에 휘둘리기 마련이다. 애초에 철저하게 냉정한 이들은 누굴 좋아한다고 표현하지 않는다.

내 질문에 연지는 답을 하지 못했다. 우물쭈물하던 연지가 겨우 입을 열었다.

"안 하면 내가 당하니까. 나, 사실 어렸을 때 이 마을에 온 거예요. 마을 출신이 아니에요. 우리 아빠, 엄마는 그저 억울하게…."

신파극을 찍을 여유는 없다. 번개같이 머리를 굴렸다. 정리하면, 연지는 이 마을 출신이 아니고 그저 이용당한 것뿐이다. 끝. 그대로 몰아붙였다.

"역시! 너는 그저 이용당했을 뿐이야. 이곳에서."

"그런…."

"너희 부모님이 희생당한 건, 이 마을의 음모였던 거네."

"하지만 우리는 아무것도 모르고, 그냥 길을 잃어서 우연히 들른 건데…."

"떽!"

내 고함에 연지가 화들짝 놀라며 나를 쳐다보았다.

"우연이 어딨어! 우연이란 건 없어! 이 마을 사람들은 너희 부모님을 유인해서 이용한 거야. 너를 얻기 위해. 낚싯대가 필요했던 거지."

"나를 얻기 위해…."

"결국, 너는 이 마을 사람들과 이어진 건 없는 거잖아. 그 촌장의 친손녀도 아닌 거고."

내 말에 연지의 안색이 창백해졌다. 고개를 끄덕이며 연지가 울먹였다.

"…."

"아무것도 모르는 아이를 잡아 키우며 세뇌했겠지. 이 마을은 썩

었어." 단호한 표정으로 말하는 나를 보는 연지의 동공이 흔들렸다. 혼란스러워하고 있었다. 나는 말을 계속 이었다. "당황스러웠을 거야. 충분히 이해해. 지금 네게 닥친 이 상황이…."

"성식 오빠." 연지가 눈물 어린 눈으로 나를 멀뚱히 쳐다보며 말했다. "설마 제가 여기서 눈물 펑펑 흘리며 오빠한테 폴싹 안길 거라 착각한 건 아니죠?"

"어, 엉?"

"뭔 헛소리예요, 그게. 지금 이 상황에."

연지가 선미에게 얻어맞은 턱을 어루만지며 인상을 찌푸렸다.

"오빠가 아까 나한테 와서 나 안 좋아한다고 말해놓고, 뭘 또 사람 바보 만들어요. 됐어요. 어차피 나 엮으려고 연기하는 거 다 알아요. 그러니까 괜히 쓸데없는 말 하지 마요."

"아니, 그럼 왜 울먹이면서 나를 쳐다본 거야? 뭔가 가, 감동해서…."

"아까 맞은 데 아파서 그래요. 안경 쓴 사람 얼굴 때리면 살인 미순데, 썅."

"…아, 그래. 응. 오케이."

나는 입을 다물며 고개를 연신 끄덕였다. 연지가 피가 섞인 침을 퉤, 하고 뱉었다.

"와, 이빨 나가는 줄 알았네. 씨발."

"…욕도 찰지게 잘하는구나. 몰랐네."

"어차피 다 좆 된거예요. 여기 주민들 무서워요. 사람 잡아 죽이는 건 일도 아니죠. 이제 나도 방해꾼 중 하나일 테고, 걸리면 비밀 유지를 위해 죽이거나 강제로 쿠네쿠네를 보게 할 테니 빨리 튀어 야죠. 하지만 혼자는 무리니 손잡아야지 뭐 어쩔 수 없네요. 안 그 러면 나부터 지금 잡아 족칠 거잖아요. 선택의 여지가 없는 것 같 으니 함께할게요."

"굉장히 논리적이네?"

"사기 치려면 냉정해야 하는 거예요. 내가 그걸 못 해서 이 지경 까지 온 거고. 오빠가 다 넘어왔다고 착각해버려서." 연지가 피식 웃 고는 다시 담담하게 말했다. "그럼 일단 내가 먼저 마을로 가서 상 황 설명을 하면 되는 거죠?"

"그, 그렇겠지?"

연지가 고개를 살짝 들어 나와 눈을 마주치며 말했다.

"진짜 거짓말이에요?"

"뭐가?"

"아까 그 말이요."

나는 차마 대답하지 못하고 어설픈 미소만 지었다. 연지가 씩 웃 었다.

"한배 탔다면서요. 그럼 믿어봐요."

연지가 몸을 돌려 마을을 향해 후다닥 뛰었다. 영수가 내게 와 서 물었다.

"뭐라고 한 거예요?"

뭔가 자신 있게 나선 게 창피해서 나는 말을 얼버무렸다.

74

"뭐, 별거 아니야. 이제 같은 편이 됐고 비밀도 다 털어놓았으니 서로 알아가자고…"

"무슨 그런 소리를 사람이 그렇게 쉽게 믿어요."

나는 어깨를 으쓱했다.

"별말은 안 했어. 연지 걔가 참 똑 부러지네, 거참."

"내가 다 들었는데 무슨 헛소리야! 말은 청산유수 같더니 한 방 먹었잖아! 태세 전환 확실하네, 저년. 뭐, 우리야 좋지."

나는 선미의 말에 놀라 넘어질 뻔했다.

"아, 깜짝이야…"

선미가 뒤에서 계속 몸을 들썩대며 소리쳤다.

"야, 일단 봐봐. 나 이제 좀 리듬 타는 것 같은데?"

"그렇지. 지금 이게 중요한 게 아니지. 좋아, 선미야. 잘하고 있어. 아, 롸이 롸이 하는 거 잊지 말고. 롸이 롸이라."

"롸이 롸이!"

"롸이 롸이라!"

우리 셋은 팔을 들고 머리를 흔들기 시작했다.

* * *

순탄했다.

마을 회관으로 끌려온 우리는 그대로 지하실로 보내졌다. 이미 연지에게 말해서 열쇠를 훔쳐 오라고 한 상태니, 이제 들어가서 기철 형과 정식을 빼내 오기만 하면 되는 거였다. 지하실 문이 열리자 수많은 사람이 춤을 추는 게 보였다. 하나같이 기괴하게 몸을 비틀고, 기묘한 목소리를 내고 있다. 우리도 춤을 추며 안으로 들어섰다. 우리를 끌고 온 주민이 문을 잠갔다. 안팎이 훤히 보이는 구조라서 춤을 멈출 수는 없었다. 힘에 부친 영수가 투덜거렸다.

"롸이 롸이롸…. 와, 너무 힘들어요. 이거."

"쉿. 아직 밖에 주민이 있을지도 몰라."

갇혀 있는 사람들은 나이와 성별이 천차만별이었다. 우리보다 어린 남자도 있었고 나이 든 여자도 있었다. 그들은 모두 하나같이 춤을 추며 노래를 불렀다. 가지각색의 억양과 음의 높이가 지하실을 가득 채우고 있었다. 나는 격렬히 춤을 추며 몰래 밖의 상황을 살폈다. 감시하는 이는 없는 것 같았다.

"기철이 형이랑 정식이 좀 찾아봐."

선미와 영수가 사람들을 헤집고 기철 형과 정식을 찾기 시작했다. 대략 100여 명쯤 될까? 지하실은 바로 위층의 마을 회관만큼 넓었다. 영수와 선미가 찾았다며 신호를 보냈다. 기철 형과 정식은 땀을 뻘뻘 흘리며 롸이 롸이를 부르고 있었다.

"설마 아까부터 계속 쉬지 않고 춤을 춘 건 아니겠지?"

"쿠네쿠네에 홀리면 신체가 변하는 걸 수도 있지. 힘도 장난 아니더라."

"그럼 여기 있는 사람들, 다 쉬지 않고 계속?"

"모르지, 그건. 만약 그렇다면 이미…"

죽었을 것이다. 껍데기만 남아 요동치는 것이다. 눈살이 저절로 찌푸려졌다. 여기 있는 모든 이들이 다 그런 상태일지도 모른다.

똑똑. 문을 두드리는 소리가 들렸다. 연지였다. 내가 문 쪽으로 다가가자 연지가 조그맣게 속삭였다.

"자물쇠 열어놨으니 나가면 돼요."

"마을 사람들은?"

내 물음에 연지가 손을 들어 위를 가리켰다.

"지금 경배 중이에요. 감사의 의미로."

"하나만 물어보자. 왜 이 마을에는 미세먼지가 하나도 없지?"

"말했잖아요. 쿠네쿠네가 큰 도움을 줬다고. 산에 숨어 사는 거대한 쿠네쿠네가 모든 미세먼지를 다 먹어 치웠어요. 더러운 공기가 맛있는 먹이인 셈이죠. 멀리서 본 사람이 있는데, 미세먼지가 죽 빨려 들어가는 게 보였대요. 산 쪽으로 말이에요. 마을을 덮쳤던 작은 새끼 쿠네쿠네들도 쿠네쿠네가 그렇게 마을의 미세먼지를 다 빨아들이 후로 사라졌고요. 처음에는 시옥이 열렸나 싶었지만 곧 천국이라는 걸 알았죠."

"그럼 흡연실 연통이 산 위로 이어져 있던 건 담배 연기를 공급하기 위한 거였구나."

"그래요. 먹이라고 했잖아요. 담배 연기가 먹이였던 거죠. 이제 마을 주변에는 먹을 미세먼지가 없으니까."

"그렇다면 다른 미세먼지를 찾아 떠나게 두면 되잖아. 전국이 다 미세먼지로 가득한데."

내 물음에 연지는 바로 답하지 못했다.

"왜? 설마…."

"다른 곳에 가면 여기는 다시 더러워지니, 그게 싫어 붙잡아두는 거예요. 외부인을 희생해서라도. 담배 연기야말로 최악의 미세먼지와 다름없거든요. 미세먼지보다 담배 연기가 더 맛있는 먹이라는 걸 쿠네쿠네도 알아요."

"졸라 큰 공기 청정기를 유지한다는 거네." 선미가 한마디 툭 던졌다.

"선미 누나 은근 센스 있어."

"어쨌든 이 빌어먹을 미친 곳을 빨리 뜨자고."

"마을 사람들이 모두 모인 건가? 회관에?"

"응, 정기적인 행사라서 한 명도 빠짐없이 모였어요."

이대로 떠나기는 뭔가 아쉬웠다. 괘씸했다. 자기들이 살기 위해 사람들을 이용하고, 마을 유지에만 힘쓰다니. 비겁한 인간들이었다. 잠깐 생각을 하던 나는 지하실 위를 쳐다보았다. 관 여러 개가 줄지어 늘어서 있었다. 가까이 다가가 살펴보다가 귀를 기울였다. 회관 안에서 떠드는 소리가 들려왔다. 나를 보고 영수와 선미도 다가와 관을 살폈다. 내가 연지를 바라보자 연지가 멋쩍은 표정으로 말했다.

"아무래도 경배하는데 찬양이 있어야죠."

"와, 성가대로 부리고 있었구나." 영수가 기가 찬 듯 중얼거렸다.

소름이 끼쳤다. 왜 이들을 이곳에 격리하고 있는지 이제야 알 수 있었다. 죽이지 않고 왜 여기 가둬두는지를. 주민들은 노랫소리가 필요했다. 쿠네쿠네를 부르는 주문이. 자신들을 떠나지 말라고. 언제까지나 극상의 담배 연기, 아니 최악의 미세먼지를 제공할 테니 함께해달라고.

'빌어먹을.'

나는 처음으로 극심한 분노를 느꼈다. 감정 조절에 강한 나였지만 아무래도 이건 정도가 심했다. 나는 소심한, 아니 대담한 복수를 하기로 마음먹었다.

"연지야?"

"네."

연지를 보니 약간 양심에 걸렸지만 어쩔 수 없었다.

"기철이 형이 끌고 온 차 있지? 거기 가서 대기하고 있어."

나를 잠깐 쳐다보던 연지가 알겠다는 듯 고개를 끄덕였다.

"빨리 오셔야 해요."

연지가 몸을 돌려 걸어갔다. 연지가 시야에서 사라진 걸 확인한 후 내가 손을 내밀자, 선미와 영수가 의아해하며 쳐다보았다.

"뭐?"

"담배 다 꺼내 봐."

영수와 선미가 담뱃갑을 꺼냈다. 나도 가지고 있던 담배를 꺼냈다. 담배를 하나 물어 불을 붙였다. 아니 두 개, 아니 세 개, 아니 네 개. 궁금해하는 표정의 영수와 선미에게 말했다.

"혹시 몰라서 연지도 보냈으니 시작하자고. 여기 관으로. 뭔 말인지 알지?"

"한 방 먹이는 거야? 오케이!"

영수와 선미가 그제야 무슨 말인지 눈치채고 각자 담배를 여러 개 물고 불을 붙이기 시작했다. 사람들이 경배 예배를 하고 있는 회관 안으로 담배 연기가 슬금슬금 퍼질 것이다. 그렇게나 조심하고 피했던 그 담배 연기가 말이다. 아래층에서 찬양 소리와 함께 최악의 미세먼지가 올라와 자기들을 잠식하리라고는 꿈에도 생각하지 못할 것이다.

연기를 마구 뿜어냈다. 연기가 관을 타고 올라가기 시작했다. 선미가 콜록대며 눈물을 찔끔거렸다.

"간접흡연이 이렇게 무서운 거지."

영수가 고개를 끄덕이며 관을 향해 연기를 후후 불었다. 담배 한 갑을 다 태울 때까지 우리는 그렇게 연기를 연신 내뿜었다. 이제 상황이 재밌어질 것이다. 그걸 구경 못 하고 떠나는 게 내심 아쉬울 정도였다.

나와 영수, 선미는 기철 형과 정식을 데리고 밖으로 나섰다. 남은 담배는 모조리 쓸어모아 지하실 구석에 불을 붙여놓았다. 연기가 지하실에 가득 들어차고 관을 통해 회관으로 퍼질 것이다. 문을 닫고, 안에 있는 사람들을 잠깐 쳐다보았다. 뚱뚱한 몸으로 춤을 추는 머리가 반 벗어진 남자가 군대 선임이었던 박 병장인 건 알았지만, 분명 이미 죽은 거나 다름없을 터였다.

우리는 몰래 회관을 벗어나 기철 형의 차가 있는 곳으로 향했다.

연지가 발을 동동 구르며 손짓했다. 마을 사람들이 차에 뭔 짓을 한 것 같진 않았다. 기철 형과 정식을 뒤에 태우고, 내가 운전대를 잡고 영수가 조수석에 앉았다. 연지와 선미는 뒷좌석 양쪽 끄트머리에 각각 자리를 잡았다. 기철 형의 품을 뒤져 찾은 키를 꽂아 넣고 시동을 걸었다. 엔진이 덜덜대며 떨리기 시작했다.

어디선가 비명이 들렸다. 우리는 비명이 들린 곳으로 시선을 돌렸다.

마을 회관에서 사람들이 쏟아져나오고 있었다. 누구는 넘어지고, 넘어진 이를 누군가 밟고, 여기저기 부딪히고, 난리였다. 공황에 빠진 마을 주민들은 제각기 살길을 찾아 이리저리 날뛰고 있었다. 춤을 추는 사람들도 보였다. 여기저기 뛰어다니는 마을 주민들과, 미친 듯이 춤을 추는 사람들이 모여 설명하기 힘든 장면을 연출했다. 누군가 우리를 발견하고 비명을 지르며 마구 뛰어왔다.

"롸이 롸이롸!"

언제 여기까지 왔는지 동공이 없는 주민 한 명이 갑자기 차 옆에 나타났다 .

"한국 사람이면 한국말을 해, 이 변태 새끼야!"

선미가 차 문을 열더니 발로 주민을 힘껏 걷어찼다. 나동그라지는 주민 위로 선미가 침을 칵 뱉었다. 부들부들 떨리는 선미의 주먹을 영수가 품에 꼭 안았다.

"누나. 누님. 제발요. 일단 여길 벗어나요."

"와, 씨발. 성질 같아서는 다 패버리는 건데, 진짜."

나는 액셀러레이터를 힘껏 밟았다.

마을이 점점 멀어져갔다. 그들에게 남은 것은 이제 없었다. 쿠네 쿠네는 아마도 떠날 것이다. 그것의 정체가 뭔지는 중요하지 않다. 하지만 한 가지는 알 수 있었다. 롸이 롸이. 롸이 롸이롸. 시끄러운 노랫소리가 울렸다.

"평소에 졸라 치고 싶었어, 너."

픽! 선미가 정식과 기철 형을 후려쳐서 기절시켰다.

"시끄러워서. 기철 오빠한테는 좀 미안하네."

영수가 킥, 웃고는 안경테를 올렸다. 조용해진 둘 옆에서 선미가 팔짱을 끼고 잠을 청하려고 눈을 감았다. 그러고 보니 우리 모두 밤을 꼴딱 새운 상태였다. 내가 영수에게 말했다.

"영수야, 너도 좀 자둬. 이따가 나랑 운전 교대하려면."

연지는 여전히 뒤를 돌아본 채였다. 저 애를 어떻게 해야 할지는 나도 몰랐다. 우리를 이곳으로 불러들인 것도 연지지만, 구해준 것도 연지니. 그냥 버려두고 갈 수는 없었다. 나는 그리 차가운 놈이 아니다. 너무 고민이 많아진 것 같아 쓸데없는 생각을 비우기로 했다. 연지도 매우 힘들었을 것이다.

"연지야?"

"…"

"연지야?"

"칵."

소리가 들렸다.

"칵. 칵."

룸미러로 뒤를 보았다. 연지가 목을 뒤로 꺾는 게 보였다.

"칵. 칵. 칵."

선미가 눈을 뜨고 연지를 보더니 뒤로 고개를 돌리려 했다.

"뒤돌아보지 마!"

선미가 얼른 다시 고개를 정면으로 돌렸다.

뭔가를 본 것이다. 연지는 그걸 본 것이다. 그리고 미쳐버렸다.

연지가 몸을 들썩였다. 우리는 아무것도 할 수 없었다. 영수가 분이 차는지 안경을 벗어들더니 냅다 집어 던졌다.

산에 숨어 지내던 그것이 움직이는 게 분명했다.

거대한 쿠네쿠네. 본체가.

한 가지 알 수 있는 건 그거였다. 통제를 벗어난 그것이 이제는 먹이를 찾아, 미세먼지를 찾아 움직일 거라는 것.

자꾸 백미러에 눈길이 갔으나 애써 참았다. 더 멀어져야 했다. 영수가 긴장한 채 정자세를 하고 정면만 바라봤다. 나 역시 마찬가지였다. 핸들을 잡은 손에 땀이 너무 나 미끄러울 정도였다. 선미가 요동치는 연지의 후두부를 가격해 조용해지게 했다. 달리는 엔진 소리만 요란하게 울렸다. 적막을 깬 건 선미였다.

"저기, 나 머릿속이 복잡하거든. 나보다 영수나 성식이, 너희들이 더 똑똑하잖아. 어쩌지, 이제 우리?"

선미가 물었다. 나도 모른다. 하지만 대답하지 않았다. 그저 달리는 수밖에 없었다. 영수 역시 아무 말 없이 고개만 숙이고 있었다.

기절해 있는 기철 형과 정식, 연지를 보며 영수는 무슨 생각을 하고
있을까.

"아하하하."

갑자기 의도치 않게 웃음이 터져 나왔다. 선미가 놀라 쳐다보는
게 보였다. 하지만 웃음을 멈출 수 없었다.

"으하하하."

지금 이 상황, 기가 막히게 웃기는 상황이 되어버린 거다.

'좋은 걸까, 나쁜 걸까?'

전국의 미세먼지는 모두 해결되겠지만, 우리나라 인구의 절반은
춤을 추며 노래를 부를 것이다. 롸이 롸이 롸이롸, 하고.

"담배 끊자, 얘들아."

혹시 모르니 금연을 해야겠다고 다짐했다.

가능할지는 모르겠지만.

휴먼 콤플렉스 임상 사례

신스틱

인간의 모든 행위는

자신의 열등 콤플렉스에 대한 반응에 불과하다.

— 알프레드 아들러

본고를 '임상 사례'라 하는 것은 사실 저절치 못하다. 본고의 내용은 기록 자체가 불법이며 임상 사례니 뭐니 제목을 붙인 것은 그저 습관에 따른 것이다. 학자로서의 양심에 비추어 보면 스스로 뻔뻔하달 수밖에 없다.

물론 습관이라 해서 그간 내가 수시로 불법 기록을 해왔다는 의미는 아니다. 여태까지 내가 보존, 전달, 출판했던 저작물은 하나도 빠짐없이 관련자의 동의를 받은 것이다. 본고가 내가 저지르는 첫 불법 행위라는 걸 알아주기 바란다. 또한 마지막이라는 것도.

변명을 조금 더 하자면 본 기록은 불법 행위가 되지 않을 수도 있다. 내일 나는 본고를 삭제할 것이며 기록에 사용한 인터페이스 및 임시 저장소도 복구 불가한 수준으로 안전 파기할 예정이다(솔직히 예정이 아니라 바람이다).

하지만 반대의 선택을 할 수도 있다. 그러면 본고는 보존되는 것은 물론이고 행성 언론을 통해 공론화될 수도 있다(이 또한 바람이다).

본고가 다소 거칠게, 그리고 두서없이 기술될 것에 대해 미리 양해를 구한다. 나는 본고를 수정, 보완하지 않을 것이고 아마 그럴 여유도 없을 것이다. 제목에 대한 변은 위에서도 했지만, 본고의 기술 방식은 임상 보고서보다는 수기에 가까울 듯하다.

* * *

K를 만난 것은 햇수로 21년 전이다. 내가 은사이신 레이 카버 박사님의 연구팀으로부터 막 독립하여 제7식민지 지구에 개인 연구실을 꾸렸을 즈음이었다. 그러고 보니 문득 한 번이라도 카버 박사님께 K의 사례를 말씀드리고 의견을 구했으면 어땠을까 하는, 아무 소용없는 생각이 든다. 물론 그 또한 불법이지만.

당시는 제7식민지 지구에 장기 정착 구역이 거의 없기도 했고 막 연구원을 벗어난 참이니 경제적으로 빠듯하기도 해서, 급한 대로 중고 RV 스타십 레저용 우주선을 구해다 연구실로 삼았다. 공공 임대 주거지에 상용 콘도미니엄이 들어설 때까지만 임시로 지낼 작정이었는데 우습게도 그로부터 20여 년이 지난 지금도 나는 여전히 RV에 머물고 있다. 몇 년간 RV에서 일하고 생활하는 데 익숙해지고 나니 경제 사정이 나아진 후에도 굳이 연구실을 옮길 마음이 들지 않았기 때문이다. 게다가 고객들이 성간星間 이동을 하거나 스타십 로드 근처를 표류하며 상담받는 걸 좋아하기 때문이기도 했다.

여담이지만 성간 우주선을 대여하여 이동 중에 환자를 치료하거나 상담하는 근래의 풍속은 내 방식을 후배들이 따라 한 것이다. 원조랍시고 떠드는 게 꼴사납다는 거 잘 알지만, 그래도 한 번은 말하거나 기록하고 싶었다. 안면몰수하고 자랑질하기에 본고만큼 알맞은 기회도 없을 것이다. 내일 본고를 삭제할 이유도 하나 더할 겸 말이다.

본론으로 돌아와서, 그 무렵 제7식민지 지구의 거주민들은 테라포밍行星 개조 후반 보수 작업을 위해 남은 노무자들이나 트리플플래닛사社의 초기 개척자 우대 상품 가입자들이 대부분이었는데, 경제적으로 넉넉한 사람들은 아니었다. 심리 치료를 받을 여유가 있는 고객이 거의, 아니 전혀 없었다.

그뿐 아니라 예나 지금이나 마찬가지로, 척박한 땅에서는 심리 질환 따위가 감히 고개를 쳐들지 못하는 법이다. 비정상이란 늘 풍요의 땅에서 싹을 틔운다.

이 논제에 대해서는 예전에 카버 박사님과 논쟁을 벌인 적도 있다. 세부적인 데서는 둘의 주장이 달랐지만 핵심에 관해서는 의견이 일치했다. 말로는 은하 인민의 정신 보건을 위하니 어쩌니 해도 우주 심리 치료란 결국 상류층 네오테니언유형 성숙 신인류들을 위한 유희적 의료에 불과하다는 것 말이다. 그렇지만 우주 심리학을 전공하는 입장에서 밥벌이해가며 연구하기 위해서는 해야만 하는 일이다. 그리고 그 처지는 20년 전이나 지금이나 별반 다르지 않다.

어쩌다 보니 푸념을 늘어놓고 말았는데, 요컨대 제7식민지 지구에는 고객 수요가 없었다는 말이다. RV를 구입한 데는 이런 이유도 있었다. 나는 내 고객을 근처의 제2, 3식민지 지구에서 물색할 작정이었다. 제7식민지에 적을 둔 것은 체류비가 저렴하다는 이유 하나 때문이었다.

하지만 정작 내 첫 환자는 제7식민지의 노무자였다. 그가 K였다. 아니, 아닐 수도 있다. 그러니까…. 모르겠다. 아무튼 K가 내 초기 환자들 중 한 명이었다는 것만은 분명하다.

K를 상담하게 된 배경은 이렇다. 제7식민지 자치구에 장기 체류 신고를 한 지 채 두 시간도 지나지 않아 자치구 공무원에게서 연락이 왔다. RV 발사대를 설치하기도 전이었던 걸로 기억한다. 소득세 문제로 시비를 거는 건가 싶어 단단히 따질 기세로 전화를 받았는데 (말했다시피 나는 제7식민지 지구에서는 소득을 올릴 생각이 전혀 없었으니까) 연락을 한 쪽은 세금과는 관련 없는 노동성의 직원이었다.

노동성 직원은 내 프로필에서 우주 심리학 학위 및 연구원 경력 사항을 보고 연락을 해온 것이었다. 그는 내게 "작업장의 노무자들에게 심리 상담을 해줄 수 있느냐"고 물었다. 그리고 내가 생각해보기도 전에 "체류비와 유류비를 전액 공제해주겠다"고 덧붙였다. 덕분에 나는 더 생각해볼 필요가 없었다. 단박에 승낙했고 제법 큰 돈을 아꼈으며 2주에 한 번씩 제7식민지 지구 작업장 노무자들의 심리 상담을 하게 되었다.

나중에 안 사실이지만 당시 트리플플래닛사의 작업장들은 그 노동 강도가 혹독하기로 유명해서 노무자들이 스스로 '죽음의 노역자'라 칭할 정도였다. 그러다 보니 사고, 풍토병, 자살 등의 이유로 하루가 멀다고 사망자가 나오는 형편이었다.

이 정도라면 사측에서야 별문제 될 것이 없었다. 어머니 지구까지 갈 것도 없이 근처 성간 정거장만 가봐도 일자리를 찾는 노무자들이 수두룩했고 그들을 데려다 인원을 충원하면 그만이었기 때문이다. 문제는 이 노무자들의 처지가 행성 시민 단체 '타이니 코스모스'와 행성 언론 〈밀키위크〉에 의해 공론화되면서 트리플플래닛사가 더는 이 '효율적인 노무 및 채용 방식'을 유지할 수 없게 되었다는 것이다. 본고를 읽는 당신도 이때의 이슈를 기억할지 모르겠다. 트리플플래닛사는 즉각 사과 성명을 발표하고 노동 환경 및 노무자들의 처우 개선을 약속했다. 노무자들을 대상으로 한 정기적인 심리 치료도 그중 하나였다.

이제 왜 경력이 일천한 내가 제7식민지 지구 작업장의 모든 노무자를 담당하는 심리 상담사로 채용되었는지 이해할 것이다. 나보다 싼 상담사는 어디서도 구할 수가 없었을 테니까. 다만 민간 기업의 도급직을 어째서 행성 자치구의 노동성 직원이 채용했는지는 나로

서도 알 수가 없다(왜 급여 지급이 아니라 공제 혜택이 주어졌는지, 그 사정도 통 모를 일이고 말이다).

아무튼 이런 사정을 알고 나서 나는 노무자들을 위한 심리 치료가 어디까지나 생색내기일 뿐이라는 걸 알았고 덕분에 크게 공을 들이지 않고 2주에 한 번, 하루를 축내는 것만으로 체류비와 유류비를 절약할 수 있었다.

아, 이제 생각이 났다. K는 첫 환자가 아니었다. 나는 그를 10주째? 11주째? 그즈음 만났다. 첫 환자라 생각했던 건 K 전에는 상담다운 상담을 한 적이 없었기 때문이지 싶다.

K는 참으로 겸손해 보이는 인상의 젊은이였다. 젊은이라 하는 것도 우스운 게 그때는 나도 젊은이였다. 우리는 거의 동년배 같아 보였다. 실제로는 그가 나보다 열 살가량 아래다. K의 외모는 동료들과 비교하면 지극히 얌전한 축에 들었다.

개척 초기 식민지 지구의 노무자들은 대개 어머니 지구 출신의 리프트 업 애니멀지적 능력이 발달된 동물이나 프로토타입의 사이보그, 케미컬 방식으로 만들어진 클론이었다. 노무자 대부분은 인상이 사납고 지능과 교육 수준이 낮았으며 성격이 천박했다(이러한 기질이 선천적인지는 아직 증명되지 않았다). 그들은 상담실에 들어오자마자 으레 으르렁대며 나를 위협하거나 젤라틴 해시시마약의 일종를 뻑뻑 피워대곤 했다. 그리고 나를 '어이', '책벌레', '물렁뼈' 등으로 불렀다. 그나마 '선생'이라 불러주는 게 가장 예의를 차린 경우였다.

하지만 K는 몸가짐부터 달랐다. 상담실로 들어오는 걸음부터 깍

듯했으며 재빨리 방 안을 훑어보고는 나를 '박사님'이라 부르며 인사했다. 벽에 걸린 내 학위증을 확인한 모양이었다.

어떻게 그를 첫 환자라 기억하지 않을 수 있을까? 그 기억이 왜곡된 것일지라도 말이다. 미스틱 대학교 졸업 후에 내 학위증에 관심을 가져준 이는 K가 처음이었다. 아니, 졸업 전에는 학위가 없었으니 난생처음이라고 해도 되겠다.

K의 태도 덕분에 나도 여느 때와 달리 살갑게 내담자를 맞았다. K는 내 안내를 받아 자리에 앉자마자 그의 동료들처럼 침을 뱉거나 해시시를 태우는 대신 질문이란 걸 했다.

"박사님은 네오테니언이신가요?"

K의 말에 내가 우쭐했다는 걸 인정해야겠다.

"아니요, 합성 유전자인입니다." 내가 대답했다.

"꼭 네오테니언처럼 보이시네요."

K는 이렇게 말하며 내 기분을 한껏 끌어올렸다.

K의 빈말에 신이 난 나는 그와 얼마간 잡담을 나누었다. 노무 환경에 관한 얘기와 당시 행성 연합과 은하 혁명군 간의 알력 다툼에 관한 얘기가 주였다. K는 정치에 특히 관심이 많았다. 그의 노무자 동료들이 저질 마약이나 U.N.L.넛지볼 우주 리그 스포츠 도박, 안드로이드 매춘부 따위에만 관심을 쏟는 것과는 영 딴판이었다.

우리는 솔캣 soul cat: 사념체 애완동물에 대해서도 얘기했다. K도 나도 솔캣을 좋아했다. 당시에는 둘 다 사정상 키우지 못하고 있었지만 언젠가는 귀여운 솔캣 한 마리 키우고 싶다는, 똑같은 소원이 있었다. 물론 지금의 나는 그 소원을 이루었다. 녀석의 이름은 '미니어 처'다. 지금 내 발밑에 있다. 아니 어깨에 있나? 정수리? 잘 모르겠다. 하지만 어딘가 있다. 야옹—. K도 한 마리 키우는 것으로 알고 있다. 이름이 '구글'이라던가?

그렇게 K와의 첫 상담을 즐거운 잡담으로 채우고 나서 나는 그가 다시는 날 찾지 않을 거라고 생각했다. 그에게는 심리 치료가 별로 필요해 보이지 않았기 때문이다. 하지만 그 이후로 K는 2주에 한 번씩 꼬박꼬박 와서 상담을 받았다. 들끓던 여론이 가라앉은 덕에 트리플플래닛사에서 노무자들의 정기적 심리 치료에 관심을 끊은 후에도 말이다.

K가 와서 나와 나누던 얘기라곤 순 잡담뿐이었다. 그와의 상담 중에는 나도 별로 일을 하고 있다고 느끼지 않았고 그저 친구를 만난 듯 즐거웠다. 간혹 향수병을 앓을 때면 그와의 만남을 몹시 기다리기도 했을 정도였다.

K와 내가 잡담 말고 실제 문젯거리를 두고 대화한 것은 만난 지 거의 6개월이나 지났을 무렵이었다. 잡담을 이어나가던 중에 내가 불쑥 물었다.

"K는 종種이…?"

내 질문에 K는 당황한 눈치였다. 그는 대답하지 않았다. 그래서 나는 말 못 할 사정이 있는가 보다, 하고 더 묻지 않았다. 그날은 그러고 말았다. 그런데 다음 상담에서 K가 먼저 자기 종에 대한 얘기를 꺼냈다. K가 내게 문제를 냈다.

"제가 무슨 종인지 맞혀보시겠습니까?"

나는 "글쎄요"라고 예의상 말했지만(나는 늘 그런다) 실은 한참 전부터 K의 종을 확신하고 있었다. 그의 외모와 성향으로 미루어 말이다.

"잘은 모르겠지만 케미컬 클론 아닌가요?" 내가 말했다.

K는 고개를 저었다. 당시 나의 인지 수준으로는 그가 클론이 아니라면 추측할 수 있는 경우의 수가 하나뿐이었다.

"그럼 방사능 돌연변이군요."

"아니요." K가 대답했다.

나는 더는 답을 제시할 수가 없었다. 클론도 돌연변이도 아니라니. 그가 네오테니언일 리는 없지 않은가? 네오테니언이 변방 식민지에서 육체노동을 하고 있을 리가.

그때 K는 꽤 망설였다. 그러면서 상담 내용의 비밀 유지 여부에 대해서 몇 번이고 확인했다. 나는 그를 안심시킬 수 있을 만한 말은 다 해주었지만 K는 불안을 떨치지 못했다. 결국 우리는 상담자와 내담자 간의 '상호 비밀 유지 서약'까지 체결했다. 민간 회사의 영구 유지 조건 서약 체결은 값이 꽤 나간다. K에게 부담스러운 금액이라 내가 반을 내주었다. 이렇게 내 돈까지 대준 경우는 이전에도 이후에도 없다. K의 고백에 대한 나의 호기심이 어느 정도였는지 짐작할 수 있을 것이다. 내가 서약서에 서명을 마치고 나서야 K는 자기 종을 털어놓았다.

"박사님, 저는 인간 human입니다."

나는 잘못 들었다고 생각해 되물었다.

"아바타요?"

K는 본인이 '인간'이라고 다시 말해주었다.

"구 인류란 말인가요?"

나는 당황하여 이렇게 말해버렸다. 그러고 나서 말을 고친답시고 '사피엔스', '자연 발생인' 같은 용어들을 쏟아냈지만 하나같이 모욕적인 표현들이었다(그래서 이제부터는 '천연 인류' 혹은 '인간'이라는 용어를 사용할 것이다). 하지만 K는 별로 기분 나빠하지 않았다. 시종 웃는 낯으로 "야인이라 부르셔도 됩니다"라고 말하기까지 했다.

맞다. K는 인간이다. 이제 당신도 무엇이 문제인지 확실히 알았을 것이다. 나는 그때까지만 해도 천연 인류는 어머니 지구의 생태 보호 구역에나 서식하는 줄 알았다. 한데 문명인 자치구에서 인간을 보게 될 줄이야!

털어놓은 김에 K는 본인이 자연 발생한 경위까지 얘기해주었다. K의 부모는 양쪽 모두 어머니 지구의 생태 보호 구역 출신이었다. 둘은 본래 다른 지역구에 살던 개체들이었으나 행성오찬사社에 의해 연구 목적으로 채집되었고 나인스풀 성간 정거장의 실험실에서 만났다.

K의 표현을 그대로 빌리자면 그의 아버지와 어머니는 '서로에게 한눈에 반했다'고 한다. 거기서 더 나가 둘은 연구원들의 눈을 피해 야합野合까지 했다. 이해를 돕기 위해 덧붙이자면 천연 인류는 상호 간, 혹은 한쪽이 일방적으로 상대에게 애욕을 느낄 경우 원시적인

방법으로 여성 개체를 수태시킨다고 한다. 그냥 하는 말이 아니라 그는 정말 야인이었던 것이다.

행성오찬사의 연구원들은 K 어머니의 배가 불러오고 나서야 사고를 알게 되었다. 외부에 알려지면 법적 징계를 피할 수 없는 중대한 실책이었으나 (아니 그래서) 연구원들은 이 사고를 감추기로 했다. 그리고 중절 수술을 하지 않고 태아를 출산해 회사의 연구 자산으로 삼기로 했다. 이들의 행위가 불법이라는 것은 굳이 설명할 필요가 없을 것이다. 지금 내가 저지르고 있는 불법이 사소해 보일 지경이다(그렇다고 내 불법 행위를 정당화하려는 건 아니다).

연구원들은 곧바로 K의 아버지를 생태 보호 구역으로 돌려보냈다. K가 태어난 후에는 그의 어머니도 돌려보낼 계획이었으나 '천연 인류에게는 얼마간의 애착 육아 기간이 필요하다'는 의견이 받아들여져 그녀는 나인스풀 성간 정거장에 남게 되었다.

그렇게 K는 유년 시절을 어머니와 함께 나인스풀 성간 정거장에서 보냈으며 이따금 연구원들은 그를 불러 조직 표본을 채취하고 각종 검사를 했다고 한다. 연구원들이 무슨 연구를 하고 있었는지는 K도 모른다. 다만 연구원들이 간혹 그를 데리고 다른 식민지 지구에 며칠씩 방문한 적도 있다 하니, 천연 인류의 우주 환경 적응에 관한 연구가 아니었을까 짐작해볼 뿐이다. 식품 회사에서 할 법한 연구는 아니지만, 뭐 그쪽은 내 분야가 아니라 잘 모르겠다.

K가 자기는 인간이라고 고백한 것만큼이나 나를 놀라게 했던 부분은 그가 '어머니의 사랑'을 언급했다는 사실이었다. K는 어머니에

게 사랑받았고 자기도 어머니를 사랑했으며 그 사랑을 자양분 삼아 여태껏 무사히 성장할 수 있었다고 말했다.

여기서 K가 말하는 사랑이란 우리가 으레 사용하는 용어와는 전혀 다른 의미를 가지고 있다. 천연 인류 사회에서 말하는 부모의 사랑이란 '자기의 영생에 대한 염원을 개별 주체인 2세에게 불합리한 방식으로 투사하는 보상 심리'를 뜻하는 것으로 흔히 천연 인류가 몰락하는 데에 결정적인 역할을 했다고 알려지는 심리 기제다. 이것은 워낙 정설로 받아들여지고 있기 때문에 K가 그처럼 파격적인 주장을 폈을 때 나는 조금 당황하여 논리적으로 대꾸할 기회를 놓쳤다. 하긴 모름지기 상담자라면 내담자와의 논쟁은 피하는 것이 맞다.

K의 과거 얘기를 마저 해보자. K가 성년이 된 후 그의 어머니는 반강제로 생태 보호 구역으로 돌려보내졌다. '반강제'라 한 것은 K가 생각해도 그와 어머니의 안전을 생각하면 서로 떨어져 지내는 것이 상책이었기 때문이다. 나인스풀 성간 정거장에 체류 중이던 생태 연구팀이 연구 성과가 미비하다는 이유로 돌연 해체되면서 K의 소재가 불안해진 것이 그 이유였다. 연구원들은 K에게 약간의 정착금을 주고 케미컬 클론으로 종을 위장시킨 다음 쫓아내다시피 식민지 개척지구로 보내버렸다. 그 후 K는 몇 년간 식민지 지구 이곳저곳을 떠돌아다녔고, 나와 만났던 당시에는 제7식민지 지구에서 트리플플래닛사의 계약직 노무자로 일하고 있었던 것이다.

K의 삶의 행적을 다 듣고 나서 나는 물었다.

"한데 어째서 여태껏 인간으로 살고 있는 겁니까?"

나는 정말 궁금했다. 내가 그였다면 연구팀에게 정착금을 받자마자 곧바로 시술을 받았을 것이다. 그랬다면 3세대 사이보그로 신체 변환을 할 수 있었을 것이고, 사정이 여의치 않았더라도 최소한 방사능 돌연변이는 될 수 있었을 테니 말이다.

"내 타고난 기질 때문입니다." K는 답했다.

그 타고난 기질이란 '나노봇 거부증'을 말한다. 오직 천연 인류에게서만 발견되는 증상인데 10만 명에 한 명꼴로 나타난다고 한다 (내가 알기로 현존하는 천연 인류의 수는 5,000명도 되지 않는다). K는 선천적으로 면역 억제제가 듣지 않아 나노봇에 거부 반응을 일으키는 탓에 신체 변환 시술이 불가하다. 속되게 말하면 생긴 대로 살아야하는 팔자랄까. 게다가 나노봇 거부증이 있다면 받을 수 있는 의료 서비스도 약물 치료나 수술 등의 대중 요법뿐이지 않은가. 이런데 어찌 그를 동정하지 않을 수 있을까? 단지 내가 합성 유전자인이라는 이유만으로 인간으로 태어난 그에게 마음의 빚이 생겼다면 지나친 반응인 걸까?

고백의 날 이후 몇 주간, K는 인간으로 살아오며 성년 이후에 느꼈던 여러 부정적 감정을 내게 털어놓았다. 이야기를 듣다 보니 이해할 수 없는 부분이 있었다. 그는 인간이 아니라 케미컬 클론으로 대우받으며 살아왔을 테니 말이다. K가 인간이라는 사실을 아는 이는 오직 K 자신뿐이었다(행성오찬사의 옛 생태 연구팀과 나를 제외하면 말이다). 하지만 K는 그에 상관없이 자신의 종에 대한 뿌리 깊은 열등감을 토로했다.

여기까지 들었을 때 나는 K가 없는 사정에 돈을 들여가면서까지 비밀 유지 서약을 고집한 이유를 분명히 알 수 있었다. 또한 그가 그렇게 겸손했던 이유도 말이다. 당시 K의 겸손은 그의 타고난 성격이나 수준 높은 인민 의식에서 비롯한 것이 아니었다. 극복 불가한 태생적 결함(결함이라 표현하는 것이 조심스럽지만)에 대한 깊은 좌절감에서 비롯된 것이었다. 겸손은 그렇게도 생겨난다(개인적으로는 그런 경우가 대부분이라 생각한다).

그래서 케미컬 클론이 진출 가능한 영역이 적잖은데도 K는 오로지 육체노동만 고집하고 있었다. 그는 그것으로도 만족한다고 여러 번 말했지만 나는 믿지 않았다. 몇 달간 K와 대화를 나누면서 그의 전문적 지식에 여러 번 놀랐기 때문이다. 나는 K의 내면에 자기도 모르는 거대한 야망이 똬리를 틀고 있다고 확신하고 있었다.

나는 그가 겪고 있는 열등감에 '휴먼 콤플렉스'라는 병명을 붙여주었다. 그를 질환자로 몰아가려는 게 아니었다. 적의 정체를 가시화하여 무찌르기 용이하도록 돕고 싶었을 뿐이다. K는 나의 의도를 이해해주었고 전혀 기분 나빠하지 않았다. 상담에서 자기 입으로 "이 휴먼 콤플렉스 때문에 말입니다"라고 말하기도 했다.

K와의 상담은 갈수록 내 일과 생활의 큰 부분을 차지하게 되었다. 개업을 한 지 1년쯤 되었을 때는 단골 환자가 제법 생겨 경제적 사정도 많이 나아져 있었다. 하지만 나는 일하기 용이한 다른 행성으로 이주하지 않고 계속 제7식민지 지구에 적을 두었다. 단지 K와

의 상담을 계속 이어가고 싶었기 때문이었을까? 나도 모르겠다. 거기까진 잘 기억이 나지 않는다. 아무튼 언제부터인가 내가 K와의 상담에 가장 공을 들인 것만은 사실이다.

안타까운 것은 그와의 상담에 그토록 공을 들였으면서도 K에 대한 어떤 기록도 남길 수 없었다는 점이다. 다른 내담자들과의 상담 내용도 비밀 유지가 기본이었지만 상호 비밀 유지 서약까지 맺는 경우는 거의 없었기 때문에 연구 목적의 기록 및 보존은 가능했다. 내가 후에 임상 사례를 모아 저작물을 출판하려 할 때도 대부분의 내담자는 익명이 보장되는 한에서 출판 동의를 해주었다. 하지만 K와의 상담 내용만은 그 어떤 형태의 기록도 불가했다.

한데 지금 본고를 작성하다 보니 20년 넘게 불가했던 일이 이렇게 간단한 것이었나 싶어 웃음이 난다. 솔직히 속 시원한 기분이다 (기분이 좋다는 의미는 아니다.).

아무튼 기록 가능 여부와 관계없이 나는 K가 콤플렉스를 극복할 수 있도록 최선을 다했다. K의 임상에 있어 내가 기조로 삼은 제1원칙은 '분리는 있지만 우열은 없다'라는, 우주 심리학에 문외한도 한 번쯤 들어봤을 법한 유명한 명제다.

이 명제는 벌써 수백 년 전에 출판된 도미니크 선사의 《지랄 같지만 우습게》라는 명상록에 처음 등장한 글귀인데, 우주 개척 시대에 들어 당대의 유수한 우주 심리학자였던 융철수 박사가 저작 《아름다운 메리메리: 신인류의 정신 보건과 나쁜 피 이론》에서 인용했다. 그 저작에서 주장하는 내용이 당시 '신구 인류 분리 정책' 이슈와 맞아떨어지면서 이 명제도 함께 유명해졌다.

'분리는 있지만 우열은 없다'는 원칙은 행성 연합이 우주 인종 간 차별의 악습을 공식적으로나마 철폐하는 데에 막대한 영향을 끼친 것으로 알려져 있다. 그와 별도로 나는 이 원칙을 '분리 가운데서도 최선의 길을 찾는다'는 의미로 확대 해석하여 사용한다.

나는 K에게서 가능성을 봤다. 만약 그가 처음부터 자기가 인간임을 밝혔다면 나는 종에 대한 비밀은 지켜주었을지언정 그에게 그토록 헌신하지는 않았을 것이다. 하지만 다행히도(지금에 와서는 이게 정말 다행인 건지도 모르겠다) 그의 종을 알기 전에 우리는 먼저 친구가 되었다.

K는 천연 인류에 대한 나의 선입견을 부숴주었다. 그는 충분히 매력적인 지성인이었으며 네오테리언까지는 아니더라도 합성 유전자인만큼은, 그도 아니면 케미컬 클론이 이를 수 있는 최선까지는 자기의 수준을 끌어올릴 저력이 있었다. 다만 휴먼 콤플렉스가 그의 가능성을 억누르고 있다는 게 문제였다.

K는 처음에는 내 분석을 믿지 않았다. 그저 자기에게 듣기 좋은 소리나 해주는 거라 여겼던 것 같다. 하지만 내가 여러 사례를 들어가며 끈질기게 그의 가능성을 강조하자 언제부터인가 조금씩 내 말을 진지하게 듣기 시작했다.

그렇다고 K가 금방 콤플렉스를 극복했다는 말은 아니다. 어떤 때는 우쭐해서 내 RV를 떠났다가도, 다음 상담 때는 어깨를 축 늘어뜨리고 예의 그 좌절 섞인 겸손을 부둥켜안은 채 돌아오곤 했다.

당시 K가 휴먼 콤플렉스를 극복하는 데에 장애가 된 외부 요소는 크게 세 가지다.

첫째는 인간만이 가진 생리적 특성의 문제다. 대표적 예로 인간은 액체와 고체 상태의 오물을 정기적으로 몸 밖으로 배출해야만 하는데, 배출 시기를 장시간 조절하는 것이 불가능하다. 그래서 K는 노무 중에 이따금 관리자의 눈을 피해 오물을 처리해야 했고, 모아둔 오물을 아무도 몰래 적당한 장소에 매립하거나 대기권 밖으로 쏘아 올려야 했다. K는 오물 대신 '용변'이라는 표현을 썼는데 자신의 용변을 처리하는 과정에서 무시로 찾아오는 열등감 때문에 괴롭다고 했다.

둘째는 질병의 문제다. 앞서 말했다시피 K는 체내에 나노봇을 삽입하는 게 불가능하기 때문에 병에 걸리거나 상처를 입으면 자가 치료를 하는 수밖에 없었다. 이 문제는 내가 그의 심리 상담을 맡고 난 뒤 신체 보건까지 살펴주면서 조금 해소되긴 했지만, 그는 원시적 치료 행위밖에 듣지 않는 자기 몸뚱이를 실감할 때마다 스스로 초라해진다고 했다.

셋째는 섹스의 문제다. K는 자기의 성욕은 그의 동료들이 안드로이드 매춘부와 벌이는 식의 정신 감응 섹스로는 도무지 풀어지지가 않는다고 했다. 그에게는 (그의 부모가 그랬듯) 원시적 형태의 타액 교환 섹스가 필요했다. 하지만 돈도, 연줄도 없는 K가 불법 섹스를 시도라도 해볼 방법은 당시로써는 전혀 없었다. K는 성욕을 풀 길이 없어 자가 섹스(인간의 원초적 욕구를 해소하는 데 있어 가장 불가사의 한 방법의 하나로 인간 사회에서는 자위행위라 불린다)를 할 때마다 이를 데 없는 허무감과 함께 자기 존재에 대한 경멸을 느낀다고 했다.

이 세 가지 외부 요소는 모두 K의 신체와 관련된 것이니 내부 요소라 해도 틀린 말은 아닐 것이다. 다만 나는 이 문제들이 극복 가능한 것이라고 그가 믿도록 하기 위해서는 내부보다 외부라는 표현이 더 좋을 것이라 생각했다. 그리고 실제로 그랬다. 이제 와 보니 K의 몸뚱이에 착 달라붙어 있던 이 문젯거리들은 과연 하찮은 외부적 문제에 지나지 않았던 것이다.

당시에도 나는 K에게 문제의 해결책을 제시해준 적은 한 번도 없었다. 어쩌면 내가 그에게 해준 일은 고작 위로 정도였을지도 모르겠다. 하지만 K는 그것만으로도 내게 늘 감사했다. 그리고 조금씩 자기의 콤플렉스를 객관적으로 바라보는 습관을 들이기 시작했다.

그러는 동안 2년의 세월이 지났다. 트리플플래닛사에서 노무자들에 대한 정기적 심리 치료 지원금을 다른 데로 슬쩍 돌려버렸는지 어쨌는지 나는 어느 날 갑자기 계약 해지 통보를 받았고, 모든 상담을 그만두게 되었다.

경제적으로 문제 될 것은 전혀 없었다. 그때는 제2식민지 지구에 정착하고도 남을 만큼 여유가 생긴 참이었다. 하지만 아쉬운 마음은 금할 길 없었다. 더는 K를 만날 수 없게 되었기 때문이다. K는 나보다 훨씬 더 아쉬워했다. 거의 울먹이기까지 했다.

나는 마지막 상담 자리에서 그에게 책 한 권을 선물했다. 야히로 박사의 《당신을 보는 우주의 관점》이라는 책이었다. K는 나에게 몹시 고마워하면서 자기는 내게 줄 것이 없어 민망하다고 했다. 그러면서 내게 작별 키스를 해도 되는지 조심스럽게 물었다. 그때 K는 왜 작별 키스가 내게 선물이 될 거라 생각했던 걸까? 그의 생각까지는 잘 모르겠다.

나는 K에게 내가 여성형의 모습이라고 해서 그가 생각하는 의미의 여자인 것은 아니라고 말해주었다. 하지만 K는 그에 상관없이 나와 작별 키스를 하고 싶다고 했다.

나는 허락했고 우리는 작별 키스를 했다. 독특한 경험이었다고밖에는 설명할 길이 없다. 천연 인류에게는 타액 교환에 대한 묘한 강박이 있는 것 같다. 물론 한 번의 체험 가지고 이론까지 펼칠 생각은 없다. 그냥 내 짐작이 그렇다는 말이다.

그 후 나는 제2식민지로 적을 옮겼다. 하지만 앞서 말했다시피 임대 주택으로 들어가는 대신 내 RV를 체류장에 묶어두는 정도로 만족하며 생활했다.

RV를 연구실로 삼아서 가장 좋았던 것은 개척 식민지를 돌아다니며 노무자들을 대상으로 심리 치료를 해주기에 용이하다는 점이었다. 나는 상류층 고객들을 조금 덜 받으면서까지 개척 식민지 지구를 돌아다녔다. 무슨 선한 의도로 그런 것은 아니다(하지만 남들은 그렇게 생각해주었다). 다만 나는 또 한 번 K와 같은 케이스를 만나고 싶었을 뿐이다. 하지만 이 우주에서 인간을 만나는 게 어디 쉬운 일인가. 만난다 해도 그가 자기 종을 순순히 밝힐 리도 없고 말이다.

차선으로 K를 다시 만나는 경우도 기대했지만 그런 일은 일어나지 않았다. 후에 제7식민지 지구에서 이벤트성 심리 치료를 할 기회가 있었지만 K는 만나지 못했다. 아마 일을 그만두었거나 다른 행성으로 파견을 간 모양이었다. 어쨌든 개척 식민지를 돌아다니며 쌓은 임상 경험은 내게 큰 자산이 되었다.

이후 나의 행적은 그간 내가 출판한 저작물에 자세히 나와 있으므로 여기서 다시 말할 이유가 없다. 게다가 그 저작물들은 본고와 달리 모두 합법적인 것이다.

K와 다시 만난 것은 제7식민지 지구에서 마지막으로 상담을 한 지 꼭 7년이 되었을 때였다. 당시 세 번째 저작인 《클론을 방사능 우산으로 착각한 네오테리언》이 엄청난 히트를 치면서 나는 명성을 얻었고 일감도 전에 없이 쏟아졌다. 하지만 나는 여전히 RV를 사랑했고(이것은 흔히 쓰는 의미의 '사랑'이 맞다) 체류장에만 적을 두며 행성들을 옮겨 다녔다.

매스컴에 노출되는 것도 극구 사양했는데, 한번은 지인이 사정사정하여 〈데일리 허브〉라는 언론과 원거리 인터뷰를 했다. 그리고 그 덕분에 K와 나는 다시 만나게 되었다. K는 〈데일리 허브〉를 보고 내게 연락을 해왔다. 물론 나는 무척 반가웠고 그와 만나기로 약속을 잡았다.

우리는 요잉크 성간 정거장의 카페테리아에서 7년 만에 만났다. K는 나를 한눈에 알아봤지만 나는 K를 대면하고도 몇 초간이나 멀뚱히 있었다. 그도 그럴 것이 K는 예전과 영 딴판이었다. 이목구

비에는 그나마 옛 모습이 조금 남아 있었지만 전신에서 뿜어져 나오는 오—라를 보고 있자니 그가 한때 개척 식민지의 일용 노무자였다고는 도저히 짐작할 수 없었다. 게다가 입고 있는 옷도 꽤 값이 나가 보였다.

우리는 인사를 나누고 요잉크 행성의 아름다운 얼음 고리를 바라보며 대화를 나누었다(그 광경이 아직도 이토록 눈에 선하다니, 묘한 일이다).

나는 먼저 K의 근황을 들었다. K는 트리플플래닛사의 일을 그만두고 내가 권했던 대로 자기의 '가능성을 발현하기 위해 긴 여정의 나날을 보냈다'며 그간의 행적을 시적으로 표현했다. 하지만 듣고 보니 그냥 장사를 시작한 것이었다.

K는 합법적 우주 해적들이 나포 사업을 벌이는 바스커빌 성역 star zone에서 해적들에게 포박기를 파는 사업을 하고 있었다. 그가 개발한 점액질 포박기는 성능이 아주 우수해서 해적들에게 선풍적인 인기를 끌고 있다고 했다. K는 그의 '부차끄마 포박기'가 여타 점액질 포박기에 비해 성능과 디자인 면에서 얼마나 우월한지 한참을 떠들었다. 그러면서도 중간중간 자기만 말이 너무 많았다며 사과했다. 하지만 나는 K의 말을 듣고만 있는 것이 더 즐거웠다. 그가 결국 휴먼 콤플렉스를 극복해냈다고 생각했기 때문이다. 그러나 아니었다.

한참 대화를 나누고 그만 자리를 파하려는데 K가 내게 다시 정기적으로 상담해줄 수 있겠느냐고 물었다. 나는 일단 거절했다. 그리고 K에게는 더 이상 심리 치료가 필요 없을 거라는 말도 덧붙였다. 하지만 K의 생각은 달랐다. 그는 자기의 휴먼 콤플렉스가 예전보다 오히려 더 집요하게 자기를 괴롭힌다고 했다. 나는 그의 말을 이해할 수 없었지만, 그는 내가 승낙할 때까지 나를 놓아줄 생각이 없어 보였다. 나는 결국 K의 청을 받아들였고 다시 예전처럼 2주에 한 번씩 그를 상담하게 되었다.

K는 상담 때마다 문젯거리를 하나씩 들고 왔다. 보통 사업 파트너들과의 관계에서 오는 스트레스나, 생리적 문제를 처리하는 데서 오는 열등감(이 부분은 안타깝게도 거의 나아진 점이 없었다)이 주였다. 섹스 문제는 주문 생산 방식의 실리콘 섹스봇을 자체 개조하여 이용하는 방식으로 웬만큼 해소하고 있다고 했다.

어쨌든 K의 문젯거리들은 그 근본적인 원인이 늘 같았지만(그의 뿌리 깊은 콤플렉스 말이다) 양상은 조금씩 달랐다. 그래서 나는 예전에도 그랬듯 그에게 해결책을 내놓는 대신 그가 가진 문젯거리들이 휴먼 콤플렉스와 어떤 식으로 연결되는지를 설명해주는 데 중점을 두고 상담에 임했다. 그리고 그것만으로도 K는 충분히 위로를 받았다.

하지만 그럴수록 외려 나는 내 상담이 제대로 효과를 발휘하고 있는지 의문스러웠다. K가 정말로 휴먼 콤플렉스를 조금씩이나마 극복하고 있는 게 맞는지 말이다. 위로에서 그친다면, 비싼 심리 치료를 받느니 솔캣이나 한 마리 키우는 게 낫다.

나는 이런 심정을 K에게 고백한 적도 있다. 하지만 K는 효과야

어찌 됐든 내가 계속 상담해주었으면 했다.

나로서도 그와의 상담이 일이라기보다는 유희와 다름없었기 때문에 (게다가 그때는 고액의 상담료도 꼬박꼬박 받았기 때문에) 제자리걸음 같은 심리 치료를 계속 이어나갔다. 물론 그렇다고 해서 상담사로서, 또 우주 심리학자로서의 보람이 전혀 없었다는 말은 아니다. K가 자기의 세계를 점점 넓혀가는 모습을 지켜보는 것은 그 자체로 꽤 뿌듯한 일이었다.

다시 만난 지 1년이 지났을 무렵 K는 직접 해적선단을 운영하는데까지 사업을 확장했다. 그리고 또 1년이 지났을 즈음에는 바스커빌 자치구 내의 나포 사업을 90퍼센트 이상 독점하기에 이르렀다. 말하자면 우주 재벌의 축에 든 것이다.

나는 K가 그야말로 '분리 가운데서 최선의 길'을 찾았다고 생각했다. 인간으로서, 아니 대외적 종인 케미컬 클론으로서 그 이상은 없을 거라고 말이다. 하지만 K의 생각은 달랐던 모양이다. 그의 야망은 내가 짐작했던 것보다 훨씬 더 거대했다.

내가 K를 다시 상담한 지 5년째 접어들었을 때, K는 별안간 사업가 신분을 벗고 정치판에 뛰어들겠다고 내게 말했다. 당시는 '행성 연합'과 구舊 은하 혁명군의 후신 '자유 은하 동맹'이 우리 은하를 양분하는 통치 기구였는데, K는 사업을 벌이는 동안 맺은 인맥을 교두보 삼아 행성 연합 쪽 의원으로 출마하겠다고 말했다. 그러면서 자기가 선거 운동을 하는 동안 심리적 압박을 많이 받게 될 테니 내 도움이 절실하다고 했다.

"하지만 당신은 인간이잖아요."

나는 그때 무심코 이렇게 말해버렸다. 내 말에 K는 그야말로 오랜만에(거의 몇 년 만에) 불편한 표정을 보였다. 그래서 나는 바로 사과했지만, K는 이내 표정을 풀고 말했다.

"물론 그렇죠. 그래서 이 도전이 더욱더 의미 있는 겁니다."

K는 정치가가 되는 것이 휴먼 콤플렉스를 말끔히 극복하는 데 분명 도움이 될 거라 주장했다. 하지만 나는 아무래도 '인간이 정치를 한다'는 사실이 그다지 내키지 않았다. 이건 '최소한의 분리'조차 넘어서는 일이 아닌가 싶었기 때문이다. 물론 이런 생각을 K 앞에서 드러내지는 않았다. 대신 나는 그가 "정치 싸움에 휘말려 천연 인류인 게 밝혀지는 불상사가 행여 있을까 두렵다"며 걱정하는 척 간접적으로 만류했다.

하지만 K의 결심은 확고했다. 알고 보니 그는 내게 자기가 정치를 해보면 어떨지 상담을 한 것이 아니라 그저 통보한 것이었다. 실은 언제부터인가 그와의 상담은 늘 이런 식이었다.

나는 선거 캠프에 함께해달라는 K의 청을 거절했다. 하지만 정기적인 상담은 계속하기로 했다.

K는 결국 행성 연합 바스커빌 성역 대표 의원 선거에 출마하여 무난히 당선했다. 그는 성역 인민들에게 압도적인 지지를 받았다. 특히 해적들에게 말이다.

이후 K의 정치 행보는 행성 연합의 정치사를 통틀어서도 제법 유난스러운 것이었다. K는 바스커빌뿐 아니라 여타 성역의 나포 사업이 합법적인 방식으로 운영될 수 있도록 갖은 정책을 마련했으며, 상대편인 자유 은하 동맹의 의원들과도 대립과 합의를 반복해가며 정치적 기반을 공고히 꾸려나갔다.

그럴수록 외려 불안해지는 것은 나였다. K가 정무 활동 영역을 넓힐수록, 그리고 은하 인민들에게 이름을 날릴수록 그의 종에 대한 비밀은 그 파괴력을 더해갔기 때문이다. K의 이름은 어느 매스컴에서나 '케미컬 클론 출신 흙수저의 자수성가' 같은 식의 미사여구를 달고 다뤄졌다. 케미컬 클론 정도라면 간혹 종을 흠집 잡힐 수는 있어도 중하층 인민들의 지지를 끌어내기에는 외려 유리한 점이 많았다.

하지만 K는 사실 인간 아닌가. 그가 인간이라는 게 밝혀진다면 그 어떤 막강한 매스컴이라도 그 사실을 포장해주지 못할 것이었다. 그를 지지하던 은하 인민들은 마치 애완 사념체 따위가 자기들을 희롱했다는 식으로 열을 낼 테고 말이다(실은 그보다 훨씬 더 모욕적으로 생각할지도 모른다).

이런 내 심정을 아는지 모르는지 K는 갈수록 정치적 힘을 더해갔다. 하지만 바쁜 와중에도 정기적으로 내게 상담을 받았다. 물론 그즈음에는 주기가 한 달로 뜸해졌고 상담도 더 비밀스럽게 진행되었다.

우리가 나누는 대화는 예전과 별반 달라진 바가 없었다. K가 문젯거리를 들고 오면 나는 그 문제를 적당히 요리해서 그의 입맛에 맞게 내놓는 식이었다. 그럴 때마다 K는 만족스러운 투로 "역시 휴먼 콤플렉스 때문이군요"라고 말했다. 그 말이 내게는 "잘 먹겠습니다"처럼 들렸다. K의 탐욕은 어느새 그의 기질이 되어 있었다.

재작년, K는 행성 연합의 의장이 되었다. 연합의 수장이나 마찬가지인 자리였다. 매스컴은 하루가 멀다고 '최초의 케미컬 클론 출신 연합 의장'에 대해 떠들어댔다.

그쯤 되니 나는 K가 여태 자신의 종을 들키지 않고 정치 활동을 해온 것에 경의를 표하고 싶을 지경이었다. 대체 생리적인 문제는 어떻게 해결하는 거지? 질병은? 섹스는?

하지만 K는 상담 중에 더는 그런 '사적인 영역'에 대해서 언급하지 않았다. 그저 '알아서 잘 해결하고 있으니 문제 될 것 없다'는 식으로만 말했다. 그런 것을 감추는 데도 도가 튼 모양이었다.

K는 의장이 된 후 행성 연합과 자유 은하 동맹을 통합 기구로 만드는 데 전력을 기울였다. 자유 은하 동맹을 지지하는 성역의 인민들은 무력 충돌까지 불사하며 반대했지만, K는 특유의 포용력과 결단력으로(K에게 그런 게 있는 줄 미처 몰랐다) 반대 세력을 압도했다.

결국 올해 행성 연합과 자유 은하 동맹의 기구 통합 결의안이 통과되었다. 우리 은하의 정치사에 있어 이만한 업적은 찾아보기 힘들 것이다. 두 기구가 통합하여 '행성 연방'이 되면 수장 자리는 아마 K의 차지가 될 것이다.

몇 달 전인가 아주 우스운 기사를 하나 보았다. 〈데일리 허브〉에 실린 칼럼이었는데 K의 종을 주제로 삼은 것이었다. 제목이 '행성 연합 의장은 누구의 씨를 받았는가'여서 잠깐 식겁했는데 읽어보니 그냥 K를 추켜세우는 내용이었다. K가 케미컬 클론이기는 하지만 그 모체는 네오테리언인 게 분명하다는, 말 같잖은 소리를 늘어놓은 칼럼이었다. 하지만 재미는 있었다. 그래서 나중에 K와의 상담 중에 그 칼럼을 보여주었는데 K는 웃어넘기면서도 묘하게 불편한 기색을 비쳤다. 하지만 그를 정말 불편하게 할 기사는 그게 아니었다.

한 달 전 〈밀키워크〉 특집 기사에 나에 관한 이야기가 실렸다. 내 이름이 직접 언급된 것은 아니었고, 나 말고는 누구도 그게 나에 대한 것인지 알 수 없는 내용이었다. 기사는 K가 거의 10여 년에 걸쳐 비밀리에 어느 상담사에게 정기적으로 심리 상담을 받고 있는데, 실은 그 상담사와 차마 입에 담을 수 없이 야만적인 방식의 불법 섹스를 즐기고 있다는 내용이었다. 나는 참 어이가 없었다. K와 나는 고작 키스 한 번 했을 뿐인데. 그것도 20여 년 전에.

기사가 뜨고 거의 몇 분 만에 K가 나에게 2급 보안 메시지를 보냈다. 그는 먼저 내게 정중히 사과했고 행여 내 신변이 노출되는 불상사는 절대 없을 거라 거듭 장담했다.

나는 물론 K를 믿었다. K는 내가 아는 한 가장 '믿음직한 인간'이니까. 뭐, 그가 우리 은하의 수백억 인민들을 기만하고 있기는 하지만. 암튼 나한테는 그렇다.

한데 K로부터 메시지를 받고 얼마 지나지 않아 자유 은하 동맹 출신의 어느 의원이 내게 접촉해왔다. 정확히는 그의 사무관이 말이다. 사무관은 내게 K와의 상담 내용을 공개해달라고 부탁했다.

물론 나는 단칼에 거절했다. 그리고 K와 나는 오래전에 영구적 비밀 유지 서약을 체결했다고도 말했는데, 외려 이 말이 그 사무관을 더 달아오르게 만든 모양이었다. 후에도 그가 계속 연락을 해오기에 나는 연락처를 바꾸고 RV도 다른 행성으로 옮겼다.

그저께 상담 중에, 이런 일이 있었다고 K에게 말해주었다. K는 조금 놀란 듯했지만 크게 염려스러워하지는 않는 눈치였다. 그리고 오히려 자기가 상담자라도 되는 것처럼 나를 토닥이며 안심시켰다. 그 여유롭고 능숙한 태도는 정말이지 네오테리언과 다를 바가 없었다.

나는 K에게 이렇게 말했다.

"정말이에요. 당신은 휴먼 콤플렉스를 완전히 극복했어요."

나는 K가 적당히 겸손을 부릴 줄 알았다. 좌절에서 오는 겸손 말고 성숙한 인민 의식에서 오는 것 말이다. 하지만 K는 의외의 말을 했다.

"아니요, 박사님. 이제 보니 콤플렉스는 극복되는 게 아닙니다. 사라지지 않아요. 그저 다른 대상에게로 전이될 뿐이죠."

K는 아주 새로운 이론을 폈다.

"전이된다고요?" 내가 말했다. "그럼 당신의 콤플렉스는요? 어느 대상에게 전이됐나요? 구글에게요?"라고 농담처럼 덧붙였다.

K는 웃었다. 그 웃음도 꼭 네오테리언 같았다. 그가 말했다.

"실례지만 박사님, 왠지 제 콤플렉스가 박사님에게 전이된 느낌이에요. 아시겠어요? 이제 박사님이 꼭 제 콤플렉스 같단 말입니다."

114

＊　＊　＊

솔직히 나도 K의 이론이 그럴듯하다고 생각한다. 그 오랜 세월 자기 안의 콤플렉스를 쉴 틈 없이 감시해왔으니 그보다 나은 전문가는 없을 것이다. 나나 카버 박사님도 K보다 휴먼 콤플렉스를 잘 알지는 못할 것이다.

나는 지금 RV를 몰고 '드 모스크 성역'으로 가는 중이다. 아직 행성 연합의 영향력이 닿지 않은 무법 지대로 알려진 곳이다. 전속력을 내고 있지만 내 고물 RV는 통 서두를 생각을 않는다. 오늘 아침에 출발했는데 저녁이 다 되도록 50광년 밖에 가지 못했다.

통신은 완전히 두절된 상태다. 아마 내 RV를 사방에서 포위하며 따라오고 있는 해적선단이 통신 방해 전파를 쏘아대기 때문일 것이다. 그래서 내가 마지막으로 확인한 통신물은 오늘 아침, 제5식민지 지구 체류 중에 받은 〈데일리 시그널〉 매거진이다. 으레 훑어보고 마는 통속지인데 오늘 자에는 흥미로운 기사가 실려 있었다.

최근 행성오찬사 출신의 연구원 수십 명이 서로 동떨어진 근무지에서 비슷한 시기에 살해당하는 묘한 사건이 일어났다고 한다. 희생자들을 조사해보니 40여 년 전부터 20여 년 전까지 나인스풀 성간 정거장에서 어머니 지구의 생태 보호 구역 대상 연구에 참여했던 동일한 경력이 있더라는 것이었다. 취재 기자는 기사 말미에 '어머니 지구의 한 서린 저주' 따위의 오컬트적 의견을 덧붙였다.

그 기사를 보자마자 나는 RV를 발사시켰다. 하지만 이미 늦은 모양이었다. 아무래도 K가 자기의 마지막 남은 콤플렉스를 깨끗이 제거하겠다고 단단히 벼른 것 같다.

그렇다고 내가 희망을 아주 버린 것은 아니다. 저 해적선단이 내 RV를 보호하는 중일지도 모르고 말이다(이건 정말 말도 안 된다. 하하!). 그리고 어쩌면 K가 마음을 바꿔먹을 수도 있다. 이러니저러니 해도 나는 그의 오랜 친구이자 첫 키스 상대니까.

정말이다. 내일까지 내가 무사하다면 나는 본고를 깨끗이 삭제할 것이다. 하지만 아니라면… 음.

일단 본고를 탈고하자마자 '전자기 인력 접근 장치'에 달아놓을 작정이다. 그렇게 하면 내 RV가 당장 공중분해 된다 해도 본고를 매단 인력 접근 장치는 찰나의 순간에 가까운 행성의 통신 센터로 날아갈 것이다(그러나 이 또한 바람일 뿐).

본고를 발견한 당신에게 부탁건대 부디 이 문서를 어디든 가까운 행성 언론에 전달해주기 바란다. 물론 〈데일리 허브〉는 말고.

그리고 노파심에 덧붙이는데, K는 이니셜 따위가 아니다. 본고에 등장하는 K는 당신이 잘 알고 있는 그 K가 맞다.

현 행성 연합 의장 '케이 리그먼', 그 인간 말이다.

용옹기이

희림

택시에서 내리자마자 부산역으로 달렸다. 181센티미터에 100킬로그램이 넘는 거구에 턱수염이 덥수룩한 남자가 달리자 사람들이 알아서 길을 터줬다. 비록 살들이 충만한 몸이었지만 나는 체육을 전공한 스포츠맨으로 평균 이상의 운동 신경과 반사 신경을 가졌다. 나는 달리면서 뒤를 돌아봤다. 그놈이 따라붙지 않았는지 확인했다. 물론 한 놈 정도 제압하는 건 문제가 아니었지만 지금은 문제를 일으키면 안 된다. 그저 조용히 부산을 떠나 안전하게 서울에 도착할 수 있기만을 바랄 뿐이다.

매표소에서 서울행 KTX 기차표를 구매하는 그 짧은 순간에도 나는 주변을 두리번거렸다. 역시 그놈은 보이지 않았다. 나는 회심의 미소를 지었다. 내 민첩한 행동으로 그놈을 따돌린 게 분명했다. 하지만 서울에 도착해 형을 만나기 전까지 안심하기는 일렀다.

기차 시간이 아슬아슬했다. 또 플랫폼을 향해 달렸다. 이번에는 숨이 차서 헐떡거렸다. 타고난 운동 신경도 근육을 잡아먹은 지방 때문에 100퍼센트 효과를 내기는 힘들었다. 곧 기차가 출발할 시간이었다. 나는 마지막 힘을 다해 기차에 뛰어올랐다. 기차는 나를 기다렸다는 듯이 바로 출발했다.

나는 자리를 찾으며 창밖을 살폈다. 없다. 분명 없다. 그놈은 여기까지 나를 쫓아오지 못했다. 그놈을 따돌려서 다행이었고, 애초에 그놈이 날 미행하고 있었다는 걸 알아챈 것부터 천만다행이었다. 하긴 그렇게 어설프게 내 뒤를 따라다녔으니 누구라도 알아차렸을 것이다.

나는 검은 백팩을 소중하게 끌어안으며 자리에 앉았다. 물건은 내 가방 속에 안전하게 들어 있고, 나를 쫓던 수상한 그놈은 내 시야에서 완전히 사라졌다. 깊고 깊은 안도의 한숨에 두둥실 올라온 내 배가 위아래로 춤을 췄다. 그제야 내 회색 트레이닝복이 짙게 변했다는 걸 깨달았다. 아무려면 어떤가. 이젠 낡은 트레이닝복 같은 건 신경 쓰지 않아도 된다. 앞으로 이런 트레이닝복쯤은 세트로 몇 벌이라도 사서 요일별로 입을 수도 있다. 그 전에 우선 고기부터 실컷 먹어야겠다. 생각만으로도 고기 향이 나는 것 같고 아는 맛이 위를 자극했다. 침을 꼴깍 삼켰다. 바싹 탄 입에 마른 침을 삼키자니 목구멍이 버석했다. 마침 매점 카트가 지나갔고 나는 맥주 두 캔을 사서 하나를 순식간에 마셨다. 형에게 전화했지만 받지 않았고, 회의 중이라는 자동 메시지가 왔다. 형에게 간단한 문자를 남졌다.

'기차 바꿔 탔어. 일찍 도착한다.'

두 번째 맥주 캔을 땄다. 이번에는 천천히 마셨다. 톡 쏘는 시원함이 식도를 지나 오장육부를 훑고 지나갔다. 오랜만에 느껴보는 사는 맛이었다.

나는 창가 측에 앉은 옆자리 사람을 흘깃 봤다. 다행히 눈을 감고 있었다. 그래도 경계를 하며 검은 백팩 속에서 책 두 권을 꺼냈다. 한 권은 《秘密의 秘密비밀의 비밀》이었고 다른 한 권은 낡아서 폐지 수준이 된 《龍翁奇異용옹기이》였다. 옆 사람이 꿈틀거렸다. 나는 서두르면서도 조심스레 두 권의 책을 가방에 다시 넣었다.

기차는 터널 속으로 들어갔고 까만 창문에 비친 내 모습은 비에 젖은 나무늘보 같았다. 그래도 좋았다. 약간의 긴장감 속에 삐져나오는 웃음을 감출 수 없었다. 이럴수록 침착해야 한다. 나는 눈을 감고 책을 얻게 된 운명적 시간을 복기하기 시작했다.

몇 해 전, 친구와 함께 체육관을 운영하다 망했다. 그냥 망한 정도가 아니라 소위 '폭망'했다. 남은 건 빚뿐이었다. 처음에는 트레이너 아르바이트를 뛰면서 빚을 갚았다. 어느 정도 빚을 갚고 다시 체육관 하나를 인수하려 했을 때 사기를 당했다. 바보같이 사기를 당하냐고 비웃을지 모르겠지만 당해본 사람은 안다. 사기를 치겠다고 작정하고 덤비는 사람은 진실해 보이고, 사기를 당하는 사람은 의심하면서도 당한다. 나는 단순하게 당했고 단순하게 긍정적이었다. 하지만 젊으니까 다시 시작할 수 있을 거란 긍정적인 자신감은

3년 만에 무너졌다.

희망을 품었을 땐 불안했는데 포기를 하니 차라리 마음이 편했다. 그러자 일종의 공식처럼, 탄탄했던 복근은 물컹거리는 살로 변하며 물러터진 정신과 혼연일체가 됐다. 보다 못한 형이 운동하던 집념으로 공무원 시험이라도 보라고 제안했다. 좋게 말해 제안이지 집에서 유일한 경제 활동 인구인 형의 협박이나 다름없었다. 형이 공무원 시험을 물로 봤을 리가 없으니 내가 공무원이 될 거라 기대했다고 보기는 어려웠다. 그냥 집에 있는 꼴이 보기 싫으니 해가 떠 있는 동안엔 무조건 나가 놀라는 형의 태산같이 큰 뜻이었을 것이다.

나는 해가 뜨기 전 도서관으로 향했고 문을 열 때까지 기다렸다가 1등으로 들어가 직원들에게 인사하는 '도서관 죽돌이'가 됐다. 운동하던 집념과 머리를 쓰며 앉아 있는 일은 다른 거였지만 나는 앉아서 엉덩이 살을 늘려갔다. 그렇게라도 해야 형에게 적은 용돈이라도 탈 수 있었다.

나는 도서관에서 공부 대신 '돈을 쉽게 벌 방법'을 찾아 생각이라는 걸 했다. 생각하면 잠이 쏟아졌고, 배가 고프면 잠이 깼다. 편의점에서 컵라면을 샀고 미리 준비해간, 어머니의 유일한 기호 식품인 인스턴트 스틱 커피 두 개를 편의점 뜨거운 물에 타서 마셨다. 가끔 빠르게 구워지는 차돌박이나 하다못해 대패 삼겹살이라도 실컷 먹고 싶었지만, 그럴 땐 고깃집 앞 편의점에 앉아 구운 고기 향이 스며든 컵라면을 음미했다. 변화는 없었지만 통일성으로 안정감 있는 일상이었다. 돈만 없을 뿐 내 인생은 그리 나쁘지 않았다.

오늘 아침에도 나는 변함없이 도서관 책상에 얼굴을 묻고 한참 동안 눈을 감고 있었다. 얼굴 살이 부르르, 부르르 떨렸다. 사서가 내 얼굴 앞 책상을 톡톡 두드리며 엄청 짜증이 난다는 표정으로 빨리 전화를 받으라고 눈치를 줬다. 나는 게슴츠레 뜬 눈을 곰 같은 손으로 쓱쓱 비비고 진동하는 핸드폰을 확인했다. 형이었다.

"잽싸게 회사로 튀어와."

나는 귀찮아서 '왜'라고 물었고, '용돈'이라는 단어에 후다닥 짐을 챙겨 나갔다. 사실 짐이랄 것도 없었다. 깨끗한 수험서 한 권과 볼펜 한 자루가 전부였다. 정류장에 서 있던 버스가 형의 회사로 가는 것임을 파악, 우사인 볼트 뒤에서 달리는 선수처럼 나름 전력 질주를 했다. 닫히려는 버스 문틈으로 오른발을 재빨리 넣어 계단에 정확히 올랐다. 주춤했던 버스는 출발했고, 예상했던 시간보다 빨리 형의 회사 앞에 도착했다.

나름대로 규모 있고 건실한 IT 회사에 근무하고 있는 형은 노란색 서류 봉투를 들고 나타났다. 형은 주변의 눈치를 살피며 인적이 드문 빌딩 모퉁이로 나를 끌고 갔다. 사람들 시선을 피하기 위한 행동이었지만 웃기는 일이었다. 네 살 위인 형은 나보다 8센티미터가 더 컸고 몸무게도 10킬로그램 이상 더 나갔다. 은밀한 곳에 음침하게 서 있는 거대한 두 남자에게서 시선을 거두기는 쉽지 않았을 것이다. 물론 대부분 자연스레 몸을 움츠리고 흘깃흘깃 곁눈질을 하며 지나쳤지만.

"부산에 다녀와. 기차는 예매했다."

난 이유 같은 건 필요 없었다. 형이 언급했던 '용돈'만 받으면 됐다.

"얼마 줄 거야?"

"10만 원."

10만 원이면 소고기는 몰라도 돼지고기는 실컷 먹을 수 있었다. 어머니의 식탁에서 육식성 단백질을 찾아보기는 힘들었다. 자식들 건강을 위한다며 밥상 위에 정원을 키우는 어머니의 정성을 무시하는 건 아니었다. 하지만 난 고기를 먹어야 힘이 났고, 형은 1 야식 2 햄버거를 먹어 치워야 스트레스를 이겨낼 수 있다고 했다.

나는 순간 '오케이'를 외칠 뻔했지만 잠시 숨을 고르며 숫자에 밝지 않은 머리를 바쁘게 굴렸다. 형이 선심 쓰듯 부른 10만 원은 최저 시급으로 계산한 일당에 택시비와 간식비 정도가 추가된 금액에 불과했다. 나는 거만하게 형의 제안을 튕겼다.

"공부하는 사람 불러놓고 겨우 10만 원? 그것도 부산? 부산이면 하루가 그냥 통으로 날아가는 거 몰라?"

평상시 같으면 형의 주먹이 날아올 어림도 없는 협상이었다. 내가 돈이 궁한 건 사실이었지만 아쉬움이 더 크게 남을 사람은 형이었다. 형의 손에 꼭 쥐어 있는 노란 서류 봉투가 울 기세였다. 마음이 급했던 형은 사정을 중구난방 설명하기 시작했다.

부산의 한 기업이 전산 개발 입찰 공고를 냈다. 사업성이 좋은 큰 프로젝트라 꼭 따내야 했다. 우편 접수만 가능한 입찰 서류 중

일부가 빠졌다는 연락을 오전에 받았다. 마감은 오늘 오후 3시였다. 형의 실수를 아는 사람은 아무도 없었고 형은 은밀히 수습하려 했다. 형의 상사는 뱀과 개를 합친 놈이라고 했다. 뱀의 머리에 개의 몸통인지 개의 머리에 뱀의 몸통인지 알 수는 없었지만, 이상한 놈인 건 틀림없었다.

형은 육사시미도 배 속에 들어가면 직화구이로 만들 만큼 불같은 사람이었다. 게다가 그 덩치에 상사를 무서워한다는 것도 어울리지 않았다.

"상사가 무서운 게 아니라 백수 될까 봐 겁난다."

역시 형은 불을 다스릴 줄 아는 무서운 사람이었다. 형은 《용옹기이》만 찾으면 당장 회사를 때려치울 거라고 했다. 형이 찾다가 깨끗하게 포기했던 《용옹기이》를 직접 언급하다니. 형도 어지간히 회사 생활이 힘들었던 모양이다. 하지만 그때 나는 책을 찾을 줄 몰랐기 때문에 헛웃음이 나왔다.

"그 책 찾는 것보다 로또 1등 되는 게 더 현실성 있다는 건 형이 제일 잘 알잖아? 꿈 깨시지."

형의 두 눈이 꿈틀거렸다. 속에서 불꽃이 올라오고 있다는 증거였다. 형은 꿈틀거리는 눈을 이내 진정시키고 용 불꽃 대신 트림 같은 뜨거운 입김을 뱉었다. 나를 불꽃에 태워버리면 안 된다는 걸 잘 알고 있었다. 형에게는 서류 접수가 중요했다.

형은 회사를 비울 수 없었기에 백수인 나를 십분 활용할 계획을 내 동의 없이 혼자 세웠다. 백수의 생활과 자존심 따위는 고려할 대상이 아니라는 형의 무자비한 생각이 드러났다. 백수는 진정 어디선가 누군가가 부르면 무조건 달려가야 하는 존재인가? 순간이었지만 내 존재의 가치를 고민하게 됐다. 사실 나는 자존심을 버린 지오래였지만 우선 부산은 안 가겠다며 걸음을 옮겼다.

"용수산! 선수금 10만 원, 완수하면 추가 5만 원."

돌아보니 형은 햄버거 열 개 정도 삼키다 얹힌 듯 답답한 표정이었다.

"용태산 형님, 액수는 내가 정합니다."

"이게 진짜! 어휴, 알았다. 얼마면 되는데?"

망설임 없이 포기하고 들어오는 형의 태도는 협상의 주도권이 내게 있음을 말해주는 것이었다. 다시 한번 머리를 굴렸다. 형의 월수입과 월 지출을 추측했고, 예상치 못한 단기 지출이 향후 내 용돈 수급에 미칠 영향까지 고려했다. 형의 빠듯한 경제 상황이 그려졌다. 나는 소심하게 입을 열었다.

"선수금 15? 뭐, 부담되면 13만 원에 완수하면 한 7만 원…."

나는 형의 눈치를 살폈다. 12만 원에 추가 5만 원으로 할 걸 그랬나? 미간에 주름을 세우던 형이 드디어 입을 열었다.

"좋다. 선수금 15, 완수하면 추가 10."

역시 통 큰 형이었다. 형은 서류를 제시간에 접수하지 못 하면 둘 다 죽는다는 무시무시한 경고와 함께 지갑을 열었다. 나는 형이 예약한 기차에서 컵라면 두 개를 사 먹을 돈으로 배를 채웠고, 형이 소중하게 넘긴 서류 봉투를 넣은 검은 백팩을 들고 부산역에 내렸다. 정확히 마감 30분 전에 서류를 접수했고 형에게 인증사진까지 찍어 보냈다. 서울로 올라가는 기차 시간은 무려 네 시간이나 남아 있었다. 형은 부산행 기차는 KTX를, 상경하는 기차는 다섯 시간도 넘게 걸리는, 그 이름도 아름다운 무궁화호를 예매해놓았다.

시간이 있으면 돈이 없고, 돈이 있으면 시간이 없었다. 마음 편하게 여행이란 걸 해본 적이 언제였는지 기억을 더듬어봤다. 없었다. 내가 기억 상실중에 걸린 게 아니라면 확실했다. 그리고 훗날 기억될 네 시간의 여유와 거금 15만 원이 나, 백수 용수산에게 생긴 것이었다.

뭘 할까? 고민은 길지 않았다. 역시 먹고 싶은 것이 제일 먼저 떠올랐다. 고기를 먹으러 갈까? 아니, 부산에 왔으니 회를 먹을까? 메뉴에 대한 고민은 의외로 길어졌다. 광복동 패션거리를 걷고 있자니 옷에도 눈길이 갔다. 입고 있는 늘어진 트레이닝복은 형이 대학 때부터 입던 옷이었다. 백수가 되면서 1년에 10킬로그램씩 3년간 약 30킬로그램이나 쪄버려 나는 옷이 부족했다. 그래서 늘 그 정도의 몸무게를 유지하고 있던 형이 버리기 직전인 옷을 어쩔 수 없이 감사하게 입고 다녔다.

스포츠 브랜드 매장으로 들어가려다 유리문에 비친 한 남자를 봤다. 자존감이라고는 찾아볼 수도 없는, 그저 본능에 충실한 커다란 생명체 하나가 들숨과 날숨을 쉬고 있었다. 돌아섰다. 저절로 고개가 떨어졌다. 운동화 속 발가락을 꼼지락거렸다. 난 단순했다. 내 낡은 운동화는 도저히 불쌍해서 못 봐줄 지경이었다. 발에도 살이 올랐지만 치수는 그대로였다. 잠시 망설였다. '이월 상품 SALE 최대 70%'라는 문구가 붙은 스포츠 브랜드 매장 창문을 기준으로 왼쪽에는 고깃집, 오른쪽에는 완당집이 보였다.

한 입 거리도 안 되는 완당을 후루룩 삼키고 나오자 어머니 생각이 났다. 전화로 어머니에게 부산에 온 이유를 간단히 설명하며 저녁은 혼자 드시라 했다. 어머니는 듣기만 하셨다.

"뭐 드시고 싶은 거 없어?"

"됐다. 아껴라."

뚝. 항상 절약을 실천하는 어머니는 말도 절약했고 감정도 절약했다.

새 운동화를 신고 걷는 발걸음이 가벼웠다. 5만 원이 조금 넘는 거금을 투자했다. 70퍼센트까지는 아니었지만 30퍼센트 싸게 샀으니 이득이었다. 먹구름이 짙게 깔린 하늘에서 금방이라도 비가 쏟아질 것 같아 좀 걱정스럽긴 했다. 헌 운동화를 그냥 신고 고기를 먹었어야 했나?

어디선가 자글자글 소리가 났고 습기를 타고 이동한 튀김 냄새가 내 코 주변을 맴돌았다. 본능적인 이끌림. 도넛 가게였다. 역시 완당으로는 배가 안 찼다. 나는 눈앞에서 튀겨지는 500원짜리 꽈배기 두 개와 캔 커피 하나를 샀다. 꽈배기 하나는 바로 먹고 남은 꽈배기와 캔 커피를 든 채 가게 앞을 떠날 때 빗방울이 떨어졌다. 소나기였다. 비를 피할 곳을 찾아 도넛 가게 인근 골목 안으로 들어갔다. 도서관 고문서실에서나 풍길 법한 오래된 종이 냄새가 미세하게 떠돌았다. 그곳은 보수동 책방 골목이었다.

손에 묻은 설탕까지 쪽쪽 빨아 먹고 아무 책방에나 들어갔다. 책을 보려는 게 아니라 비가 그칠 때까지 머물 곳이 필요했던 것이기 때문에 어느 책방이든 상관없었다. 머리가 반쯤 벗어진 중년의 주인아저씨가 계산대 주변에 쌓인 책 묶음을 풀고 있었다. 나를 쓱 보더니 뜨내기손님이라는 것을 금세 간파한 듯 신경도 쓰지 않았다. 그래도 무심히 한마디는 툭 던졌다.

"촬영은 안 됩니다."

책방 곳곳에 촬영 금지라는 경고가 붙어 있었다. 책을 사러 오는 손님보다 사진을 찍으러 오는 사람이 많다는 방증이었다. 평일 오후에 소나기까지 내려 책방 안은 한산했다. 어쩌면 매일 한산할지도 모른다. 폐업하는 서점들도 많으니까.

촘촘하게 책들이 꽂힌 책장 사이를 어슬렁거리며 책방을 돌아봤다. 습기에 축축하게 젖어 든 오래된 책에서 퀴퀴한 냄새가 났다. 먼지가 뒤덮여 한층 묘한 분위기를 내는 은은한 소냉과 틈이 벌어진 나무 책꽂이가 내뿜는 느낌이 꽤 신비롭기까지 했다. 나와는 어울리지 않는 곳이었지만 분위기가 나를 지배했다. 나도 모르게 관심도 없는 책 한 권을 뽑아 들었다. 어느 유명 정치인에게 사인한 유명 철학가의 책이었다. 뒤표지에 찍힌 가격은 1,000원이었다. 정가에서 한참 할인된 가격이었다. 또 다른 책, 자필 사인이 담긴 퇴직한 장관의 자서전에는 500원이 찍혔다. 책 표지만 봐도 정말 지루했고 눈꺼풀이 내려앉았다. 잠시나마 바쁘게 움직였던 나 자신을 쉬게 해주고 싶었다. 책방 구석으로 가 힘들게 몸을 접어 앉았다.

난 첫눈에 반했다는 연애담 따위 믿지 않았다. 여기서 웬 사랑타령이냐고 하겠지만 첫눈에 반할 수도 있겠구나, 하고 한 번에 이해가 될 만한 상황이 찾아왔다. 구겨 앉은 내 눈높이에 한 권의 책이 딱 들어온 것이었다. 《秘密의 秘密》.

이름도 생소한 청춘사에서 출판한 탐정 소설로 한때 중고책방을 드나들었던 형의 위시리스트 중 하나였다. 그 목록은 형의 책상 유리 밑에 화석처럼 깔려 있었다. 만약 누군가 책등에 적힌 한자 제목 위에 '비밀의 비밀'이라고 한글 표기를 해놓지 않았다면 그냥 지나쳤을 것이다. 그 책은 존재 자체가 비밀이라는 듯 두 권의 책 사이에 교묘하게 숨어 있었다. 하지만 백수 생활 3년 동안 집 안 곳곳, 옷장 아래를 뒤지며 88서울올림픽 당시 태어난 100원까지 찾아낸 내 눈을 피할 순 없었다.

내 손에 잡힌 오래된 책에서 쿰쿰한 냄새가 올라왔다. 모든 한자에 한글 표기를 단 것 외에 책의 보존 상태는 좋은 편이었다. 책방에서 대충 붙여놓은 책의 가격은 믿을 수 없게도 5,000원이었다. 내게 5,000원이란 1,000원의 다섯 배, 500원의 열 배로 크다면 큰돈이었지만 희귀본치고는 말도 안 되게 저렴한 편이었다. 어쨌든 내게는 생각지도 못한 횡재였다. 얼마에 거래할 수 있는지 바로 검색하지는 못해도(내 핸드폰은 어머니가 쓰던 2G폰이다) 형에게 팔면 꽤 괜찮은 값을 받을 수 있겠다 싶었다.

나는 구겼던 몸을 펴고 계산대로 향했다. 돋보기를 낀 주인아저씨는 창문 밖 소나기를 배경 삼아 중고 책들을 후루룩 살피며 분류하고 있었다. 어떤 책들은 책상에 차근차근 올려놓고, 낙서로 무수히 상처가 나거나 종이가 찢어진 낡은 책들은 커다란 노란 상자 속으로 툭툭 던져넣었다. 보나 마나 폐기 처분될 책이었다.

"이 책 주세요."

그제야 주인아저씨가 나를 쳐다봤다. 아저씨는 돋보기 위로 눈을 치켜뜨며 미간을 찡그렸다. 내가 책을 사다니 의외라는 표정이었다. 인정. 나도 내가 책을 고를 거라곤, 아니 책에 돈을 쓸 거라곤 절대 생각 못 했다. 아저씨는 장갑을 벗으며 또 눈을 번쩍였다. 책 때문이었다.

"아주 오래된 물건을 찾으셨네."

나는 고개를 끄덕이고는 재빨리 5,000원을 건네며 물었다.

"이 가격 맞는 거죠?"

아저씨는 아쉬움이라곤 눈곱만큼도 없다는 듯 쿨하게 영수증을 끊었다.

"오래된 책이라고 다 가치가 높진 않지."

순간 5,000원의 투자 가치에 대한 믿음이 흔들렸다. 아저씨는 다시 말을 이었다.

"다만 책의 가치를 알아보는 수요자들이 생기면 가격이 올라가는 법. 며칠 전에도 이 책 찾겠다고 골목을 뒤지다 간 사람이 있었는데 결국 못 찾았지. 어디서 찾았어요? 분명 소설 코너에 없었는데."

나는 손가락으로 내가 앉았던 자리를 가리켰다.

"정치·사회? 누가 거기다 꽂아둔 거야?"

주인아저씨는 뜨내기손님들과 책방 일은 대충 하고는 돈만 받아가는 백수 아들이 책의 질서를 어지럽힌다며 구시렁거렸다.

"이런 책 찾겠다고 책방을 뒤지는 사람이 많습니까?"

"뒤지는 사람? 그렇지. 특정 책을 찾겠다고 책방을 뒤지는 사람들이 있지."

특정 책을 찾는 사람이라면 아마 《용웅기이》를 찾던 할아버지나 아버지, 아니면 과거의 형 같은 사람일 것이다. 아저씨는 다시 책을 분류하며 말을 이어갔지만 나는 제대로 들을 수 없었다. 바로 그 순간, 내가 겪게 될 모든 '우연'이 시작되었기 때문이다. 아저씨의 손안에 누런빛의 《龍翁奇異》가 있었다. '용 노인이 겪은 기묘한 이야기'를 엮은 책. 한자 무식자인 나지만 그 한자는 절대 잊을 수 없었다.

나는 이미 뛰어난 운동 신경과 반사 신경의 소유자라고 밝혔다. 나는 아저씨가 상자에 던지는 책을 인터셉트했다. 곰 손에서 글러브로 변신한 내 손에 그 책이 정확히 들어왔다. 나는 재빠르게 뒤표지 안쪽을 확인했다. 분명히 적혀 있었다. 'ㅂㄷK'라고.

아저씨가 놀란 눈으로 나를 봤다. '뭐지?'라는 표정이었다. 나는 재빠르게 책을 꽉 쥐고 침착하게 발연기를 선보였다.

"나이스 캐치. 죽이죠? 하하. 제가 둔해 보여도 왕년에는 운동 좀 했습니다. 하하하."

"내가 책을 잘못 감별한 줄 알았네. 별 쓸데없는 잡소리만 늘어놓은 형편없는 책인데."

"어쩐지 완전 구려 보인다 했네."

아저씨는 의심을 완전히 거두지 않았다. 돋보기 너머로 예리한 눈빛이 반짝였다.

"재미 삼아 잡은 거 확실해요?"

나는 당연하다는 듯 고개를 끄덕이며 책을 둥글게 말았다. 어릴 때도 안 해본 캐치볼을 하듯 어설프게 송구 자세를 자동 반복하며 물었다.

"혹시 버리는 겁니까?"

아저씨는 나를 보며 혀를 끌끌 찼다. 내가 봐도 송구 자세는 어설펐다. 덩치에 맞지 않는 바보 같은 짓이었지만 아저씨의 의심을 거두기에는 충분했다. 아저씨는 잠시 멈췄던 책 분류를 이어가며 폐지로 팔 거라고 했다. 아저씨의 등 뒤로 보이는 소나기 빗줄기가 많이 약해져 있었다. 다행히 완전히 그치지 않았다.

"가져가도 될까요? 우산 대신요. 머리만이라도 보호해야죠."

아저씨는 자신의 숱 적은 머리를 슬쩍 만졌다. 나는 주머니에서 캔 커피를 꺼냈다. 꽈배기를 먹을 때 샀던 커피였다. 나는 커피를 건네며 가볍게 물었다.

"어머니 사다 드릴 음식으로 뭐가 좋을까요?"

아저씨는 다 맛있다며 건성으로 대답하고는 폐짓값으로 받은 캔 커피 뚜껑을 툭 땄다. 아저씨는 꽤 흡족한 표정으로 커피를 마셨다.

나는 책방을 나왔다. 나야말로 흡족한 정도가 아니었다. 진짜 우연히 찾은 보물에 쿵쿵거리며 흥분하는 심장을 제어할 수 없었다. 행여 책방 주인아저씨가 뒤늦게 책의 진가를 알고 쫓아오지 않을까 긴장했고 이 책을 찾는 또 다른 수집가들이 숨어서 나를 기다리고 있는 것이 아닌지 불안했다. 아니나 다를까 뒤에서 부르는 소리가 났다. 돌아보니 책방 주인아저씨였다. 나는 당황했다. 우산 대신 쓰겠다며 가져간 책을 품에 꼭 껴안고 비를 맞고 있었으니 수상해 보일 게 뻔했다. 다급하게 책을 머리에 올리고 큰 손으로 어설프게 책을 가렸다. 아저씨는 책방 앞에서 소리쳤다.

"건너편에 부평 깡통시장 가봤어요? 유부동이 맛있어."

아저씨는 책방 안으로 사라졌다. 나는 안도했고 재빨리 책에 묻은 물기를 닦았다. 맞은편 책방 안에서 검은 가죽점퍼를 입고 짧은 머리를 세워 멋을 낸 한 남자와 시선이 잠깐 마주쳤다. 앞으로 '그놈'이 될 끈질긴 놈이었다. 그놈은 손에 잡고 있던 낡은 책을 내려놓고 카메라를 들었다. 나는 그놈의 시선을 피해 가방 안에 책을 서둘러 넣다가 나지막하게 소리 내어 제목을 읽어보았다. 작지만 아주 또박또박 정확하게 "용. 옹. 기. 이"라고.

별 볼 일 없는 낡은 책의 가치를 알기 위해서는 내가 태어나기도 전, 아버지가 어머니와 결혼하기도 전, 아버지가 대여섯 살 정도였던 1953년 초겨울 어느 날까지 거슬러 올라가야 한다.

전쟁 직후라 모든 것이 부족했지만 특히 먹을 것이 부족했다. 전쟁 중에 헤어진 사람, 죽은 사람들이 많았다지만 할아버지와 할머니는 세 아이, 그러니까 큰아버지, 고모, 아버지를 잘 지켜냈다. 문제는 입에 어떻게 풀칠이라도 하느냐였다. 그런데 용케 살아남은 사람 중에는 별 피해 없이 재산을 잘 지켜낸 사람들도 있었다. 바로 할아버지의 팔촌 어르신이 그랬다.

지금의 용산 어디쯤 살던 어르신은 칠순을 맞아 사람들을 불러 모아 큰 잔치를 열었고 할아버지도 참석했다. 사실 할아버지는 큰 잔치에는 일손이 많이 필요하다는 걸 알고 일을 거들러 간 것이었다. 할아버지는 힘도 장사인 데다가 눈치도 빠르고 손도 빨랐다. 할아버지는 어르신의 칠순 생일잔치에 잡다한 일들을 봐주고, 소금만치 짠 일당과 먹다 남은 음식을 받았다. 그렇다고 그것만 챙긴 것은 아니었다. 술을 좋아하셨던 할아버지는 사람들이 마시다 남긴 술들을 빈 병에 몰래 챙겼다.

할아버지가 잔칫집 대문을 넘기 전 어르신이 할아버지를 불러 세웠다. 할아버지는 술을 몰래 모은 것을 들킬까 봐 조마조마했지만 어르신은 조잡하게 엮은 책 한 권을 건넸다. 그 책은 조선 말, 일제 강점기, 광복, 그리고 전쟁까지 겪으며 꽤 굴곡지고 기묘한 인생을 살았다고 자부하는 어르신의 칠순 기념 회고록이었다. 예상했겠지만 그 책이 바로 《용옹기이》다.

입에 풀칠하기도 힘들었던 시절에 큰 잔치를 열었고, 조잡하게나마 책을 만들어 사람들에게 한 권씩 나눠줬을 정도니 어르신의 재력이 상당하긴 했던 것 같다. 회고록은 아무에게나 건네준 것이 아니었는데 초대된 손님 중 권력과 재물이 있는 사람들에게만 한 권씩 나눠줬다고 한다. 그러니 할아버지에게 책을 준 것은 꽤 주목할

만한 일이었다.

눈치가 빨랐던 할아버지는 후한 인심을 투척한 어르신에게 최대한 자세를 낮춰, 요즘으로 치면 폴더 인사로, 감사의 뜻을 표했을 것이다. 할아버지의 엉덩이 끝을 제 시선에 둔 어르신은 매우 흡족해했다고 한다. 다 갖춘 어르신은 할아버지의 장대한 기골이 영 마음에 안 들었던 것 같다고, 아버지는 추측하셨다.

할아버지는 집에 도착했을 때 이미 잔뜩 취해 있었다. 할아버지는 집으로 향하며 잔칫집에서 모은 술을 한 모금, 두 모금 마셨고 결국 빈 병만 들고 왔다. 다행히 자식들에게 줄 음식에는 손 하나 대지 않았다. 할머니는 세 명의 자식들에게 공평하게 음식을 나눠 줬고 그 모습을 지켜보던 할아버지는 품에 있던 책을 방구석으로 획 던졌다. 할머니가 책을 집어 들었다.

"뭔 책이래요?"

할아버지는 아무 말도 하지 않고 드러누웠다. 심사가 왜 뒤틀렸는지는 알 길이 없었으나 할머니와 아버지의 입으로 전해진 바에 따르면 아마 질투였을 거라고 한다. 그 시대에 그 어르신 정도로 고통을 겪지 않은 사람이 없을 뿐더러, 사실 용가문의 인재로 치면 할아버지만 한 사람도 없었기 때문이다. 할머니와 아버지는 팔촌 어르신이 시대에 편승한 아첨꾼이라고 했지만 확인된 바는 없다. 어쨌거나 당시 글을 읽지 못했던 할머니는 무슨 내용인지도 모르는 책을 선반에 올려놓았다. 책이란 함부로 다뤄서는 안 된다는 것이 할머니의 생각이었을 것이다.

할아버지와 할머니는 먹고사는 데 바빴고, 아버지를 비롯한 삼 남매는 늘 배가 고팠다. 그 시대에는 마을 곳곳마다 각종 장사치가 돌아다녔고 그중에는 엿장수도 있었다. 배가 고픈 건 고픈 거고, 간식은 간식이었다. 그 시절 아이들이 으레 그랬듯 삼 남매는 엿장수의 달콤한 꼬임에 넘어가 엿으로 바꿔 먹을 만한 것들을 찾았다. 큰아버지는 숟가락, 고모는 젓가락을 들고 왔다. 어차피 숟가락이나 젓가락 둘 중 하나만 있으면 음식은 먹을 수 있었으니까. 숟가락 하나만 사용하던 어린 아버지는 뭐를 들고 가야 할지 고민했다. 방 안을 뒤지던 아버지의 눈에 할아버지가 구석에 던졌고 할머니가 챙겨뒀던 그 책이 들어왔다.

삼 남매는 각자 제 엄지손가락만 한 엿을 하나씩 받았다. 아버지는 그때가 인생에서 제일 행복했던 순간이라고 항상 얘기했다. 그 엿이 입안에서 다 녹아내리고 꿈에서도 단맛이 다 꺼져버리자 아버지의 행복도 끝났다.

사단은 그다음 날 일어났다. 일하러 나갔던 할아버지가 신문 하나를 들고 달려와 그 책을 찾았다. 할아버지는 겨우 방 한 칸인 집 안을 탐지견처럼 뒤졌다. 엿 바꿔 먹은 책이 나올 리가 없었다. 할아버지는 할머니와 삼 남매를 집합시키고 책의 행방을 물었다. 불같은 성격의 할아버지를 무서워하며 아무도 입을 떼지 못했을 때 아버지가 순진무구하게 입맛을 다시며 말했다.

"엿 먹었어요."

환장한 할아버지를 말린 사람은 당연히 할머니였다. 그날 이후

아버지는 할아버지의 가장 못난 자식이 됐다.

할아버지가 가져온 신문에는 부고 기사가 실려 있었다. 그 사연에 관해 얘기하자면 할아버지가 팔촌 어르신의 칠순 잔치에서 귀가하던 시간으로 다시 돌아가야 한다.

술을 마시며 귀가하던 할아버지는 술병에 술이 떨어지자 국밥집에 들러 막걸리 한 사발을 더 마셨다. 그때 할아버지 뒤에서 식사하던 백발 남자가 갑자기 목을 잡고 일어섰는데 아무도 왜 그런지 알 수가 없었다. 할아버지는 이미 술에 취해 중심을 잡기 힘들었고 자꾸 휘청거렸다. 결국 할아버지는 몸을 굽히고 있던 백발 남자의 등에 부딪혔다. 할아버지의 육중한 몸에 부딪힌 백발 남자는 그대로 테이블 모서리에 가슴을 박았다.

"컥!"

기도에 걸렸던 고기 한 점이 튀어나왔다. 백발 남자는 숨을 거세게 몰아쉬며 할아버지의 손을 꼭 잡았다.

"나를 살렸습니다."

그러니까 할아버지는 하임리히법이 만들어지기도 전에 우연히도 그 방법을 시도한 사람이 되었다. 그야말로 뒷걸음질 치다가 사람을 살린 격이었다. 놀라서 술이 좀 깬 할아버지는 이왕 그렇게 된 거 얼굴이 창백해진 백발 남자를 집까지 데려다줬다. 그는 감사의 뜻으로 따뜻한 정종 한잔을 대접하며 할아버지가 가지고 있던 《용옹기이》 뒤표지 안쪽에 그림을 그려 넣었다. '하필' 그 책에 말이다. 백발 남자는 마지막으로 그림 왼쪽 아래에 'ㅂㄷK'를 적으며 자신의 이름이 '백두 킴'이라고 밝혔다.

할아버지가 신문에 실린 흑백 사진을 보고 백두 킴의 얼굴을 알아본 건 당연한 일이었다. 신문 기사는 재미 화가인 백두 킴이 작품 구상을 위해 고국에 머물다가 갑자기 사망했다는 내용이었다. 인생 최고의 역작은 자신이 정종을 대접한 생명의 은인 용 씨에게 남겼다는 백두 킴 생전 마지막 인터뷰도 짤막하게 실려 있었다. 생명의 은인 용 씨, 바로 할아버지였다.

백두 킴 사후에 그림값이 오르고 있다는 정보를 입수한 할아버지는 조잡한 책 《용·옹기이》를 찾기 위해 평생을 바쳤다. 그 책 뒤표지에 그려진 백두 킴의 그림만 팔 수 있다면 남부럽지 않게 살 수 있을 거라고 확신했다. 할아버지는 전국의 엿장수를 수소문하며 아버지가 엿 바꿔 먹은 그 책을 찾아다녔다.

책의 행방은 묘연했다. 할머니는 누군가 벌써 똥구멍을 닦아 똥통에 버려 거름이 됐거나, 아궁이 불쏘시개로 들어가 재도 남지 않았을 거라고 할아버지를 말렸다. 소용없었다. 날이 갈수록 할아버지의 집념은 더욱 불타올랐고 그럴수록 실망도 점점 커졌지만 할아버지는 포기란 것을 몰랐다.

할아버지가 엿장수를 만난 뒤 술독에 빠진 채 들어오는 날이면 아버지는 어디론가 숨어버렸다. 자칫 잘못해서 할아버지 눈에 띄면 늘어진 엿가락처럼 온몸이 축 처질 때까지 맞고 또 맞았다. 결국 할아버지 손에 이끌려 엿장수를 찾아다니던 큰아버지는 길에서 죽었고, 그런 가족이 꼴 보기 싫다던 고모는 외국으로 떠나 완전히 연락을 끊었다. 할아버지는 유일하게 남은 자식인 아버지의 엿처럼 길쭉한 손을 꼭 붙잡으며 그 책을 찾으라는 유언을 남겼고, 할머니는 엿처럼 창백한 아버지 얼굴을 쓰다듬으며 그 책을 잊고 살라는 유언을 남겼다.

아버지는 처음에는 할머니의 유언을 따랐고, 여러 번 사기를 당한 후에는 할아버지의 유언을 따랐다. 아버지는 엿장수를 찾아다니지는 않았지만, 전국의 중고서점을 샅샅이 뒤졌고 생계는 할머니처럼 어머니가 책임졌다. 아버지도 할아버지처럼 술독에 빠져 살다가 결국 병이 났다. 허공을 떠돌던 아버지의 노란 눈이 딱 한 번 반짝였을 때, 아버지는 형과 나를 불러다 놓고 그 책을 찾으라는 유언을 남겼다.

그 책을 한 번도 본 적이 없었던 어머니는 아버지 장례를 치른 후 처음이자 마지막으로 그 책에 관해 얘기했다.

"그 책은 우리 집안에 우환을 부른 끔찍한 저주다. 절대 찾지 마라."

짧게 툭 던진 말이었지만 아버지의 유언을 뒤집는 단호한 경고였다.

한때 형이 어머니 몰래 그 책을 찾아다닌 적이 있다. 백두 킴의 작품 가치는 점점 올라가 그림 한 점에 십수억을 호가하기도 했다. 형은 그림을 찾아 팔기만 하면 늘 돈에 쪼들리던 인생도 끝일 것이라 기대했다.

형은 할아버지나 아버지와 비교하면 운이 좋은 편에 속했다. 딱

한 번이지만 《용웅기이》 책을 발견했었다. 아마 할아버지의 팔촌 어르신 칠순 잔치에서 배포된 책 중 하나가 먼지로 화석이 된 채 폐지로 방출됐던 것 같다. 고물상에서 《용웅기이》를 발견했을 때 형은 흥분을 감출 수 없었지만, 그 책은 상자나 신문과 함께 무게를 달아 겨우 몇십 원 받을 수 있는 가치밖에 없었다. 그때만 해도 형은 책을 찾을 수 있을 거라는 개미 똥만 한 희망이라는 걸 품고 있었다. 개미도 웃을 일이었다. 개미 똥한테 뭘 바라겠는가. 시간이 흘러도 백두 킴이 그림을 그려 넣은 책은 나타나지 않았다.

형은 대체로 포기가 빨랐고 게다가 현실적이었다. 형은 엿과 바꿔버린 책이 세상에 남아 있을 확률이 거의 제로에 가깝다는 결론을 내고 인정받는 봉급 생활자가 되었다. 덕분에 나는 형과 협상해서 얻어낸 15만 원을 들고 부산을 누볐고, 용씨 가문의 인생 역전 로또가 될 그 책을 기가 막힌 우연의 힘으로 찾게 된 것이다.

나는 《용웅기이》를 소중히 담은 백팩을 둘러메고 서둘러 부평 깡통시장으로 향했다. 책방 주인아저씨가 추천해준 유부농을 어머니께 사다 드릴 참이었다. 시장 입구에 도착하자 소나기는 완전히 그쳤다. 한가했던 책방 골목과 달리 깡통시장 안은 사람들로 북적거렸다. 누가 가방 안에서 지갑을 훔쳐 가도 모를 정도였다. 등에 진 가방을 나도 모르게 가슴 앞으로 돌려 끌어안았다. 스치는 사람마다 나를 쳐다봤다. 아니 내 가슴에 착 달라붙은 가방에 시선을 두는 것 같았다. 얼른 유부동을 사고 사람들이 북적이는 시장을 떠나려 했다. 소나기가 남겨둔 습도만 아니었다면 그곳을 쉽게 떠났을 것이다.

시장 안에 가득한 음식 냄새가 높은 습도 때문에 주변을 맴돌며 내 코점막에 달라붙었고 내 위를 무한 자극했다. 그러고 보니 배 터지게 고기나 회를 먹겠다는 계획은 지키지 못하고 완당, 꽈배기 같이 양도 안 차는 것들만 먹었다. 허기가 밀려왔다. 극도로 긴장했던 탓인지 더 허기졌다. 나는 유부동을 사면서 유부전골 2인분을 시켰다. 입속에 유부동을 넣으며 형에게 전화했지만 받지 않았다. 두 번째 그릇을 비우기 전에 형에게 '그림책 발견'이라고 문자를 보냈다.

전화가 왔다. 문자 내용에 바로 반응한 형이었다. 뭐야, 일부러 안 받았다는 건가? 내가 돈이라도 더 요구할 줄 알았나? 나도 형의 전화를 받지 않고 일부러 그릇을 들어 국물까지 싹 비웠다. 속 좀 태워보라지. 다시 전화벨이 요동쳤다. 문자를 확인한 형은 흥분한 상태였다. 진짜가 맞는지 몇 번이나 확인했고 당장 사진을 찍어 보내라고 성화였다. 나는 책을 꺼내 2G폰으로 흐릿한 사진을 찍어 형에게 전송했다. 그때 내 눈에 보수동 책방 골목에서 시선이 마주쳤던 그놈이 들어왔다. 반대편 가게에 앉아 유부동에 소주를 마시며 나를 보고 있었다. 나와 눈이 마주치자 슬쩍 피하며 카메라를 봤다. 우연이겠지. 다시 그놈을 봤다. 카메라에 찍힌 사진을 확인하는 그놈 입꼬리가 실룩거렸다. 괜히 기분이 찝찝하고 속이 울렁거렸다. 건성으로 들었던 책방 주인아저씨의 말이 갑자기 떠올랐다. 그림책을 찾으러 다니는 사람도 있다고 했던 것 같은데 정확히 듣지 못했다. 그때 난 아저씨 손에 든 책에 집중해 있었으니까. 정신을 가다듬고 기억을 더듬어보는데 그놈이 봤던 낡은 책이 마음에 걸렸다. 역시 고서 수집가인 모양이었다.

당장 깡통시장을 떠나야 했다. 그놈이 어떤 놈인 줄 모르지만 벌써 두 번이나 마주쳤다. 미각세포만큼 예민한 촉은 아니지만 예감이 좋지 않았다. 사진을 확인한 형이 다시 전화했다. 전화기 너머 흥분한 형의 음성이 들렸다. 이내 형은 침착해졌다. 진중한 목소리로 조용히 서울로 올라오라고 했다. 나는 알겠다고 대답하고는 좁은 테이블에서 급히 일어났다.

사람들로 북적이는 좁은 시장 골목을 헤치고 나오는 일은 정말 곤욕이었다. 게다가 바닥은 소나기가 지나간 흔적으로 질척거렸다. 새 운동화가 금세 더러워졌다. 가장 많이 신경이 쓰이는 건 가방이었다. 수험서 한 권과 볼펜 한 자루가 들었던 가방은 형에게 팔아치울 탐정 소설과 우리 집안의 기둥이 될 그 책, 그리고 어머니께 드릴 유부동 세 봉지로 빵빵해졌다. 가방을 가슴 앞으로 낸 채 뒤를 돌아봤다. 멀리서 그놈이 따라오고 있었다. 진짜 수상한 놈이었다. 그놈을 붙잡고 왜 따라오냐고 묻고 싶었다. 하지만 일을 크게 벌일 필요는 없었다. 형의 말처럼 최대한 조용히 상경해야 했다. 나는 사람들로 북적이는 시장 깊숙이 들어갔다가 아이스박스가 산처럼 쌓인 리어카 옆으로 몸을 숨겼다. 그놈이 앞을 스치며 소곤거렸다.

"새 신 신고 도망쳐도 소용없어. 꼭 찾을 거야!"

역시 나를 쫓고 있었던 거였다. 누런빛의 낡은 책을 보던 그놈은

《용옹기이》를 찾는 것이 확실했다. 할아버지와 아버지가 엿장수와 중고서점을 찾아다니면서 그림에 대한 얘기가 흘러나왔을 것이고 당연히 그 책을 찾는 사람도 생겼을 것이다. 그놈은 젊고 날쌨다. 나보다 서너 살은 어려 보였고 몸은 가볍고 다리는 단단했다. 내가 새 운동화를 신었다는 것까지 파악했으니 눈썰미도 좋은 놈이었다. 분명 혼자 움직이지 않고 누군가의 밑에서 일하고 있겠지. 아니면 의뢰를 받았거나.

나는 그놈을 따돌리기 위해 시장을 빠져나와 택시를 잡으려고 했다. 하지만 택시는 내 앞을 휙휙 지나치기만 할 뿐 멈추지 않았다. 그대로 택시 꽁무니를 따라 정신없이 걷다 보니 어느새 용두산 공원이 보였다. 그놈은 어디론가 사라져 있었다.

기차 시간은 아직 많이 남아 있었고 용두산 공원의 부산타워는 가까웠다. 사실 급할 게 없었다. 그놈의 존재가 사라지자 여유가 생겼다. 나는 역시 단순했다. 언제 부산에 다시 올까 싶어 부산타워로 향했다. 해운대가 보일까? 광안대교도 눈에 들어오려나? 이런저런 생각을 하고 있을 때였다. 나는 내 눈을 의심했다. 내 생각을 멈추게 한, 그놈이 있었다. 사랑의 열쇠가 가득 걸린 부산타워에서 심각한 표정으로 나를 보고 있었다. 축지법을 쓰는 놈인가? 도대체 언제 여기까지 왔지? 그놈은 금방이라도 매달린 자물쇠 하나를 빼서 나를 향해 강속구로 던질 것 같았다. 점점 그놈이 무서워졌다. 뭔가 심각한 표정에 어둠이 짙게 깔린 슬픈 눈빛. 가끔 매서운 광기까지 느껴졌다.

나는 안 되겠다 싶어 형에게 전화를 걸었다. 아름다운 무궁화는 취소하고 당장 빠른 기차표를 예매해달라고 요청하려 했다. 형은 이번에도 전화를 받지 않았고, 나는 뒤를 돌아봤다. 하도 돌아봐서 얼굴이 등으로 돌아갈 지경이었다. 그놈은 보이지 않았다. 쥐새끼처럼 잘 숨는 놈이거나 번개처럼 빠른 놈이었다. 보이지 않는다고 안심할 수 없었다. 마침 내려오는 빈 택시가 보였다. 택시를 잡는데 그놈이 튀어나왔다. 나는 급하게 택시에 올라탔다. 뒤를 보니 그놈은 꽉 쥔 주먹을 한 번 휘두르고는 시계를 확인했다. 나를 놓친 분함과 초조함으로 가득해 보였다. 그놈은 이내 나타난 다른 택시에 재빠르게 올라탔다. 낭패였다. 이제 초조함은 내 차지였다. 부산역으로 가는 것을 들키면 잡히는 건 시간문제였다.

"아저씨, 돌아서 가주세요."

택시 기사는 거울로 나를 흘깃 봤다. 시간에 쫓기듯 올라타더니만 돌아가라니 이상해 보였을 것이다. 급한 게 맞았다. 하지만 급할수록 돌아가라 했다. 내가 뒤를 흘깃거릴 때마다 택시 기사 아저씨도 나를 흘깃거렸다. 수상한 놈은 내가 아니라 그놈인데도.

돌아가도 부산역에는 금방 도착했다. 나는 택시에서 급히 내리느라 잔돈도 받지 않았다. 그 잔돈이면 이틀 동안 컵라면을 먹을 수 있었다. 나는 서울로 가는 KTX 표를 샀고 기차를 탄 뒤 맥주 두 캔까지 샀다. 돈은 금세 바닥났다.

복기는 여기까지. 나는 눈을 뜬 뒤 맥주 캔을 들었다. 남은 몇 방울을 입속으로 탈탈 털어 넣었다. 미지근했다. 기차는 경기도에 곧

진입할 예정이었다.

뒷북처럼 형에게 전화가 왔다. 나는 다짜고짜 화를 냈다.

"왜 전화를 안 받아?"

"무슨 일 생겼어? 너 혹시 사고 쳤냐?"

형의 목소리가 점점 올라갔다.

"일은 일이지. 기차표 급하게 바꿔 달라고 전화했었어. 없는 돈 탈탈 털었네."

형은 그제야 안심이 된 모양이었다.

"혹시 탔냐?"

"뭐야? 문자 안 봤어?"

"바빠. 처리할 일들이 넘쳐."

"탔어. 무궁화 얼른 취소해. 기차비는 꼭 챙겨주고."

"알았다. 그리고 우리 쪼잔하게 굴지 말자."

나는 전화를 끊으려는 형을 붙잡았다.

"형, 나 그 책 찾았어."

"이제껏 그 소리 했잖아."

"아니 그거 말고."

"그럼 뭐?"

"비밀."

"뭐? 비밀? 뭔 소리야? 설마 너 다 거짓말이냐?"

"비밀의 비밀!"

"이 새끼가. 너 지금 장난해? 장난하냐고!"

충격파. 성급하게 불타는 형이 그려졌다.

"끝까지 들어라. 옛날에 형이 찾던 탐정 소설 있잖아."

진화 중. 헛웃음 흘리는 형이 그려졌다.

"진짜? 그 오래된 책을? 너 오늘 옛것에 운발 좀 받나 보다."

"그래서 얼마 줄 건데?"

"얼마? 글쎄다."

어라? 이 미적지근한 반응은 뭐지? 형이 다시 말을 이었다.

"그 책은 기차에서 읽고. 시간 맞춰서 서울역으로 갈 테니까 조심히 와라."

나를 마중 나오는 것은 아니겠지만 어쨌든 형은 믿을 만했다.

나는 얼마 남지 않은 도착 시간까지 책을 읽어보려 가방을 열었다. 옆자리 사람은 낮은 소리로 코를 골고 있었다. 경계하지 않아도 될 것 같았다. 나는《용옹기이》책을 먼저 꺼냈다. 뒤표지에 그려진 그림을 자세히 봤다. 도대체 무엇을 그린 건지 알 수가 없었다. 예술은 어렵고, 추상화는 난해했다. 그럼만큼이니 그림값을 얼마나 받을 수 있을지 가늠하기도 어려웠다. 위작이 많이 떠돌고 있어 진품 여부를 감정하는 것도 만만치 않을 것 같았다. 신문에 실렸던 인터뷰 기사가 있다지만 그게 진짜인지는 나도 모른다. 할아버지와 할머니, 그리고 아버지를 거쳐 이어온 전설 같은 이야기가 100퍼센트 진실인지 아니면 민담처럼 부풀려진 이야기인지 알 길이 없었다. 사실과 허구의 경계에 있다고 해도 이 그림을 그린 사람은 작고한 재미 화가 백두 킴이 맞다고 100퍼센트 믿고 싶었다. 아니 믿었다. 난 쓸데없는 고민을 접기로 했다. 어차피 형이 수집가를 알아보고 다 처리할 테니까.

그림에 대한 어설픈 추리로 머리를 잠시나마 쓴 탓에 잠이 쏟아졌다. 어차피 난 책이든 그림이든 관심 없다.

금방 눈을 떴다. 기차는 경기도를 빠르게 지나 서울특별시로 들어섰다. 맥주 두 캔의 여파가 밀려왔다. 그러고 보니 부산에서 화장실을 한 번도 못 갔다. 《용·웅기이》 책을 두고 갈지 말지 고민이 됐다. 그래도 내 손에 있는 게 안전하겠지.

앞에 초록 불이 켜진 화장실로 향했다. 건너편 칸에서도 아이 손을 잡은 남자가 화장실로 다가오는 게 보였다. 아무리 어린아이라지만 나는 양보할 수 없을 만큼 급했다. 하지만 그쪽도 급했던 것 같다. 남자가 아이를 와락 안고 다가왔고 거리상 가까웠던 그들이 화장실에 한발 빨리 도착했다. 아이를 안은 남자가 화장실로 들어가자 칸과 칸 사이가 뚫렸다. 그러자 유리문 너머 건너편 칸에 앉아 있는 그놈이 보였다. 누군가와 심각하게 통화하며 빨간 자물쇠를 흔들고 있었다. 녀석은 이내 빨갛게 열 오른 얼굴을 구기며 자물쇠를 삼킨 주먹을 꽉 쥐었다. 한 방이면 턱이 나갈 것 같은 단단한 주먹이었다. 행여나 그놈이 날 볼까 재빨리 몸을 돌렸다. 도대체 언제 이 기차를 탔단 말인가. 이 상황을 어떻게 모면해야 할지 고민했지만 급한 건 그것만이 아니었다. 금방이라도 방광이 터질 것 같았다. 나는 책을 꼭 쥐고 뒤쪽의 화장실로 향했다. 그래, 차라리 그곳에 숨어 있자. 어차피 서울역까지 얼마 남지 않았으니까.

148

시원하게 볼일을 보는데 겨드랑이에 끼웠던 책이 미끄러졌다. 헉 소리와 함께 재빠르게 손을 뻗었다. 큰일 날 뻔했다. 내 뛰어난 반사 신경 덕분에 책은 무사했다. 속이 시원해지자 가방을 놓고 온 게 후회됐다. 가장 중요한 건 손안에 있었지만 가방을 가지고 있으면 기차가 멈추자마자 달릴 수 있다.

가방을 가지러 가기로 결정했을 때 누군가 화장실 문을 똑똑, 더 빠르게 똑똑똑 두드리는 소리가 났다. 사이렌만큼 다급한 소리였다. 나는 화장실 문을 열었다. 내 앞에 그놈이 양 볼이 터질 듯한 모습으로 서 있었다. 익숙한 모습이었다. 술에 못 이겨 토사물을 뱉기 일보 직전인 아버지 얼굴이 딱 그랬다.

나는 이미 몇 번이나 내가 뛰어난 운동 신경과 반사 신경의 소유자라고 밝혔고, 화장실에서 그 반사 신경을 확인했다. 이번에도 굉장히 빠른 반응 속도로 《용웅기이》를 캡틴 아메리카의 방패처럼 들었다. 그놈의 토사물이 정확히 책의 뒤표지에 쏟아졌다. 아뿔싸! 그제야 내 실수를 깨달았다. 토사물이 문제가 아니었다. 그림에 문제가 없는지 서둘러 책 뒤표지를 펼쳤다. 두 번째 토사물. 나는 그놈의 머리를 변기에 처박고 세면대 수도꼭지를 틀었다. 흐르는 물로 책에 묻은 토사물을 닦아냈다. 옆에서 그놈은 계속 속을 게워내며 엉엉 울었다. 나야말로 소리 내어 울고 싶었다. 1953년에 조잡하게 만들어져 엿장수 마음대로 돌고 돌며 끈질긴 생명력을 자랑하던 기이한 책은 지독한 토사물과 세면대의 물에 힘없이 무너졌다. 뒤표지의 그림은 희미해졌고 점점 종이죽으로 변해갔다. 나는 그놈의 머리채를 쥐고 끌어 올렸다.

"너 누구야? 누군데 이따위 짓을 해?"

눈물, 콧물, 토사물로 범벅이 된 그놈은 계속 울기만 했다. 꺼억 소리를 내며 울음을 쏟다가 위 속에 남아 있던 최후의 찌꺼기를 왈칵 뱉었다. 내 새 운동화 위로.

주머니에서 전화벨이 울렸다. 형이었다. 내가 찾은 보물을 내 손으로 죽 쒔다고 하면 형이 나를 죽사발 만들 것이 뻔했다. 계속 전화벨이 울렸지만 나는 받지 못했다. 문자 메시지가 도착했다.

'어디까지 왔어?'

변기를 붙잡고 울고 있는 그놈 너머로 용산 주변의 고층 아파트들이 지나갔고, 세면대는 거의 녹아버린 책 표지로 막혀 물이 넘쳐났다.

나는 형을 피해 서부역 방향으로 나가려고 했지만 형의 눈에 정확히 걸렸다. 낡은 다세대 주택 주차장 기둥 사이에서 나는 형의 주먹에 쓰러졌고 가방을 멘 채 뒹굴었다. 형에게 흠씬 두들겨 맞으면서도 나는 반항하지 않았다. 나도 그 그림을 얼마나 원했는데. 거목처럼 버티던 형은 내 앞에 앉아 처음으로 엉엉 울었다. 나중에야 알았다. 형은 그날 뱀과 개가 합쳐진 상사에게 사표를 던졌고 백수가 됐다는 것을. 형답지 않은 성급한 판단이었고 형다운 화끈한 행동이었다. 형은 그만큼 간절했던 것이다.

형의 손에 끌려온 나는 어머니 앞에 던져졌다. 어머니는 늘 그렇듯 무심하게 TV 홈쇼핑을 보고 계셨다. 나는 엉망진창인 꼴로 어머니를 위해 사 온 유부동을 꺼냈다. 내 몸에 짓눌려 터져버린 유부동은 정체를 알 수 없는 음식으로 변해 있었다. 정말 우연히도 TV 홈쇼핑에서 유부동이 나왔다. 내가 부산에서 산 가격보다 저렴하게, 사은품까지 두둑하게 얹혀서 판매되고 있었다. 어머니는 조용히 일어나 내가 산, 죽 쑨 유부동 세 봉지를 냉동실에 넣으며 한마디 하셨다.

"쉬어라."

어머니는 언제나처럼 말과 감정을 아낀 채 조용히 방으로 들어갔다.

우연히 발견한 그림은 기차 속도보다 빠르게 사라졌고, 형이 준 돈은 부산에서 거의 다 써버렸다. 서류를 완벽하게 접수한 대가로 받아야 할 추가 금액 10만 원도 받을 수 없었다. 사실 완수금은 받아야 했지만 감히 입도 벙긋 못했다. 이럴 줄 알았으면 진짜 아껴서 썼을 텐데. 고기라도 실컷 먹었으면 덜 억울했을까? 그나마 다행인 건 내게는 아직 한 권의 책이 남아 있다는 사실이었다. 바로 《용-옹-기이》보다 몇 년 먼저 출판된 《비밀의 비밀》이었다.

중고 사이트에 책을 올리자마자 사겠다는 연락이 바로 올 것이라는 예상은 빗나갔다. 형이 미지근한 반응을 보인 이유가 이것이었다. 어차피 관심이 떨어진 형에게 책을 넘겨봤자 5,000원도 건지지 못할 것이 분명했다. 얼어터진 입에서 욕이 삐져나왔다. 마지막 희망을 품고 미스터리 추리물 사이트에 올렸다. 비싼 값에 팔릴 수 있을 거라는 기대와 욕심을 버리고 당일 거래에 적당한 가격을 부른 유일한 수요자 '변방'과 직거래를 약속했다. 바로 지금이 제일 중요하니까.

변방이 정한 장소는 파출소 앞이었다. 변방은 큰 눈을 가진 여자였다. 변방은 내가 가지고 온 책이 혹시 문제가 있는 것은 아닌지 의심했다. 내가 봐도 나는 경계의 대상이었다. 땀 냄새 나는 낡은 트레이닝복은 땅바닥을 뒹굴 때 더러워졌다. 수염이 덥수룩한 상처투성이 얼굴은 보나마나 의심스러울 것이다. 운동화도 토사물로 뒤범벅되어 시궁창 같은 냄새가 났다. 파출소 앞에 서 있으려니 출소까지는 아니더라도 훈방 조치로 풀려난 문제의 인물이 된 기분이었다.

거래를 위해서는 변방의 의심을 풀어줘야 했다. 나는 파출소 앞에서, 책이 내 손에 들어오게 된 사연과 내 얼굴이 엉망이 된 사연을 술술 털어놓았다. 변방은 대단한 사람이었다. 그냥 떠나도 됐을 텐데 내 얘기를 꾹 참고 들어주었다. 마침내 변방이 입을 열었다.

"그래서 그놈은 왜 그랬대요?"

왜 그랬대요? 마치 나에게 왜 그랬냐고 묻는 것 같았다. 갑자기 눈물이 터졌다. 지나가는 사람들이 우리 둘을 쳐다봤다. 큰 눈을 반짝거리며 당당하게 서 있는 여자 앞에서 덩치가 산만 한 남자가 울고 있으니 그럴 만도 했다. 변방은 그 자리를 피하지 않고 내가 다 울 때까지 기다렸다. 변방은 우리를 이상하게 쳐다보며 지나가는 사람들처럼, 그놈을 의심의 눈초리로 봤던 나처럼 나를 바라보지 않았다. 울음을 그친 나는 꺽꺽거리며 물었다.

"진짜 그놈이 왜 그랬을까요?"

나와 변방은 그놈의 정체는 무엇인지, 왜 그런 짓을 했는지 추측하며 한참 동안 파출소 앞을 떠나지 않았다.

형은 사표를 거두지 않았다. 딱 10일이었다. 형은 처음에는 햄버거 열 개를 주문해 먹었다. 그날을 시작으로 다음 날은 아홉 개, 다음 날은 여덟 개…. 하루에 한 개씩 햄버거를 줄여나갔다. 그리고 딱 10일 만에 식탁에 앉아 어머니가 해준 저녁을 먹었다. 냉동실에 남겨뒀던 터져버린 마지막 유부동으로 만든 정체불명의 요리였다. 형은 뜨거운 음식을 식히지도 않고 먹었다. 나는 형의 눈치를 봤다.

"다 잊었다."

벌써 다 잊었다니. 형은 역시 무서운 사람이었다.

"여기저기 알아봤다. 그림 하나 판다고 인생이 바뀐 않겠더라."

형이 알아본 바에 의하면 그림이 최고가로 거래된다 해도 우리는 낡은 다세대 주택을 벗어나긴 힘들었다. 리모델링 정도는 할 수 있으려나? 최고가라는 가정이었으니 감정가에 따라 더 낮은 가격을 받을 수도 있었다. 거기다 안타깝게도 백두 킴의 작품은 그동안 너무 과대평가된 것으로 알려져 가격 재조정이 이뤄지고 있었으며 생각보다 남겨진 작품 수도 많았다. 더군다나 《용옹기이》에 그려진 그림은 크기도 작았으니….

만약 그림 찾기에 일생을 다 바친 할아버지와 아버지가 이 사실을 알았다면 얼마나 좌절했을까? 어쩌면 충격과 실망으로 더 일찍 돌아가셨을지도 모르겠다.

형은 햄버거 55개를 먹으면서 많은 정보를 수집했고 수많은 경우의 수를 계산했다. 신뢰할 만했다. 다시 인정하지만, 형은 포기가 빠른 게 아니라 현실적이다. 형은 조금 더 일찍 그림의 가치를 따져보지 않은 것을 후회했지만 그것도 금방 잊었다. 형은 다시는 그 일에 대해 언급하지 말자고 못 박았다. 그리고 내게 앞으로 용돈을 줄 수 없다고 선포했다.

3년이 흘렀다.

돌이켜보면 내 손으로 《용-옹기이》를 죽 쒀버린 그때 이후로 일이 술술 잘 풀렸다. 《용-옹기이》와 그 속에 그려진 그림이 완전히 소멸하자 우리 집을 끈질기게 옭아매던 헛된 희망이라는 저주가 풀렸다. 개미지옥 같은 IT 회사를 탈출한 형은 창업했고 규모를 조금씩 키워갔다. 가끔 뱀과 개를 합친 전 직장 상사가 형을 질투하며 부러워한다는 소문도 들렸다.

어머니는 노래 교실을 나갔다. 노래 실력마저 절약했던 어머니는 끼를 방출하자 숨기고 살던 감정을 조금씩 표현하기 시작했다. 노래를 흥얼거리며 때론 울고 때론 웃었다.

나도 백수 생활을 청산했다. 되지도 않는 공무원 시험 준비를 때려치우고 스포츠 브랜드 회사가 설립한 작은 공익 재단에 입사했다. 그리고 《비밀의 비밀》을 거래했던 변방, 파출소 앞에서 만난 변순경, 변방희라는 이름의 여자, 내 폭풍 같은 울음을 끝까지 들어준 그녀는 내 아내가 됐다.

아내는 《용-옹기이》 이야기를 좋아했다. 팔촌 어르신이 겪었던 용 노인의 기이한 이야기가 아니라 할아버지, 아버지, 그리고 형과 나까지 우리 용씨 집안 3대가 겪었던 기이한 이야기로.

나는 아내와 부산으로 여행을 떠났다. 부산행 KTX 기차는 만석이었다. 창가 쪽 좌석에 앉은 아내는 내 어깨에 기대어 잠이 들었다. 나는 기차에 탄 사람들을 가볍게 살폈다. 가족끼리, 친구끼리, 연인끼리 앉은 사람들은 어디부터 구경할지 의견을 나누고 뭐부터 먹을지 고민했다. 그들도 나와 아내처럼 부산으로 여행을 떠나는 사람들이었다.

문득, 부산에서 나와 우연히 마주쳤던 '그놈'이 떠올랐다. 나도 모르게 피식 웃음이 흘렀다.

항상 내 주변을 맴돌았던 그놈에 대해 알게 된 것은 아내의 추리 본능 때문이었다. 당시 내 얘기에 호기심을 보였던 변 순경은 '부산'과 '사랑의 열쇠'를 단서로 실종자를 수색하듯 그놈을 찾았고, 오래지 않아 블로그 하나를 내게 보여줬다. 포스팅한 여러 사진들 중 한 장 속에 낡은 트레이닝복 차림에 가방을 꼭 껴안고 있는 남자가 눈에 들어왔다. 아무도 주목하지 않는 '부산타워 앞 행인 1'처럼 아웃포커싱으로 찍혀 있었다. 바로 나였다.

변 순경은 애써 웃음을 참으며 끝에 적힌 해시태그를 가리켰다.

#부산행 #흔한_관광지 #보수동책방 #깡통시장 #용두산_부산타워 #사랑의_열쇠 #그녀와의_추억을_지우며 #이별여행 #술한잔

그러니까 추리하자면, 나는 그놈의 이별 여행지에서 비슷한 동선으로 움직인 행인에 불과했다. 관광지에서 자꾸 마주치는 여행객처럼.

내 어깨에 기대 있던 아내의 얼굴이 가볍게 움직였다. 배 속의 아기가 꿈틀대는지 아내는 배를 만지며 눈을 떴다. 그리고 다시 스르륵 눈을 감으며 물었다.

"어디까지 왔어?"

어디까지 왔어? 형은 기대와 걱정 속에서 나를 기다리며 그렇게 수차례 문자를 보냈다. 나는 쉽게 답을 할 수 없었고 거짓말도 할 수 없었다. 아내는 꼼지락거리면서 어디까지 왔냐고 다시 물었다. 진짜로 어디까지 왔는지 알고 싶은 게 아니라 제대로 가고 있는지 확인하고 안심하고 싶은 것인지도 모른다. 나는 아내의 손을 꼭 잡고 형에게 하지 못했던 대답을 했다.

"아직 가고 있어."

구독하시겠습니까

반치음

※ 편집자주: 외래어 표기법에 따르면 'concept'의 한국어 표기는
'콘셉트'가 올바르나, 이 작품에서는 가독성을 위해 '컨셉'으로 표기했다.

1

8시 28분. 미이는 지문을 찍고 사무실 안으로 들어섰다.

사무실은 직원이 30명도 채 되지 않는 광고 대행사치고 지나치
게 넓었다. 문을 열고 회사명이 커다랗게 적힌 벽면을 지나 사람들
을 보기까지 체감상 1분도 더 걸리는 듯했다. 업무가 본격적으로
시작되기 30분 전, 직원들은 각자의 일로 바쁜 아침을 맞이하고 있
었다. 불투명한 유리창 너머로 웅성거리는 소리가 끊임없이 들리
는 경영 지원팀을 지나 왼쪽으로 꺾으니, 급하게 제안서를 작성하
는 영업팀 사원의 뒤통수가 보였다. 키보드가 부서져라 쳐대는 그
를 지나쳐 미이는 대표실 바로 앞에 있는 에디터팀 구역으로 걸어
갔다. 인기척을 느낀 같은 팀 화영 대리가 고개를 돌려 흘깃 보더니

마감일이 얼마 남지 않은 원고로 다시 시선을 옮겼다. 지난 2년간 그래왔던 것처럼 미이는 잠시 주춤했다가 발소리를 죽이고 바로 옆에 있는 자기 자리로 가 앉았다.

"나인가구 담당, 회의실로!"

점심시간이 끝나고 얼마 지나지 않아 갑자기 잡힌 회의에 미이는 쓰던 원고를 중단하고 다급하게 노트를 챙겼다. 지난 회의 이후 연필꽂이에 꽂아놨던 볼펜이 어찌 된 영문인지 보이지 않았다. 허둥대는 자신을 지나쳐 하나둘 회의실로 들어가는 것을 보며 미이는 입술을 잘근잘근 깨물었다. 정신없이 파일 사이를 뒤지다 책상 아래 있는 첫 번째 서랍을 열어젖혔다. 덜컥거리는 소리와 함께 뒤로 잠시 물러섰던 볼펜이 앞으로 굴러왔다. 못 보던 볼펜이었다.

'이 볼펜이 원래 여기에 있었나?'

입사한 이래로 자리가 몇 번 바뀌었고 평소 서랍을 잘 쓰지 않던 탓에 기억이 선명하지 않았다. 광택이 나는 재질의 검은 볼펜은 가운데에 얇은 금색 띠가 둘려 있어 심플하면서도 고급스러운 느낌이 났다.

'누가 쓰던 거겠지. 퇴사자 걸 수도 있고…'

남의 것이라는 생각에 찜찜한 느낌이 들었지만 일단은 당장 닥친 회의가 더 중요했기에 미이는 얼른 펜을 움켜쥐고 회의실로 뛰어 들어갔다.

먼저 도착한 사람들은 잔뜩 긴장한 얼굴이었다. 시선은 짜기라도 한 듯 일제히 바닥을 향해 있었다.

"왜 이렇게 늦게 들어와. 빨리빨리 앉아."

긴 테이블 끝 쪽에 앉은 에디터팀 팀장이 얼굴에 인상을 잔뜩 쓴 채 손에 든 스마트폰으로 테이블을 쳐댔다. 둔탁한 소리가 긴장감을 조성했다. 앉을 곳을 찾아 두리번거리던 미이는 경영 지원팀 사원 정병수와 눈이 마주쳤다. 심각한 분위기 속에서도 그는 짧게 눈인사를 한 뒤 자기 옆자리를 힐끗 쳐다봤다. 팀장을 중심으로 균형이 맞게 앉으려면 병수 옆자리에 앉아야 했지만 미이는 일부러 건너편에 앉았다. 여자 화장실에서 같은 부서 직원들이 하는 얘기를 우연히 들은 뒤로는 남직원을 대하는 게 껄끄러워졌다.

"경영 지원팀 병수 씨랑 우리 팀 미이 씨랑 사귀는 거 아니야? 맨날 같이 밥 먹던데?"

"헐. 생각해보니까 둘이 되게 잘 어울리네? 묘하게 닮았잖아. 음침한 성격도 그렇고…."

병수를 특별히 이상하게 보는 것은 아니었다. 팀원끼리 우르르 몰려다니는 회사 분위기에도 아랑곳하지 않고 자신이 가고 싶은 곳으로 가고, 자신이 하고 싶은 대로 하는 사람. 그래서 대단하다고 생각했다. 하지만 그렇다고 그 사람과 엮여서 입방아에 오르내리고 싶지는 않았다. 직접 대화 내용을 듣는 것보다 자신이 모르는 사이 말이 오고 가는 게 더 두려웠다. 그래서 애초에 의심 살 만한 일을 만들지 않기 위해 조심해왔다.

회의 분위기는 좋지 않았다. 쭉 진행해오던 프로젝트를 업체 쪽에서 엎는 바람에 비상이 걸렸다. 미이는 에디터팀 팀장이 격앙된 목소리로 빠르게 토해내는 말을 받아 적기 위해 볼펜을 고쳐 잡았다. 툭 튀어나온 곳은 모조리 눌러봤지만 볼펜 심이 나오지 않았다. 이리저리 들여다봤지만 어떻게 쓰는지 도통 알 수가 없었다. 난감했다. 혼자 낑낑대고 있는데 병수가 건너편에서 손짓과 입 모양으로 뭔가를 말했다.

'그거 돌려서 쓰는 거 아니에요?'

금테가 둘린 가운데를 축으로 윗부분을 돌리니 볼펜 심이 슬그머니 튀어나왔다. 미이는 형식적으로 고개만 까딱인 뒤 회의에 집중했다. 쉼 없이 쏟아지는 팀장의 말을 놓치지 않기 위해서는 부지런히 손을 움직여야 했다.

한 시간 가까이 회의를 한 끝에 겨우 회의실을 벗어났다. 너무 긴장한 탓에 좀 쉬고 싶었지만 사무실 안에 느긋하게 시간을 때울 수 있는 공간이 있을 리 만무했다. 그래도 잠깐 휴식을 취하기 위해 미이는 탕비실로 들어갔다. 구석에 마련된 작은 커피머신에 직원용 머그잔을 올려놓고 버튼을 눌렀다. 원두가 갈리는 소리와 함께 작동한 기계는 제힘을 주체하지 못하고 불안하게 흔들렸다.

"어! 미이 씨, 커피 마시게요? 몸 만들 때 카페인은 쥐약이라던데…."

갑작스럽게 들려온 목소리에 깜짝 놀란 미이는 눈을 둥그렇게 뜨고 뒤를 돌아봤다. 그곳에는 가식적인 미소가 얼굴에 밴 영업팀 현민 대리가 서 있었다.

"네?"

"미이 씨가 올린 영상 보니까 요가 진짜 열심히 하던데…. 몸 만 드는 중인 거 맞죠?"

"무슨 말씀을 하시는 건지…."

"집에 생각보다 뭐가 없더라고요. 좀 더 아기자기하고 그럴 줄 알 았는데. 저 대학 때 자취하던 원룸 보는 것 같았어요. 딱 필요한 것 만 있고…."

처음에는 무슨 소리를 하는 건지 이해할 수 없었다. 다른 사람과 헷갈린 모양이라고 생각했다. 그러다가 퇴근하고 집에서 요가를 하 는 자신의 모습이 별안간 떠올랐다.

"잠깐만요. 영상이요?"

〈미이 씨의 하루〉 맞죠? 유튜브에 채널 만드셨잖아요. 처음에는 긴가민가했는데 이름도 그렇고 얼굴이 너무 미이 씨더라고. 설마 얼굴까지 공개했으면서 회사 사람들한테는 비밀로 하려고 했다, 이 런 얘기 하려는 건 아니죠?"

삐이.

커피가 다 내려졌다는 종료음이 들렸다. 그 소리에 심장이 뛰는 법을 잊은 듯 숨이 턱 막혀왔다. 단 한 번도 요가를 하는 중이라고 회사 사람에게 말한 적이 없었다. 그걸 영상으로 찍어 올리는 건 더 욱 말도 안 되는 일이었다. 그런데도 현민은 미이가 집에서 요가를 하고 있다는 사실을 알고 있었다. 어떻게 된 일인지 영문을 알 수 없었다. 혼란스러웠다. 어느새 성큼 앞까지 다가온 현민이 미이의 어깨에 손을 올렸다. 기분 나쁜 무게감이 목 바로 옆에서 팔뚝 쪽으로 서서히 옮겨갔다.

"혹시 촬영할 때 남자 역할은 필요 없어요? 저 그런 거 잘하는데. 좋아하기도 하고…"

사람 좋아 보이는 미소가 점점 본연의 모습을 찾아갔다. 몸을 훑는 듯한 눈빛에 미이는 자기도 모르게 몸이 떨렸다. 피부 표면에 닭살이 올라왔다. 현민은 살짝 삐져나온 미이의 옆머리를 엄지와 검지로 몇 번 문지르더니 손을 뗐다.

"필요하면 언제든 메신저로 말해요. 기다릴게요."

그는 탕비실에 있는 어떤 물건도 건드리지 않고 나갔다. 마치 미이와 단둘이 얘기하기 위해 들어왔던 것처럼 제 할 말만 한 뒤 자리를 떴다. 현민과 사적인 대화를 나눈 것은 이번이 처음이었다. 미이와 함께 일하는 영업팀 직원은 따로 있었기 때문에 현민과는 스쳐지나가며 얼굴을 본 게 전부였다. 전체 회식 때마저 매번 같은 부서 사람끼리 앉았기 때문에 억지로 기회를 만들지 않는 이상 서로 이야기 나눌 일이 없는 게 현실이었다. 그런데도 현민이 말을 건 것을 보면 그가 한 말이 단순히 농담이나 인사치레는 아닌 것 같았다.

다급하게 주머니에 든 스마트폰을 꺼내려다 하마터면 손에 들고 있던 노트와 볼펜을 떨어트릴 뻔했다. 머릿속을 마구잡이로 헤집은 혼돈의 틈바구니에서도 이성은 제 일을 다 하기 위해 기를 썼다. 당장 확인해야 했다. 미이는 떨리는 손으로 유튜브 앱을 켰다.

164

현민이 언급했던 〈미이 씨의 하루〉를 검색하자 다른 유튜버들이 올려놓은 영상이 우르르 떠올랐다.

'몰카컨셉충. 〈미이 씨의 하루〉 이대로도 괜찮은가?'

'새로운 관종 등장!'

'〈미이 씨의 하루〉를 따라 해봤다.'

화면은 자극적인 제목으로 도배가 되어 있었다. 미이는 가장 상단에 뜬 채널명을 눌렀다. 액정에 닿은 검지가 미세하게 떨렸다.

게시물은 네 개가 전부였지만 각 영상은 조회 수가 50만 명을 넘었고 구독자는 20만 명을 향해 가고 있었다. 맨 처음 올라온 영상의 제목은 '라인 살리는 바지의 단점'이었다. 아무런 편집 없이 올라온 영상에는 미이의 뒷모습이 담겨 있었다. 여름철에 입으려고 샀던 슬랙스. 처음 입어봤을 때까지만 해도 크게 걱정이 되지 않았는데, 스판 소재라서 그런지 활동을 하다 보니 바지가 자꾸 엉덩이 골로 들어갔다. 온종일 신경이 쓰였다. 신경 쓰지 않으려고 했지만 계속해서 불쾌한 감촉이 느껴져 다른 이들의 시선을 피해 슬쩍 빼내기도 했다. 그날 이후로 다시는 입지 않았는데. 그 단 한 번이 카메라에 담겼다. 그 영상을 시작으로 촬영 시간은 점점 길어졌고, 카메라 앵글은 불안했지만 미이와 점점 가까워졌다. '일하는 동안에도 매력 발산'이라는 제목의 영상에선 열심히 키보드를 두드리다 흘러내린 브래지어 끈을 올리는 모습이 담겼다. 주변을 살핀 뒤 옷 속으로 손을 넣어 끈을 올리는데 어깨가 훤하니 드러나 보였다.

'남직원들 반하게 하는 법'이라는 영상에는 얼굴이 모자이크 처리된 남직원 옆에 딱 붙은 미이의 모습이 담겼다. 카메라는 프로젝트 회의, 야유회, 사내 행사 따위를 준비하면서 어쩔 수 없이 다른 직원과 붙어 있게 된 순간만 포착해 미이가 스킨십을 유도한 것처럼 보이게 만들었다. 마지막은 현민이 언급했던 영상이었다. 제목은 '몸매 관리는 철저하게'. 장시간 앉아서 일하다 보니 몸이 뻐근해서 홈트레이닝을 시작했다. 그동안 타인의 시선을 의식하느라 사지 못했던 몸에 딱 달라붙는 요가복까지 갖춰 입으니 의욕도 생기고 재미있어 지금까지 꾸준히 할 수 있었다. 하지만 이런 사실과 무관하게 카메라는 밑도 끝도 없이 미이의 몸을 훑고 가슴이나 엉덩이 등 특정 신체 부위를 클로즈업했다. 마치 그걸 보여주고 싶어 안달이 난 것처럼…. 아무리 봐도 본인이 찍은 것처럼 보이지 않는 모든 영상의 마지막에는 이런 안내 문구가 떴다.

'위 영상은 몰카 컨셉으로 촬영됐으며, 저는 매우 안전하다는 것을 알려드립니다.'

영상 아래에는 셀 수 없이 많은 익명 댓글이 쌓였다. '우리 사생활이 얼마나 쉽게 타인에게 노출되는지를 알려주는 영상', '이딴 짓 하지 말라고 알려주는 거다' 같은 댓글도 있었고, '요즘 관종은 혼자서 영화도 찍네', '이렇게 대놓고 하루를 볼 수 있게 해주다니 아주 오예입니다' 같이 비아냥거림과 조롱이 담긴 댓글도 있었다.

스마트폰을 든 손이 심하게 떨렸다. 그 안에 담긴 자신은 익숙하지만 전혀 다른 모습이었다. 평소 아무 생각 없이 했던 행동들이 카메라를 거치자 굉장히 이상하고 부자연스럽게 느껴졌다. 일부러 자극적인 영상을 올려 관심을 끌려고 하는 사람. 사람들은 미이를 그렇게 정의했고, 미이 역시 영상에 담긴 게 제 얼굴이 아니었다면 그렇게 느꼈을 것이다. 도무지 이 상황을 있는 그대로 받아들일 수 없었다.

촬영된 영상은 하나만 빼고 모두 회사에서 찍힌 것이었다. 사무실 모습도 담긴 것을 보면 촬영한 사람이 외부인인 것 같지는 않았다. 그렇다면 범인은 회사 직원이라는 소리인데… 하지만 누가, 왜? 미이는 엄지손톱 옆쪽 살을 물어뜯었다.

달칵.

탕비실 문이 열리는 소리에 반사적으로 고개가 돌아갔다. 미이와 눈이 마주친 화영은 움찔하더니 아무 일 없었다는 듯 안으로 들어왔다. 그러고는 직원용 머그잔을 집어 들고 커피머신 쪽으로 다가갔다.

"영상 모니터링하느라 바쁘시겠지만 커피 다 내렸으면 컵 좀 치우지?"

뒤죽박죽 엉킨 생각의 실을 풀기 위해 애쓰는 사이 화영이 한 가지 사실을 일깨워줬다. 영상을 본 50만 명 안에 회사 사람이 포함될 수도 있다는 사실. 어쩌면 미이를 제외한 모두가 알고 있었을지도 모른다. 뭐든 묻고 싶었지만 입이 떨어지지 않았다. 말하는 법을 잊어버린 사람처럼 입만 뻥긋거릴 뿐이었다. 그런 그녀를 한참 쳐다보던 화영은 고개를 몇 번 흔들더니 미이의 컵을 치우고 자기 컵을 커피머신 위에 올렸다.

일에 집중할 수 없었다. 지켜보는 눈이 있다는 생각에 계속 주위를 살피게 됐다. 누군가 사무실에서 미이를 훔쳐봤을 뿐 아니라 집까지 찾아왔다. 지금 이곳도, 퇴근 후 갈 곳도 안전하지 않았다. 불안함에 자기도 모르게 계속해서 눈동자를 굴리게 됐다. 시간은 평소보다 더디게 흘러갔고 그사이 몇 명의 직원이 메신저로 슬그머니 아는 체를 해왔다. 하지만 전혀 반갑지 않았다. 그저 사람들의 관심을 끈 모든 영상을 당장 어떻게 해버리고 싶을 뿐이었다. 다시 존재감 없던 예전으로 돌아간다고 해도 상관없었다. 미이는 책상 위에 올려둔 스마트폰을 집어 들고 무작정 검색했다. 몰카, 스토커, 유튜브, 신고, 처벌…. 이 상황을 해결해줄 확실한 방법을 찾고 싶었지만 말이 다 제각각이라 어떤 것을 믿어야 할지 알 수 없었다. 그렇다고 그냥 둘 순 없었다. 일단은 유튜브에 연락해보기로 했다. 채널을 없애달라고 말할 참이었다. 하지만 유튜브에 들어가 보니 직접 대화할 수 있는 고객센터 전화번호 대신 의견을 보내는 페이지만 나왔다. 일단 상황을 설명하고 삭제 조치를 해달라고 의견을 보냈다. 동영상 신고 버튼을 눌러 권리 침해로 신고도 해두었다.

답변이 오긴 할지, 온다고 해도 언제 올지, 조치가 취해질지 아무것도 알 수가 없었다. 어떤 조치가 취해진다고 해도 그때까지 계속 이 영상을 보고 있어야 하는 건지, 앞으로 올라오는 영상을 막을 수도 없는 건지 막막했다. 당장 이 사태를 해결할 수 없다는 사실에 무력감을 느꼈다. 기약 없이 가만히 기다리고만 있을 순 없었다. 컴퓨터 모니터 시계가 오후 6시 00분으로 바뀐 순간 미이는 자리를 박차고 나갔다. 당장 떠오르는 곳은 경찰서뿐이었다.

2

　막상 경찰서에 들어가자 입이 쉽게 떨어지지 않았다. 테이블에 마주 앉은 경찰관은 입을 굳게 다문 그녀를 보며 난감한 표정으로 이런저런 질문을 던졌다. 하지만 미이는 그 어떤 질문에도 대답할 수 없었다. 공포에 사로잡힌 그녀는 다른 생각을 하느라 바빴다. 누군가에게 스토킹을 당하고 있다고 말했을 때 경찰관이 보일 반응이 눈앞에 여러 가지 나타났다가 사라졌다. 미이가 해야 할 것과 가장 필요로 하는 것은 간단했다 도움을 요청하고, 도움을 받아 모든 게 다 괜찮아지는 것. 하지만 계속해서 불길하고 암울한 기분이 들었다. 두통이 찾아왔다. 갑자기 찾아온 두통은 관자놀이와 미간 사이를 왔다 갔다 하며 집중력을 흩트려놓았다. 마주 보고 앉은 경찰관 뒤에서 자못 심각한 표정으로 그녀를 쳐다보던 한 경찰관의 얼굴에 갑자기 화색이 돌았다.
　"유튜브 〈미이 씨의 하루〉 맞죠?"
　그는 오랜만에 반가운 지인을 만난 것처럼 아는 체하며 스마트폰을 미이 앞으로 불쑥 들이밀었다. 화면 안에는 〈미이 씨의 하루〉라고 적힌 채널이 떠 있었다.

"아, 그 몰카 컨셉?"

미이를 빤히 쳐다보던 다른 경찰관이 미소 띤 얼굴로 다가왔다. 자기도 모르게 시선이 아래로 향하며 몸이 움츠러들었다. 잘못한 것도 없는데 창피했고 어디론가 숨고 싶었다.

"어쩐지 어디에서 많이 뵌 분 같았어요. 제 주변에 보는 사람 많은데. 혹시 사인 부탁드려도 될까요? 아니면 사진…."

"그거 제가 찍은 거 아니에요. 스토킹을 당하고… 있는 것 같아요."

'유튜브'라는 단어에 목구멍에 걸려 있던 말이 불쑥 튀어나왔다. 목소리는 심하게 떨렸고 아직 한글을 제대로 떼지 못한 아이처럼 떠듬거렸다. 스마트폰을 꺼내던 경찰관의 손이 그대로 멈췄다. 경찰서 안에 있던 이들은 서로 시선을 교환하며 상황을 파악하려고 했다. 애써 태연한 척하려 했지만 당황스러운 표정을 감추지는 못했다.

"혹시 이것도 콘텐츠인가요?"

"아니에요. 정말 제가 찍은 게 아니라고요!"

"그럼 영상들이 진짜 몰카라는 말씀이신 건가요?"

미이가 고개를 끄덕이며 깊은숨을 몰아쉬자 경찰관들의 표정이 점점 굳었다. 그녀와 마주 앉아 있던 경찰관은 주변의 눈치를 보다가 자리에서 일어났다.

170

"그럼 저쪽으로 앉으시죠."

컴퓨터가 놓인 자리로 이동한 경찰관은 자세를 고쳐 잡고 키보드를 두드렸다. 미이는 나름대로 논리 정연하게 상황을 설명한다고 했지만 제대로 전달되지 않는 듯한 느낌을 받았다. 앞에 앉은 경찰관은 고개를 갸웃거리며 난감한 표정을 지었다. 불안함에 아랫입술을 깨물었다. 그는 미이가 보는 앞에서 첫 번째 영상부터 하나씩 재생했다. 경찰관은 일정한 간격을 두고 영상과 미이를 번갈아 쳐다봤다. 수사를 위해 필요한 과정인 것을 알면서도 그 시선을 견디기 힘들었다. 점점 감각이 곤두서더니 숨소리, 침 넘기는 소리 등 미세한 소리와 자극이 미이의 신경을 긁었다. 속이 답답해지면서 당장 뛰쳐나가고 싶었다.

다른 영상도 기분이 나쁘고 소름 끼쳤지만 가장 최악은 집 안에서 요가를 하는 모습을 찍은 것이었다. 예능 프로그램에서 섹시 댄스를 출 때 트는 배경 음악이 흘러나오며 클로즈업되는 신체 부위. 그때부터는 경찰관의 얼굴을 제대로 쳐다볼 수 없었다. 그 역시 민망한지 헛기침을 하거나 부산스럽게 손을 움직였다.

"진짜 본인이 촬영하지 않은 게 맞습니까?"

사실 확인이라며 재차 물어보는 경찰관을 향해 미이는 몇 번이고 고개를 끄덕이고, 몇 번이고 "네"라고 대답했다. 아무리 봐도 본인이 찍었다고 하기에는 과한 영상인데 그는 믿지 않는 눈치였다. 직접 신고를 하는데도 믿지 않는다는 게 도무지 납득이 가지 않았다. 두려웠다. 이대로라면 정말 아무도 그녀의 말을 믿어주지 않을 것 같았다.

'만약 경찰이 도와주지 않는다면 누구에게 도움을 요청해야 하지?'

수차례 곱씹어봤지만 막막하기만 했다.

경찰은 서류를 작성하더니 집에 몰카가 설치됐는지 확인해주겠다고 했다. 미이는 집 안팎을 살피는 경찰관들을 초조한 눈빛으로 쳐다봤다. 그때 한 경찰관이 그녀를 불렀다.

"여기 창문 밑에 홈이 보이시죠. 여길 통해서 촬영한 것 같습니다."

요가 하는 모습을 찍은 창 쪽에는 날카로운 무언가로 홈을 파낸 흔적이 남아 있었다. 반지하와 다름없는 1층이라 밖에서 안을 들여다볼 수 없도록 창문에 불투명 시트지를 붙여뒀다. 햇빛을 포기하며 붙여놓은 시트지는 제 역할을 해냈지만 그것만으로는 충분하지 않았다.

분명 창문 아래쪽으로 난 엄지손톱보다 작은 틈에 휴지를 욱여넣어 뒀는데 영상을 찍은 사람은 그곳을 무언가로 파내고 촬영을 했다. 머릿속에서 사이렌이 요란하게 울려댔다.

'도대체 언제부터 촬영을 하기 시작했을까? 나는 그동안 어떻게 지냈지? 혹시 옷 갈아입는 영상도 찍었을까? 설마 그런 것도 유튜브에 올리지는 않겠지?'

머릿속을 뒤덮는 질문은 하나같이 끔찍했다. 범인을 잡고 나면 그동안 찍힌 영상은 어떻게 되는 건지, 지울 때 자신에게도 알려주

172

는지, 경찰에게 묻고 싶은 게 많았지만 그들은 각자의 위치에서 수색하느라 바빴다. 좋은 쪽으로 해결이 되길 바랐지만, 경찰관들의 표정이 기대감을 점점 떨어트렸다. 이쯤 되니 이 상황에서, 이곳에서 멀리 도망치고 싶었다.

한참 만에 한곳에 모인 경찰관들은 웅성거리며 의견을 주고받았다. 작은 목소리로 대화를 나누는 통에 무슨 얘기를 하는지 정확하게 알 수 없었지만 몇 번이고 자신을 힐끗거리는 태도와 미세하게 올라간 입꼬리를 보니 마지막 남았던 희망에 금이 갔다. 세상에서 동떨어진 것 같은 외로움과 혼자서는 아무것도 할 수 없다는 무력감에 다리에 힘이 빠져 벽을 짚고 섰다. 그런 미이의 앞에 한 경찰관이 등 떠밀린 듯 다가와 섰다.

"살펴봤지만 침입한 흔적이나 카메라는 발견하지 못했습니다. 일단 사이버 수사팀으로 이관해드리겠지만 절차상 시일이 좀 걸릴 겁니다."

"얼마나 걸리죠?"

"최대한 빨리 진행하고 다시 연락드리겠습니다. 그동안 옷차림 주의하시고…."

그렇게 말하면서 경찰관은 미이의 몸을 눈으로 훑었다. 그의 시선은 미이의 치마에 가서 멈췄다.

"잠깐만요. 왜 제가 옷차림을 조심해야 하죠? 옷도 제 마음대로 못 입나요?"

"어… 그러니까… 인적 드문 곳도 피하시고, 또…."

경찰은 그녀의 말에 당황한 듯 얼버무리더니 다시 형식적인 말을 내뱉었다. 유튜브의 답변을 기약 없이 기다리는 것보다 더 대책 없이 느껴졌다. 속이 메슥거렸다. 미이가 바란 건 이 상황에서 자신을 구제해주는 것이었는데, 그들은 경찰로서 당장 해줄 수 있는 일을 해줬을 뿐 이 상황에서 그녀를 꺼내주기 위해 적극적으로 애쓰지 않았다. 결국 경찰서를 가기 전으로 돌아온 꼴이었다.

3

"그래서 미이 씨는 회사 언제 그만둘 거예요? 나라면 진작 그만두고 영상에 올인했다."

"채널명이 〈미이 씨의 하루〉라서 처음에는 일상 브이로그인 줄 알았어요. 몰카 컨셉일 줄은 상상도 못 했는데 진짜 기발한 듯! 이제 흥할 일만 남았네요."

어디선가 자신을 촬영하고 있을지 모르는 누군가를 찾기 위해 두리번거리는 미이를 둘러싸고 팀원들은 저마다 한마디씩 했다. 영상은 어느새 회사 전체에 퍼졌다. 정작 미이는 가만히 있는데 영상 소재에 대해 평가하고 그녀를 끊임없이 칭찬했다. 무엇을 위한, 누구를 위한 칭찬인지 알 수 없었다.

"제가 찍은 거 아니에요."

단호한 말에 주변이 일순간에 고요해졌다. 당황한 사람들의 눈이 종착지를 찾지 못하고 빠르게 움직였다.

"우리가 눈치 없이 아는 척한 거야? 비밀로 하려고 했어?"

"그런 게 아니라…."

"미이 씨, 봄바람 소파 원고 다 썼어?"

화영의 말에 그들은 서로에게 눈짓을 보내더니 각자 자리로 흩어졌다. 미이는 아무런 대꾸도 하지 않은 채 아랫입술을 꼭 깨물며 모두가 떠난 곳을 쳐다봤다. 그런 미이를 의아하다는 듯 쳐다보던 화영은 그녀의 손에 꼭 쥐어진 스마트폰을 보고 표정을 일그러트리면서 조소를 보냈다.

"아주 스마트폰을 손에서 놓지를 못하네. 아무리 영상이 중요해도 회사에서는 일에 집중해야지?"

말투에서 불쾌함이 그대로 전해졌다. 그걸 듣는 미이의 마음속에서는 영상을 촬영한 범인이 화영일지도 모른다는 생각이 스멀스멀 기어 나왔다. 생각해보면 화영은 항상 미이를 못마땅해했다. 작은 실수에도 격하게 화를 내고 믿음이 가지 않는다며 중요한 일은 맡기지도 않았다. 하지만 설마 그런 이유로 이상한 모습이 담긴 영상을 유튜브에 올렸을까. 확신이 서지 않으면서도 화영을 향한 막연한 의심을 거둘 수 없었다.

"대리님, 혹시 그 영상…."

영상에 관해 물어보기 위해 미이가 입을 열자 화영은 더 말을 섞고 싶지 않다는 듯 책상 위에 널브러져 있던 이어폰을 양쪽 귀에 꽂았다. 그 행동이 미이와 더 이상 할 말이 없다는 걸 의미하는지,

이 주제에 관해 얘기하고 싶지 않다는 건지 알 수 없었다. 화영을 부르기 위해 손을 뻗는 미이의 앞으로 같은 부서 과장 칠현이 불쑥 얼굴을 들이밀었다.

"미이 씨, 영상 잘 보고 있어. 친구가 알려줘서 보기 시작했는데 깜짝 놀랐어. 요즘은 그런 게 트렌드인가? 막 다 보여주고 그런 거? 대단하던데? 아, 물론 이거 성희롱은 아니야. 어휴. 말조심해야지. 요즘은 까딱하다 신고당해. 하하하."

칠현이 큰 소리로 웃자 주위 사람들 일부는 억지웃음을 지었고, 일부는 시선을 피했다. 누군가 이 상황을 막아주길 바랐지만 그런 일은 일어나지 않았다. 갈라진 입술을 쉼 없이 물어뜯었다. 어느새 혀끝에서 쇠 맛이 났다. 목구멍을 타고 넘어간 피는 비릿한 맛을 남겼다. 이는 한동안 입안에 남아 미이를 괴롭혔다.

불편한 상황이 이어지다 점심시간이 되었고, 사람들은 무리 지어 사무실을 빠져나갔다. 미이는 입맛이 없어 자리에 가만히 앉아 엄지손톱 옆쪽 살을 물어뜯었다. 초조할 때면 무의식적으로 튀어나오는 행동이었다. 그때 모두가 나갈 때까지 자리를 지키던 같은 부서 동기 혜린이 하얀 이를 드러내며 미이의 자리로 왔다.

"미이 씨, 밥 안 먹어요?"

"입맛이 없어서…."

"에이, 그러지 말고 우리 같이 먹으러 가요. 구내식당 메뉴 별로 던데 쌀국수 어때요?"

단호하게 거절하지 못하고 우물쭈물하는 사이, 혜린이 팔짱을

176

껴왔다. 배고프니 빨리 가자는 그녀의 팔을 떼어놓지 못하고 어정쩡한 자세로 끌려갔다.

"전 괜찮아요."

"괜찮긴요. 이럴 때일수록 잘 챙겨 먹어야 한다고요. 맛있는 걸 먹으면 기분도 좀 나아질 거예요."

가는 동안 몇 번이고 싫다는 말을 돌려서 했지만 통하지 않았다. 눈에 띄지 않게 몸을 뒤로 빼면서 발걸음을 늦추는 게 미이가 할 수 있는 최선이었다.

평소 가던 회사 건물 내 식당이 아닌 건너편 건물의 프랜차이즈 쌀국숫집에 도착했다. 다른 직원들의 시야에서 멀어지긴 했지만 그렇다고 마음이 편하지는 않았다. 이 중 누군가는 〈미이 씨의 하루〉를 볼 거라는 생각이 끊임없이 들었다. 삼삼오오 자리를 채운 직장인들 사이를 비집고 들어간 혜린과 미이는 벽 쪽에 붙은 2인석 테이블에 자리를 잡았다.

"칠현 과장님 정말 짜증 나지 않아요?"

"아, 뭐…."

비슷한 날 입사해서 동기로 묶였지만, 특별히 혜린과 따로 밥을 먹거나 단둘이 대화를 나눴던 적은 없었다. 워낙 말이 많고 분위기 메이커 역할을 하는 사람이라 친하지도 않은 자신에게 이런 얘기를 하는 게 이상하다는 생각은 들지 않았다. 그러나 왜 갑자기 단둘이서 밥을 먹자고 했는지 의아했다. 그래서 어찌 보면 일상적이고 사소한 말인데도 선뜻 대답할 수 없었다. 다른 속셈이 있을 것만 같왔다.

"역시 미이 씨는 과묵하네요. 회사에선…. 저도 봤거든요. 미이 씨 영상. 진짜 대단한 것 같아요. 솔직히 그런 것도 다 용기가 있어야 하는 거잖아요. 저도 SNS 하고 있는데 팔로워 늘리는 게 진짜 어렵더라고요. 소재 찾기도 쉽지 않고. 그래서 그런데, 팁 같은 거 없어요?"

대답할 기회도 주지 않고 혜린은 끊임없이 자기가 하고 싶은 말을 쏟아냈다. 구독자 사는 법, 프로그램을 돌려 조회 수 높이는 법 등 유튜브로 빠르게 성공하는 법에 대해 말하고 끊임없이 질문했다. 쉴 새 없이 떠들어대는 그녀의 입은 도무지 진정할 기미를 보이지 않았다. 미이는 한 손에 꼭 쥐고 있던 컵을 놓으며 혜린의 말을 끊었다.

"아까도 말했지만 저는 영상 만든 적 없어요."

"미이 씨 정말 컨셉충이에요?"

혜린은 재미있는 농담을 들은 사람처럼 웃어댔다. 그러고는 손을 휘휘 내저으며 말을 이었다.

"하긴 남을 속이려면 나부터 속여야죠. 인정. 인정."

"그게 아니라, 정말 제가 찍은 게 아니라고요."

"네에, 네에. 잘 알았어요. 몰카라니 무섭죠? 엄청 소름 돋을 것 같아요. 이렇게 하면 되는 거죠? 미이 씨 컨셉은 제가 지켜드릴게요."

말투는 발랄하고 무해했지만 격하게 고개를 끄덕이고 과장된 표정을 짓는 게 꼭 미이를 놀리는 것 같았다. 혜린은 다른 직원과 커피 약속이 있다며 자리에서 먼저 일어나 뒤도 돌아보지 않고 계산대로 향했다. 곧이어 미이도 자리에서 일어섰다. 그녀는 손도 대지 않은 쌀국수를 그대로 두고 가게를 빠져나왔다. 혼자 회사로 돌아가는 길이 유독 멀게만 느껴졌다.

혜린의 반응이 그럴 줄은 전혀 예상하지 못했다. 진지하게 도와주지는 않더라도 의아하게 여길 것으로 생각했는데, 그녀는 미이를 컨셉에 심취해 자기 자신도 속이려고 하는 사람으로 받아들였다. 아무리 자신이 올린 영상이 아니라고 진심을 담아 외쳐도 아무도 믿어주지 않을 것 같다는 생각에 덜컥 겁이 났다. 아무도 그 사실을, 현실을 그대로 받아들이고 싶어 하지 않은 듯했다.

평범하기 그지없던 일상이 하루아침에 엉망진창이 됐다. 좌절감이 몰려왔다. 혹시나 유튜브에서 답변을 했을까 싶어 메일을 확인해보니 광고만 가득할 뿐이었다. 경찰도 못 해주고 유튜브에서도 못 해준다면 범인을 직접 찾아내는 수밖에 없나. 그래야 비로소 이 상황에서 벗어날 수 있을 것 같았다. 하지만 정작 누가 찍었는지는 짐작조차 할 수 없었다. 회사 사람 중에 범인이 있다는 사실만으로는 문제를 해결할 수 없었다. 그렇다고 이대로 가만히 손 놓고 있을 수는 없었다.

사무실로 들어가기 위해 지문 인식을 하려는데 제대로 인식이 되지 않았는지 빨간 불이 들어오며 문이 열리지 않았다. 자기 말을 그대로 받아들이지 않는 사람들에 이어 기계까지 자기를 있는 그대로 받아들이지 않다니, 모두 자신을 궁지로 몰아넣기 위해 애쓰는 것 같았다. 신경질적으로 기계에 다시 손가락을 가져다 대려는 순간, 사무실 안에서 병수가 문을 열고 나왔다.

"왜 그래요? 무슨 일 있어요?"

그동안 구설수에 오를까 봐 매몰차게 피했던 상대였지만, 미이에게 이런 일이 생기기 전부터 친절하게 대해줬던 사람은 사실상 그뿐이었다.

'병수 씨라면 내 말을 믿어주지 않을까?'라는 막연하고 희망적인 생각과 '회사 사람 중 한 명이 범인이다'라는 공포감이 격렬하게 충돌해 입이 쉽게 떨어지지 않았다. 그래도 지금이 아니면 다시는 이런 기회가 생길 것 같지 않아 무슨 말이라도 해보려고 숨을 크게 들이마신 순간, 화장실 쪽에서 웃음소리가 들리면서 SNS팀 여직원 두 명이 사무실을 향해 다가왔다. 사람들의 갑작스러운 등장에 허겁지겁 짧은 목례를 하고 발걸음을 옮기는 미이를 향해 병수가 작은 소리로 말했다.

"혹시 제가 도울 일이 있으면 언제든 말해요."

스마트폰을 쥐고 있던 손이 미세하게 떨렸다. 이 불안감을 누군가와 나눌 수 있다면, 누군가 이 말도 안 되는 일을 해결해줄 수 있다면 좋겠다고 생각했다. 하지만 지금은 회사 사람 그 누구도 신뢰할 수 없었다.

"미이 씨, 봄바람 소파 원고 수정 필요하대!"

영업팀 자리를 지나는 중 화영이 큰 소리로 미이를 불렀다. 점심

시간이 채 끝나지도 않았는데 부르는 것을 보면 빨리 끝내야 하는
건이 분명했다. 마음은 여전히 혼란스러웠지만 발은 기계적으로 빠
르게 움직였다.

"스웨이드 위주로 썼는데 천연 소가죽 쪽으로 바꾸고 싶대. 곧 신
상 나온다고. 뭐 해? 받아 적어야지!"

"아…."

자신이 아무것도 하지 않고 멍하니 듣고 있었다는 것을 뒤늦게
깨달은 미이는 재빨리 노트를 펼치고 볼펜을 꺼내기 위해 첫 번째
서랍을 열었다. 그런데 지난번 회의가 끝나고 다시 서랍에 넣어뒀
던 볼펜이 사라졌다. 당연히 연필꽂이에도 꽂혀 있지 않았다. 멍하
니 멈춰 있는 그녀를 본 화영은 인상을 잔뜩 찌푸리고 모니터 앞에
놓인 볼펜을 건넸다.

"펜은 기본 아니야? 비품실 가는 게 그렇게 귀찮았어?"

화영에게 영상에 관해 묻고 싶다는 생각이 다시금 머릿속을 가
득 채웠다. 하지만 화영은 그런 질문이 끼어들 틈도 없게 일 얘기를
빼곡하게 채워갔다.

'일부러 이러는 건가?'

의심이 들었다. 그게 맞다면 지금이라도 말을 끊어야 할 것이었
다. 하지만 선뜻 그럴 수 없었다. 만약 아니라면 그 뒷감당을 할 자
신이 없었다. 단정 짓기에는 증거가 부족했다.

4

"대에박!"

퇴근을 두 시간 앞두고 막바지 업무로 정신이 없을 때 누군가가 큰 소리로 뜬금없는 감탄사를 내뱉었다. 모두의 눈이 소리가 난 곳을 찾기 위해 빠르게 움직였지만, 묵직했던 사무실 분위기를 깬 범인은 모습을 드러내지 않았다. 그때 에디터팀 단체 메신저 방에 영상 링크가 올라왔다.

'얼굴에 속지 말 것! 사회 초년생이라면 주의해야 할 남직원.'

출처는 〈미이 씨의 하루〉였다.

영상에는 눈 부분만 모자이크 처리된 남성의 사진이 여러 장 있었다. 모르는 사람이 봤다면 누구인지 알 수 없었겠지만 미이 눈에는 모자이크 너머의 모습이 보였다. 사진 속 주인공은 현민이었다. 회사 사람들 역시 몰라볼 리 없었다. 영상이 시작되고 2초 뒤, 지직거리는 잡음과 함께 현민의 목소리가 들렸다.

"혹시 촬영할 때 남자 역할은 필요 없어요? 저 그런 거 잘하는데…."

심장이 철렁 내려앉았다. 미이와 현민이 탕비실에서 나눴던 대화 내용이 그대로 담겨 있었다. 미이는 두 손으로 입을 틀어막았다. 목구멍 안쪽에서 비명이 터져 나오려고 했다. 행여나 그 소리가 튀어나올까 봐 손과 목에 잔뜩 힘을 줬다.

어떤 댓글도 그를 옹호하는 것은 없었다. 욕하는 사람도 있었고,

어려운 단어로 성희롱에 관해 설명하는 사람도 있었다.

'어떻게 녹음했지?'

모든 게 의심스러운 순간, 책상 위에 올려둔 두 손에 미세한 진동이 느껴졌다. 모니터에서 시선을 떼고 두리번거리는 사이 화영의 책상에서 뭔가가 떨어져 미이 쪽으로 굴러왔다.

"볼펜…."

생각한 단어가 자기도 모르게 입에서 그대로 흘러나왔다. 서랍에 들어 있던 볼펜. 설마 하는 생각이 머릿속을 스쳤다.

'그 볼펜, 녹음기였을지도 몰라.'

"혹시 점심시간에 누가 제 자리에 왔었나요?"

떨어진 볼펜을 줍기 위해 미이 쪽으로 몸을 기울이던 화영은 그녀를 힐끗 쳐다보며 미간을 찌푸렸다.

"그건 나도 모르지."

화영은 건성으로 대답했다. 생각이 뒤죽박죽으로 엉켰다. '아니면 어떡하지'라는 걱정보다 당장이 더 시급했다. 이제 더 이상 미룰 수 없었다. 화영에게 물어봐야 했다.

"그럼 제 서랍에 있던 검은 볼펜, 대리님이 가져가셨어요?"

"뭐?"

"볼펜 가져가셨냐고요."

"뭐라는 거야. 볼펜을 내가 왜 가져가! 아까 잔소리 좀 했다고 그러는 거야? 하, 나 어이가 없어서. 영상 좀 떴다고 막 나가자는 거야, 뭐야."

화영은 혼잣말하듯 뒷말을 흐리며 고개를 모니터 쪽으로 돌렸다. 범인이라고 단정 짓기에는 화영의 태도가 애매했다. 하지만 따지고 싶었다. 자기한테 원하는 게 뭐냐고, 심각성을 못 느끼겠냐고. 하지만 화영의 표정이, 반응이, 그래 봐야 소용없다고 말하고 있었다. 그녀에게 미이는 관심받고 싶어 안달이 난 사람, 그 이상도, 이하도 아니었다.

'나는 잘못한 게 없어. 그런데 나한테 대체 왜 이러는 거야. 대체 왜…'

미이는 손을 떨며 이를 악물었다. 누가, 왜 영상을 찍는 건지, 왜 굳이 녹음까지 해서 이런 일을 벌이는 건지 알 수 없었다. 대체 뭘 원하기에, 어떤 악감정을 가졌기에… 생각하면 할수록 답은 더 멀어지는 것 같았다.

영상은 삽시간에 회사 전체로 퍼졌고 많은 사람이 미이의 자리로 찾아왔다.

"현민 대리 솔직히 눈빛부터 정상은 아니었잖아. 미이 씨가 이해해."

"얼마나 맘고생이 심했으면 이렇게 녹음까지 한 거야. 진작 말했으면 도와줬을 텐데…"

사람들은 마치 자신이 현민과 조금도 상관없는 사람이라는 사실을 알리기 위해 온 것처럼 평소 그의 행실에 대해 한마디씩 해댔다. 미이는 평소라면 자기를 걱정해주는 이에게 고마움을 느꼈겠지만, 지금은 전혀 그런 마음이 들지 않았다. 오히려 범인이 자기 정체를 들키지 않기 위해 사람들 사이에 섞여서 자신을 농락하고 있다는 생각이 들었다.

대표가 인사권을 가진 사람들을 호출했다. 긴급회의가 열렸다. 안건은 현민의 징계. 평소보다 회의 시간이 길어졌다. 에디터팀 단체 메신저 방이 소란스러워졌다. 두 편으로 나뉘어 현민이 받게 될 징계에 대해 갑론을박했다.

"미이 씨는 회의실로…."

회의가 끝난 후 퀭한 얼굴로 나온 에디터팀 팀장의 말에 미이는 하얗게 질린 채 회의실로 향했다. 발걸음이 무겁고 두통이 몰려왔다. 회의실에는 경영 지원팀 팀장 재욱이 의자 등받이에 몸을 기댄 채 앉아 있었다. 미이를 보더니 재욱은 한숨을 크게 내쉬었다. 표정에서 피로감이 느껴졌다.

"영업팀 현민 대리는 회사 차원에서 징계를 내리기로 했습니다. 그러니까 이 일은 이쯤에서 마무리 지었으면 좋겠네요."

현민에게는 연봉 삭감이라는 징계가 내려졌다. 그러니 더 이상 일을 키우지 말라, 이게 회사의 뜻이었다. 아랫입술을 잘근거리며 씹던 미이는 재욱을 똑바로 바라보며 입을 열었다.

"제가 회사 사람에게 스토킹을 당하고 있는 것 같아요. 그 사람을 찾아주세요."

"갑자기 그게 무슨 소리죠?"

떨리는 목소리로 미이는 차근차근 설명했다. 그동안 올라온 영상은 자신이 찍은 게 아니며 이번에 올라온 것 역시 누군가 녹음한 것이라고, 회사에서 촬영된 것을 보면 범인이 직원 중 한 명인 것 같다고. 말이 이어지는 동안 재욱은 아무런 말이 없었다. 표정 변화 역시 없었다.

"그러니 회사에서 해결해주셨으면 좋겠습니다."

말이 끝나자 가만히 듣고 있던 재욱이 테이블 위에 두 팔꿈치를 탁 소리 나게 대더니, 두 손에 얼굴을 가져다 댄 뒤 큰 소리로 한숨을 내쉬었다.

"미이 씨, 회사가 미이 씨 놀이터야?"

"네?"

"미이 씨는 회사가 우스워? 방금 한 말 이해 못 했어? 일 크게 만들지 말라고. 영상인지 뭔지 적당히 하라고. 회사에 피해 주지 말고. 설령 스토킹 당하는 게 사실이라고 쳐. 경영 지원팀이 무슨 경찰이나 수사대쯤 되는 줄 알아? 한 사람, 한 사람 불러서 물어봐 줄까? 미이 씨 스토킹 중이세요? 빨리 가서 자수하세요. 이렇게? 영상 뒤에 본인이 몰카 컨셉이라고 적어뒀으면서 왜 이러는지 잘 모르겠는데, 개인적인 일은 개인이 알아서 하자고. 남한테까지 쓸데없는 짓 시키지 말고. 알아들었어?"

그 말을 끝으로 재욱은 회의실을 빠져나갔다. 무릎 위에 놓인 두 손이 심하게 떨렸다. 어떻게 해야 할지 알 수 없었다. 자기가 말하는 동안 아무 말도 하지 않기에 조금이라도 믿는 줄 알았는데 아니었다. 혜린처럼, 화영처럼, 재욱 역시 미이를 이상한 사람쯤으로, 아니, 더 나아가 회사에 해가 되는 사람으로 취급했다.

사무실에 앉아 있는 것 자체가 부담돼 여자 화장실로 도망치듯 걸음을 옮겼다. 맨 안쪽 칸으로 들어가 문을 걸어 잠그고 변기 뚜껑을 덮은 채 그 위에 앉았다. 회사 안에서 몸을 숨길 공간이 한 평 남짓한 화장실 한 칸밖에 없다는 사실에 비참해졌다. 하지만 별수 없었다. 그때 여직원 두 명이 까르륵 웃으며 화장실로 들어왔다. 목소리가 SNS팀 민지 대리와 영지 같았다.

"자기, 그거 봤지? 〈미이 씨의 하루〉. 영업팀 대리 그것 때문에 징계받았다며?"

"봤어요. 으. 진짜 소름 돋지 않아요? 우리 회사에 대놓고 성희롱하는 사람이 있을 줄이야. 미이 씨 덕분에 쓰레기 하나 걸렸네요. 평소에는 음침하니 유령 같더니만…"

"그래도 솔직히 몰카 컨셉은 좀 아니지 않아? 일부러 몸 보여주고 남직원들 꼬시려고 그러는 거 너무 싸 보이잖아."

"그런데 보다가 좀 소름 돋은 게 카메라 앵글이 너무 불법 촬영 같아서…. 설마 진짜 불법 촬영은 아니겠죠?"

"에이, 그게 무슨 소리야. 그랬으면 뒤에 안내 문구 같은 것도 없었겠지. 그냥 딱 보면 견적 나오잖아. 관종이야, 관종. 얌전한 고양이가 부뚜막에 먼저 올라간다더니. 악명도 유명세라고 남들 시선이면 다 좋다 이거지. 말이 좋아 컨셉이고 관심이지, 남들이 뭘 하면서 볼 줄 알고 그런 걸 올려? 혹시 알아? 미이 씨 영상 보면서 자위하는 사람이 있을지…"

"우웩! 그건 너무 싫네요. 진짜 싫어. 더러워!"

"영상으로 인기 좀 얻었다고 이제 슬슬 본성 드러내게 생겼네. 어휴. 난 안 보련다."

또각거리는 구두 굽 소리는 점점 멀어졌지만, 웃음소리는 쉬이 사라지지 않았다. 그 소리는 계속 귓가를 맴돌면서 미이를 집요하게 괴롭혔다. 귀를 막아보았지만 상황은 달라지지 않았다. 현실이 아니라고 믿고 싶었다. 이 모든 게 지독한 악몽이고 빨리 꿈에서 깨어나길 바라며 두 눈을 꼭 감았다가 떴다. 하지만 그녀는 여전히 화장실 안이었다. 공포감이 걷잡을 수 없이 커졌다.

'이제 사람들은 내가 뭘 하든, 하지 않든 나만 보면 웃을 거야. 욕할 거야.'

마음 같아서는 당장 뛰어나가 해명하고 싶었지만 그럴 수 없었다. 화장실 문을 열 용기가 나지 않았다. 차라리 이 안에 갇혀 있는 게 훨씬 나을 것만 같았다.

5

퇴근 후 정처 없이 거리를 떠돌았다. 조금이라도 인기척이 느껴지면 고개를 돌려 주변을 살폈지만, 아는 얼굴은 보이지 않았다. 그런데도 미이는 주변을 계속해서 경계하며 걷고 또 걸었다. 빠른 걸음으로 집에서 멀어졌다. 집으로 갈 순 없었다. 누군가 지켜보고 있을지 모르니까, 카메라가 있을 수도 있으니까. 다른 이의 시선에서 자유로운 곳이 필요했다. 자신의 존재를 숨길 수 있는 곳을 원했다. 그러다 눈에 들어온 건 모텔이었다. 이미 노출된 집보다 모텔이 더 안전해 보였다. 모텔이라면 못 따라오겠지, 못 훔쳐보겠지 싶었다. 미이는 망설임 없이 모텔 안으로 들어섰다.

"예약하셨나요?"

조그마한 창문 너머에서 컴퓨터 타자기를 두들기고 있던 남직원이 형식적인 말을 내뱉었다. 불안감에 주변을 계속 두리번거리던 미이는 한참 만에 그 물음에 답했다.

"빈방 주세요."

"대실하실 거예요?"

"자고 갈 방, 아무 데나 주세요."

목소리가 심하게 떨리고 계속해서 주변을 살피는 미이를 빤히 보던 직원은 말을 더 걸어봤자 소용없겠다고 판단했는지 그녀가 건넨 카드로 빠르게 결제를 한 뒤 카드키를 내밀었다. 카드키를 낚아챈 미이는 초조하게 승강기를 기다리다가 7층에서 내렸다. 701이라고 새겨진 방은 복도 끝에 있었다. 빨간 카펫이 깔린 복도를 빠른 걸음으로 지나가면서도 미이는 계속해서 주변을 두리번거렸다. 시선이 느껴져 뒤돌아보면 아무도 없었다. 짧은 복도에서 세 차례나 뒤를 돌아본 그녀는 방문 앞에 겨우 도착했다. 빠르게 들어가려고 하니 이번에는 카드키가 말썽이었다. 다급함에 위치를 제대로 맞추지 못해 문이 열리지 않았고, 급기야 떨어트리기까지 했다. 수차례 시도한 끝에 문이 열렸고 그녀는 겨우 안으로 들어갔다.

카드키를 꽂기 전 모텔은 어둠으로 빽빽이 차 있었다. 문을 닫고 입구 쪽에 카드키를 넣으니 온 방에 노란색 불이 들어왔다. 미이는 다급하게 모든 불을 꺼버렸다. 아무것도 보고 싶지 않았다. 아무에게도 보이고 싶지 않았다. 어둠 속에서 손으로 더듬거리며 침대가 위치한 곳까지 갔다. 그때 쨍한 초록색 TV 전원 버튼이 눈을 찔렀다. 순간 카메라 불빛인 줄 알고 소리를 지를 뻔했다. 시계, 스위치, 비상구 표시 등 작지만 선명한 불빛이 일제히 미이에게 쏟아졌다. 피하고 싶었지만 피할 수 없었고, 모든 것이 그녀를 지켜보는 것 같았다.

다급하게 머리부터 발끝까지 이불을 뒤집어쓰고 몸을 잔뜩 웅크렸다. 자신에게 허락된 공간은 어쩌면 이게 전부일지도 몰랐다. 사무실에서 화장실 한 칸으로, 집에서 모텔방 이불 속으로. 그 크기가 점점 줄어들었다. 다시 한번 메일을 확인해봤다. 하지만 유튜브는 묵묵부답이었다. 〈미이 씨의 하루〉는 빠른 속도로 퍼지고 있었다.

"내가 이대로 죽어버린다면 이 모든 악몽이 끝날까?"

나지막이 혼자 속삭였다. 한 번, 두 번. 몇 번 곱씹다 보니 어느 순간 이 속삭임은 다른 말로 변했다.

"날 지켜보는 인간이 죽어버린다면 이 모든 악몽이 끝날까?"

스스로 던진 질문에 심장이 빠르게 뛰었다. 두려웠다. 자신이 변할까 봐. 돌이킬 수 없는, 끔찍한 일이 일어날까 봐…

꿈을 꾸었다. 어둠이 내려앉은 방 안. 그곳에는 미이와 정육면체의 나무 상자만 덩그러니 놓여 있었다. 두리번거리며 주변을 살피다 상자 쪽으로 발걸음을 옮겼다. 보지 않았지만 저 안에 뭐가 든 건지 알 것 같았다. 두려웠다. 보고 싶지 않았다. 하지만 멈출 수도 없었다. 들여다본 상자 안에는 미이가 들어 있었다. 미이는 온갖 관절이 기이하게 꺾인 채 틀 안에 딱 맞게 넣어져 있었다. 입꼬리가 위로 올라가 웃는 것처럼 보였지만 눈은 겁에 질려 있었다. 고개를 돌리고 싶었지만, 몸은 움직이지 않았고 눈도 감기지 않았다.

꿈속 미이는 한동안 상자 속 자신을 빤히 쳐다보다 천천히 뚜껑을 닫았다. 끼이익 소리를 내며 뚜껑이 천천히 움직였다. 그 사이로 두려움이 가득한 눈이 미이를 계속해서 바라봤다.

그때 알람이 울리면서 눈이 번쩍 떠졌다. 식은땀이 옷에 스며들어 축축해졌다. 꿈만큼이나 기분 나쁜 느낌이었다. 순간 위가 뒤틀리는 기분이 들면서 무언가가 식도를 넘으려 했다. 미이는 이불을 박차고 곧바로 화장실로 향했다. 변기 시트를 올리기도 전에 위액이 목구멍을 타고 쏟아져 나왔다. 변기 물에서 점점 퍼져나가는 위액을 보며 두려움을 형상화한다면 딱 이렇지 않을까 생각했다. 미이는 거친 숨을 몰아쉬었다. 눈에 고여 있던 눈물이 흘러내렸다.

좀처럼 진정되지 않는 속을 달래느라 출근 시간에 아슬아슬하게 맞춰 회사에 도착했다. 미이가 사무실에 들어서자 알 수 없는 정적이 흘렀다. 그 누구도 미이에게 말을 걸거나 영상에 관해 언급히지 않았다.

'또 무슨 영상이 올라왔나? 버스 타기 전에 확인했을 때만 해도 아무것도 없었는데. 설마 그사이에 또 올라온 건 아니겠지.'

자리로 가면서 주변을 쳐다봤지만 아무도 눈을 마주치려고 하지 않았다. 빠르게 키보드를 두드리는 사람들의 손. 끊임없이 울려 퍼지는 불규칙한 키보드 소리가 화장실에서 미이에 대해 얘기하던 여직원들의 말소리처럼 느껴졌다. 수군수군, 속닥속닥, 낄낄. 시선이 닿지 않는 그곳에서 모두가 신나게 떠들고 있을 것만 같았다. 신경 쓰지 않으려고 할수록 키보드 소리와 마우스 딸각거리는 소리가 선명하게 들렸다. 미이는 무언가에 홀린 듯 스마트폰을 움켜쥐었다.

'화장실 안에서, 여직원들 뒷담화 클라쓰'

커다랗게 박힌 제목보다 메인 사진이 시선을 끌었다. 두 장면을 합쳐놓은 꼴이었는데 한쪽에는 민지와 영지가 세면대 근처에서 마주 보고 웃는 모습이 담겼고, 한쪽에는 미이가 변기에 앉아 있는 모습이 담겼다. 볼일 보는 모습을 찍은 것처럼 하반신에 모자이크 처리가 심하게 되어 있었다. 영상은 이미 최고 조회 수를 찍었다.

뭐가 잘못돼도 단단히 잘못됐다. 그동안 몸 안을 맴돌며 모습을 제대로 보여주지 않던 불안감이 튀어나와 숨통을 바짝 조여왔다. 숨이 제대로 쉬어지지 않았고 식은땀이 흘렀다. 이게 악몽이라면 당장 깨어났으면 좋겠다는 생각이 들었다. 손을 꽉 움켜쥐었다. 손톱이 손바닥을 파고들면서 느껴지는 고통이 이게 꿈이 아님을 일깨

위주었다. 뭐라도 하고 싶었다. 누군가가 도와줬으면 좋겠다는 생각도 들었다. 하지만 영상을 내릴 방법은 아무것도 없었다.

영상은 세면대 쪽에 서서 뒷담화를 하는 민지 일행의 모습으로 시작됐다. 카메라 위치는 대략 화장실 입구에서 세면대 쪽으로 꺾어지는 모퉁이쯤이었다. 한창 이야기에 물이 올랐을 때 갑자기 화면이 변기에 앉은 미이로 바뀌었다. 하반신은 모자이크된 채였다. 쪼르르 물이 떨어지는 소리가 배경음으로 나왔다. 영상 아랫부분에 화면 조정 중이라는 글이 떴다가 사라지면서 다시 민지 쪽 영상이 나왔다. 미이의 영상은 2초에서 3초 정도 정말 잠깐 나왔다가 사라졌는데도 그 짧은 시간이 꽤나 길게 느껴졌다. 이후로는 미이가 들었던 이야기 그대로 가감 없이 흘러나왔다. 마지막을 장식한 건 한참 만에 허탈한 표정으로 화장실 칸에서 나오는 미이의 모습이었다. 화질이 좋지 않아 표정이 명확하게 잡히지 않았지만, 오히려 뿌연 느낌 때문에 영상 속 미이는 심하게 상처받은 것처럼 보였다.

그때 구두 굽이 바닥을 빠르게 내리찍는 소리가 들렸다. 자신을 향해 누군가 달려오고 있다는 사실을 몰랐던 미이는 무방비 상태로 있다가 그대로 머리채를 잡혔다.

"내가 대놓고 욕한 것도 아니잖아! 왜 그랬어! 왜 올렸어!"

민지는 자리에 앉아 있는 미이를 향해 달려들어 머리채를 잡아 억지로 일으켜 세웠다. 그 모습을 본 직원 중 몇 사람만 민지와 미이를 떼어놓으려 했고, 나머지는 각자 스마트폰을 들고 다급하게 영상을 촬영했다. 전등 빛에 반사돼 번쩍이는 수많은 렌즈에 휩싸여 미이는 마리오네트 인형처럼 휘청거렸다.

하나로 묶어놓았던 머리카락이 흐트러져 시야를 반쯤 가렸다. 그 상태로 SNS팀 직원에게 끌려가는 민지를 멍하니 바라보다 시선을 스마트폰으로 옮겼다. 휘청거리는 사이 스크롤이 멋대로 내려가 댓글이 보였다. 뒷담화를 듣게 된 미이를 응원하는 글부터 진짜 볼일 보는 모습을 넣은 거냐며 진위를 확인하고 싶어 하는 댓글까지, 수많은 문장이 뒤죽박죽 얽혀 있었다. 날카로운 가시덤불처럼 미이에게 고통을 주며 스쳐 지나간 댓글 위로 새로운 댓글이 달렸다.

'나 미이 씨랑 같은 회사 다니는데 방금 미이 씨 뒷담화 직원한테 머리채 잡힘ㅋㅋㅋ'

'후속편 기다린다.'

'나도 미이 씨 회사 입사하고 싶다.'

실시간으로 공유되는 미이의 하루. 이제는 영상을 찍는 사람뿐 아니라 댓글을 이용해 그녀의 사생활을 알리는 사람까지 생겼다. 미이를 잘 아는 사람이라며 그녀에 대해 말하는 댓글이 쏟아졌다. 그중 반은 과장이었고 반은 허구였다. 하지만 사실 따위는 중요하지 않았다. 사람들은 그저 그 댓글을 토대로 미이를 판단하고 분석하고 싶어 했다. 속에서 무언가가 울컥울컥 터져 나오려고 했다. 분노의 탈을 쓴 알 수 없는 감정이었다. 그 감정을 조금이라도 억눌러 보고자 그녀는 엄지손톱 옆쪽 살을 잘근잘근 씹었다.

"미이 씨, 잠깐 나 좀 봐."

화영은 멀뚱히 서 있는 미이의 팔을 세게 움켜쥐고 사무실 밖으로 끌고 나갔다. 가고 싶지 않아 다리에 힘을 주며 화영의 손에서 벗어나기 위해 계속해서 몸을 뒤로 뺐지만, 그녀는 쉽게 놓아주지 않았다. 화장실 앞까지 미이를 끌고 간 화영의 얼굴에는 짜증이 잔뜩 묻어 있었다.

"그러니까 애초에 왜 그런 영상을 올렸냐고! 그렇게 관심받고 싶었어? 결국은 자업자득이야. 이제 정신 좀 차려. 괜히 회사 엉망으로 만들지 말고. 이러다가 진짜 큰일 날 것 같다고!"

격앙된 목소리로 말을 쏟아낸 화영은 아무런 반응 없이 서 있는 미이를 보고 답답함을 참지 못해 그대로 사무실 안으로 들어가 버렸다. 미이는 화장실로도, 사무실로도 들어갈 수 없었다. 길을 잃은 사람처럼 우두커니 서서 입구에서 정면으로 보이는 화장실 벽만 뚫어져라 쳐다봤다. 하얀색 타일에 그녀의 형체가 어렴풋이 비쳐 보였다. 눈, 코, 입이 보이지 않는 덩어리. 그 모습조차 자기가 아닌 것처럼 느껴졌다.

반짝. 순간, 어깨 너머로 뭔가가 반짝였다가 사라졌다. 다급하게 뒤를 돌아봤지만 그곳에는 아무것도 없었다. 흐느끼는 소리가 몸 안쪽에서부터 터져 나왔다. 하지만 그 소리는 목구멍에 막혀 어떠한 음도 내지 못했다. 극도의 두려움 앞에서 터져 나온 감정을 어떻게 조절해야 하는지 알 길이 없었다. 처음 겪는 일에 사고 회로가 제대로 작동하지 못하고 제멋대로 튀었다. 회사 안에는 더 이상 도망칠 곳이 없었다. 누군가가 만들어놓은 상자 안에 갇혀버린 것 같았다. 꿈속에서 봤던 작은 나무 상자가 떠올랐다. 차라리 그 안에

구겨져 들어가는 게 훨씬 나을 것 같다는 생각이 들었다. 그때 사무실 쪽에서 병수가 뛰어왔다.

"미이 씨, 괜찮아요? 얘기 들었어요. SNS팀 민지 대리님이…"

"대체… 이게 다 무슨 일이죠?"

스스로 느끼기에도 낯선 음성이 성대를 타고 흘러나왔다. 나이가 많은 노인 같기도 했고, 더 이상 몸 안에 어떠한 소리도 남지 않은 고장 난 악기 같기도 했다. 멍한 눈으로 병수를 쳐다보던 미이는 그대로 무너져내렸다. 병수가 다급하게 그녀의 팔을 붙잡았지만, 무릎이 그대로 바닥에 떨어지면서 둔탁한 소리가 복도에 울려 퍼졌다.

손목에 따끔한 통증이 느껴졌다. 무릎이 더 아파야 하는데 손목의 쓰라림이 더 강하게 느껴졌다. 미이는 손목을 내려다봤다. 손목 안쪽에 생긴 긁힌 자국. 빨간 줄이 빠르게 올라오며 그 길을 따라 피가 고였다. 빨간 줄과 함께 눈에 들어온 건 병수의 손목에 걸린 팔찌였다. 별과 초승달. 뾰족한 꼭짓점이 눈에 유독 거슬렸다.

"괜찮아요? 구급차 부를까요?"

팔목의 상처가 계속해서 욱신거렸다. 시선을 거두고 싶었지만 팔찌가 신경 쓰였다. 정신을 반쯤 놓은 미이를 병수가 억지로 일으켜 세우려고 했다. 하지만 미이는 일어나야겠다는 의지가 생기지 않아 그저 멍하니 있었다.

"무슨 일인데 그래요. 제가 도와줄 수 있는 일이에요?"

초점 잃은 눈으로 아무 말도 하지 않는 미이를 억지로 일으켜 세운 병수는 그녀를 데리고 사무실 안으로 들어갔다. 에디터팀으로 간 병수는 팀장에게 미이의 상태가 안 좋은 것 같으니 반차를 내달라고 부탁했다. 한숨을 내쉬면서 미이와 병수를 번갈아 보던 팀장은 이렇다 할 대답도 없이 고개를 끄덕이며 가라고 손짓했다. 더 이상 참견하고 싶지도, 그 꼴을 보고 싶지도 않다는 표시였다.

정신을 차려보니 집 앞이었다. 어떻게 왔는지 정확히 기억나지 않았다. 병수가 택시를 잡아줬고 그걸 탄 기억이 있을 뿐이었다. 집을 보자 등골이 오싹해졌다.

'빨리 여기에서 벗어나야 해.'

혹시라도 누가 뒤를 쫓고 있는 것은 아닌지 두리번거리느라 앞을 똑바로 볼 수 없었다.

"아! 눈을 어디에다 두고 다니는 거야!"

길 가던 행인과 부딪히는 바람에 몸이 뒤로 휘청했다. 미이는 통증도 느끼지 못하고 정신없이 걷고 또 걸었다. 다른 것은 안중에도 없었다. 빨리 이곳을 벗어나야 했다. 그녀는 모텔로 향했다. 물론 저번에 묵은 곳은 아니었다. 한 번 갔던 곳은 다시 갈 수 없었다. 시설도 가격도 중요하지 않았다. 그저 방 한 칸이면 됐다.

6

허둥대면서 들어간 모텔 방은 작고 허름했다. 오히려 그게 마음에 안정감을 줬다. 잠시 숨을 고르고 그대로 자리에 주저앉았다. 안도감과 함께 팔목 통증이 다시금 느껴졌다. 쓰라린 상처. 빨간 줄이 꽤나 도톰하게 올라왔다. 별과 초승달. 뾰족한 꼭짓점. 이 통증이 왠지 모르게 익숙하게 느껴졌다. 왜 별것도 아닌 팔찌에 이토록 집착하는 건지 알 수 없었다. 당장 닥친 일에 짓눌려 숨도 못 쉴 지경인데 왜 쓸데없는 것에 신경 쓰는 건지 자신을 이해할 수 없었다. 그러다 문득 어떤 형상이 뇌리를 스쳤다. 따끔한 고통. 날카로운 모서리. 검지 손톱만 한 별과 거기 새겨진 이니셜 M.

"아, 발찌…."

작년, 홀로 맞는 생일이 유독 슬프고 외롭게 느껴져 자신에게 선물을 하기로 했다. 평소 액세서리에 관심이 없었지만 쇼윈도에 전시된 발찌에 왠지 모르게 눈길이 갔다. 한참 구경하다 매장 안에 들어가니 점원이 함박웃음을 지으면서 미이에게 다가와 상품을 소개했다.

"손님, 이건 이번 시즌 한정판으로 소량만 제작된 제품이에요. 가성비 대비 퀄리티가 좋아서 저희 매장에도 딱 하나 남았어요. 이벤트 중이라 무료로 이니셜도 새겨드려요."

별과 달. 심플하지만 자꾸 보다 보니 귀엽다고 느껴졌다. 충동적으로 14K 발찌를 구매했다. 무료라고 하니 이니셜도 새겼다. 샌들을 신으니 꽤나 잘 어울렸다. 짤랑거리는 느낌이 나쁘지 않아 한동안 잘 하고 다녔다. 그러던 어느 날, 미팅을 마치고 회사로 돌아가는 길이었다. 오랜 시간 회의를 했지만 결국 광고주를 설득하지 못했고 썼던 원고는 엎어졌다. 화가 난 영업팀 사원은 미이에게 아무런 말도 하지 않고 혼자 어디론가 가버렸다. 미이는 피곤한 몸을 이끌고 버스를 탔다. 그날따라 사람이 많았고 땀 냄새가 뒤섞인 눅눅한 공간에서 이리저리 치이던 미이는 뭔가 날카로운 것에 긁혔다. 원인은 오른쪽 발목에 걸어둔 발찌였다. 그날 발찌를 풀어 집 어딘가에 뒀다. 그런 게 있다는 사실조차 기억나지 않을 정도로 자연스럽게 잊었다. 그리고 오늘, 그게 병수의 팔목에 걸려 있었다.

'설마. 아니야. 비슷한 제품이겠지.'

하지만 이니셜 M이 머릿속에서 떠나질 않았다. 병수의 성은 '정'이었다. 정병수. 이니셜 M은 그의 이름과 맞지 않았다.

'그럴 리가…'

병수가 그걸 가지고 있을 리가 없었다. 어디에 뒀는지 선명하게 기억이 나지는 않았지만 분명 집에 뒀다. 집에 들어가지 않은 이상 그걸 가지고 있는 것은 불가능했다. 집에 들어가지 않은 이상….

이성이라든가 판단력 따위가 아닌 좀 더 원초적인 감정, 공포가 최후의 방어벽을 뚫고 삽시간에 퍼져나갔다. 분명 이전에도 두려움이란 감정을 느꼈지만, 이전과는 전혀 다른 형태의 공포가 그녀를 감싸고돌았다.

'병수 씨가 내 발찌를 가지고 있어. 집에 들어갔어. 내 집에 들어갔다고!'

그런 확신이 들었다. 그렇게 생각하자 그동안 놓쳤던 게 한 번에 머릿속에서 터져 나왔다. 그는 미이가 가지고 있던 볼펜 사용법을 알고 있었다. 그게 그가 준비한 녹음기였다면? 주소를 말한 기억이 없는데 그가 태운 택시는 미이의 집 앞으로 갔다. 이미 집 주소를 알고 있었다면? 그녀의 발찌를 손목에 걸고 있었다. 집에 들어간 적이 있다면? 미이는 두 다리를 힘껏 모아 안았다. 당장이라도 부서져 없어져 버릴 것 같은 자신을 지켜내는 방법은 스스로를 껴안는 것뿐이었다.

여러 가지 정황이 병수를 가리키고 있었지만 여전히 추측에 불과했다. 확실한 증거가 필요했다. 그래야 신고할 수 있으니까. 심장이 뛰는 소리가 너무 커 온몸이 울리는 느낌이 들었다. 그가 범인이라는 사실을 직접 밝혀야 한다. 하지만 어떻게 할 수 있을까. 몸을 움직이지 않고 가만히 있는데도 시간은 끊임없이 흘러갔다. 이대로 날이 밝고 변한 건 없을까 봐 미이는 두려웠다.

미이는 평소보다 일찍 회사에 도착했다. 아직 출근한 사람이 몇 없는 시간. 병수의 자리를 살펴보려고 경영 지원팀 쪽을 기웃거렸다. 재욱이 미간에 주름을 잡은 채 모니터를 뚫어져라 쳐다보고 있었다. 병수의 자리는 재욱의 자리에서 너무 잘 보이는 곳이었다. 아무리 재욱이 일에 집중하고 있다고 해도 병수의 자리를 대놓고 살필 수는 없는 노릇이었다. 그래서 그대로 회의실 쪽으로 발걸음을 옮겼다. 회의실 옆쪽, 탕비실을 마주한 벽면에는 사원들의 일정이 적힌 커다란 화이트보드가 있었다.

병수는 오늘 추가 근무를 하는 것으로 되어 있었다. 대부분의 사람들이 퇴근한 시간까지 남아 있을 터였다. 그때를 노리면 될 것이다. 회사 안에서 커다란 카메라를 들고 몰래 촬영하는 건 현실적으로 불가능한 일이었다. 때와 장소를 가리지 않고 촬영하는 것으로 보아 항상 몸에 지니고 다니는 스마트폰을 사용할 것이다. 소형 카메라를 이용할 때도 있겠지만, 요즘은 앱으로 스마트폰과 바로 연동이 되니 핸드폰에 영상과 사진이 저장되어 있을 게 분명했다. 하지만 그걸 어떻게 손에 넣어야 할지 감이 잡히지 않았다. 그래서 일단은 기회를 노리며 막연히 기다리기로 했다. 대부분의 사람들이 퇴근한 후, 병수가 핸드폰을 두고 자리를 비우는 그 순간을.

일에 제대로 집중하지 못해 화영이 몇 번이나 화를 냈다. 하지만 그마저도 귀에 들어오지 않았다. 머릿속은 온통 병수와 스마트폰 생각으로 가득 차 있었다. 긴장감이 고조될수록 각성이 돼 정신이 또렷해질 줄 알았는데, 눈앞에 아지랑이가 이는 것처럼 몽롱한 느낌이 들었다. 두근거림이 멈추지 않았다. 진정하기 위해 심호흡도 해보고 잠시 사무실 밖으로 나가 바깥바람도 맞아봤지만 나아지지 않았다.

점심도 그냥 넘어갔다. 배고픔이 느껴지지 않았다. 직원 대부분이 밥을 먹으러 나가 사무실 안은 고요했다. 눈을 감고 천천히 심호흡하면 괜찮아지지 않을까 싶었지만 진정이 되지 않았다. 몸이 저절로 들썩였다. 빨리 이 불안한 상황에서 벗어나고 싶었다. 당장 병수 자리로 가 증거를 찾아 신고하고 싶었다. 금방 해결할 수 있을 것만 같았다. 하지만 만약 누군가가 그 모습을 본다면? 그 모습을 보는 게 병수라면? 기회는 딱 한 번. 이걸 놓치면 두 번 다시 기회는 없을 것이다. 이게 결론이었다.

퇴근 시간이 되자 사람들이 썰물처럼 사무실을 빠져나갔다. 화장실을 가는 척하며 경영 지원팀 쪽을 보니 병수가 모니터를 바라보며 뭔가를 하고 있었다. 책상 위를 보고 싶었지만 어중간한 높이의 칸막이 때문에 보이지 않았다. 스마트폰을 책상 위에 두고 자리를 비울 리가 있나 싶었지만 달리 방법이 없으니 계속 지켜보는 수밖에 없었다. 제발 그런 상황이 생기게 해달라고 빌었다.

'제발. 정병수가 스마트폰을 두고 자리를 비우길. 제발.'

다른 사람들의 눈에 띄지 않기 위해 사무실 건너편 복도에서 서성이다 다시 안으로 들어갔다. 병수가 보이지 않았다.

'저녁 먹으러 갔나?'

사무실 안을 살펴봤다. 사람들은 전부 빠져나갔고 경영 지원팀과 에디터팀 쪽에만 불이 들어와 있었다. 미이는 혹시라도 누가 볼까 싶어 몇 번이고 두리번거린 끝에 병수의 자리로 갔다. 칸막이 너머로 책상 위가 조금씩 보이기 시작했다. 스마트폰이….

"있다…."

처음에는 너무 간절히 바라서 헛것이 보이는 줄 알았다. 하지만 병수의 스마트폰이 확실했다. 의자가 45도로 틀어져 있고 모니터가 켜진 것을 보니 화장실을 갔거나 잠시 자리를 비운 것 같았다. 시간이 없었다. 이런 기회를 놓칠 수는 없었다. 미이는 스마트폰을 집어 들고 사무실 밖으로 뛰어나갔다. 혹시라도 병수와 마주칠까 봐 재빨리 비상계단 문을 열어젖혔다. 같은 층에 있으면 바로 걸릴 것 같아 곧바로 아래층으로 내려갔다. 8층은 계단으로 다니기 애매한 높이라 그런지 인기척이 느껴지지 않았다. 고요함 때문에 숨소리가 너무나도 크게 들려 1층까지 울릴 것만 같았다.

마음을 가다듬고 버튼을 누르니 화면이 켜졌다. 화면은 스마트폰을 살 때 기본으로 설치된 그림으로 되어 있었다. 화면을 밀자 비밀번호를 누르라는 안내 문구가 떴다. 생각지도 못했던 난관에 봉착했다. 가져와서 사진 폴더를 열어보면 끝이라고 생각했는데 비밀번호가 걸려 있었다. 자신이 너무나도 바보 같았다. 본인 핸드폰에도 비밀번호를 걸어두었으면서 이럴 것을 미처 예상하지 못했다니. 너무 당연한 일에 발목을 잡혔다.

1234, 0000…. 가장 쉽게 떠오르는 것부터 몇 가지를 입력해봤다. 하지만 잠금은 풀리지 않았다. 설상가상으로 한 번만 더 틀리면 30초간 비밀번호를 입력할 수 없다고 나왔다. 여러 가지 경우의 수를 생각해봤다. 생일, 의미 있는 날, 전화번호 등. 하지만 그 어떤 것도 알 수 없었다. 병수는 미이에게 회사 직원 그 이상도, 그 이하도 아니었다. 그러니 그런 정보를 알 턱이 없었다.

"미이 씨?"

그때 위쪽에서 비상계단 문이 열리면서 누군가가 미이를 불렀다. 얼굴은 보이지 않았지만 목소리만으로 알 수 있었다. 병수였다. 미이는 혹시라도 자기 모습이 보일까 봐 벽 쪽에 바짝 붙어 숨을 멈췄다.

미이가 비상계단 쪽으로 갔다는 사실을 확신하지 못한 듯 위에서는 아무런 움직임도 느껴지지 않았다. 이대로 가만히 있다가 병수가 다른 곳으로 가면 안전하게 한 층 더 내려가 밖으로 빠져나갈 생각이었다. 그럼 비밀번호를 눌러볼 시간을 벌 수 있을 것이다.

'제발. 그냥 가라.'

혹시라도 숨소리가 새어 나갈까 봐 입술을 꽉 깨물었다. 위에서 문이 열리는 소리에 이어 닫히는 소리가 들렸다.

'갔나?'

심장이 요동쳤다. 좀처럼 안심이 되지 않았다. 미이는 조심스럽게 난간 쪽으로 다가갔다. 병수가 다른 곳으로 갔다는 사실을 눈으로 직접 확인하지 않으면 안 됐다. 난간을 붙잡은 채 침을 꿀꺽 삼킨 뒤 고개를 들어 위층을 쳐다봤다. 순간 눈이 마주쳤다.

"역시. 여기 있었네요?"

병수가 웃고 있었다. 미이는 공포에 사로잡혀 하마터면 실신할 뻔했다. 위에서 병수가 계단을 내려오는 소리가 들렸다. 그 소리가 점점 커지고 가까워졌다.

"미이 씨가 제 핸드폰 가져갔어요?"

'정신 차려야 해!'

스스로를 다그치며 몸을 움직였다. 거리를 좁히지 않으려고 했지만, 어느새 그는 미이의 바로 뒤까지 따라와 있었다.

"손에 쥔 핸드폰, 제 거죠?"

"병수 씨가 올렸어요?"

"…주세요. 제 핸드폰."

평소와 달리 딱딱하게 말을 내뱉은 병수가 불쑥 손을 내밀었다. 당장이라도 자신의 목덜미를 움켜잡을 것 같은 그의 손을 피해서 미이는 온 힘을 다해 계단을 내려갔다. 몸이 앞으로 쏠려 넘어질 것 같았다. 하지만 그러면 잡힌다. 그 생각에 의지해 미이는 난간을 붙잡고 계속해서 아래로 내려갔다. 점점 숨이 가빠오고 종아리가 저렸다. 하지만 병수는 시간이 지날수록 탄력을 받아 빠른 속도로 계단을 타고 내려왔다. 몇 칸씩 뛰어 내려오는 것은 그에게 일도 아닌 것 같았다. 하지만 그는 일정한 거리를 두고 미이를 압박하며 뒤쫓아왔다. 마치 사냥감을 모는 사냥개 같았다. 일종의 희망 고문 같은 느낌이 들기도 했다. 숨 쉬는 게 점점 버거워졌다. 계속 호흡하고 있는데도 산소가 부족했다. 아찔한 현기증까지 느껴졌다. 정신을 차려보니 어느새 미이는 지하 1층을 지나고 있었다. 더 이상 내려갈 곳이 없었다. 결국 가장 아래층인 지하 2층까지 내려간 미이는 비상문을 열고 나갔다.

병수와 약간 거리가 있었지만 그렇다고 여유를 부릴 시간은 없었다. 다음 행동을 생각하기도 전, 미이의 눈에 위험이라는 글씨가 들어왔다. EPS실. 미이는 문고리를 세게 잡아당겼다. 위험이라는 말이 무색하게 문고리가 매끄럽게 돌아가며 문이 가볍게 열렸다. 음습한 한기가 뿜어져 나오는 그곳으로 미이는 빨려 들어갔다. 곧바로 문을 잠그려고 했지만, 잠금장치가 말을 듣지 않았다. 깜빡하고 문을 잠가두지 않은 거라고 생각했다. 하지만 야속하게도 문은 고장나 있었다. 다른 것으로 문을 막아보려고 했지만 불을 켜지 않아 아무것도 보이지 않았다. 어둠에 적응하기까지 시간이 필요했다. 미이는 문 뒤쪽 벽으로 바짝 붙었다. 무작정 안쪽으로 들어가기보다는 그가 문을 열어볼 가능성까지 염두에 두고 숨어야 할 것 같았다. 병수의 스마트폰을 쥔 손에서 땀이 났다. EPS실의 한기가 그 손을 스치고 지나가자 몸이 미세하게 떨렸다.

얼마 지나지 않아 비상계단 문이 열리는 소리가 들렸다. 곧바로 주차장 쪽으로 뛰어가리라고 생각했지만, 그는 그 자리에 멈춰 섰다. 혹시라도 숨소리나 체취가 밖으로 흘러나가지는 않을까 걱정이 됐다. 이런 불안한 상황에서 빨리 벗어나길 바랐다. 날 선 감각이 불안감을 더욱 가중했다. 미이는 눈을 질끈 감았다. 그러자 청각이 더 예민해졌다. 그때 EPS실 문고리가 덜커덕거리며 천천히 열렸다. 미이는 감았던 눈을 번쩍 떴다. 밖의 불빛이 내부를 서서히 밝혔다. 미이는 그 빛에 닿지 않으려고 몸을 최대한 뒤로 뺐다. 병수가 인기척을 느끼지 못했는지 문이 스르르 닫히려고 했다.

지이잉.

손에 쥐고 있던 스마트폰이 몸을 부르르 떨면서 소리를 냈다. 미이는 깜짝 놀라 스마트폰을 바라보았다. 스마트폰 불빛이 미이의 얼굴을 밝혔다. 정수리 쪽에서 누군가의 시선이 느껴졌다. 천천히 고개를 들어 바라본 곳에는 소름 끼치는 미소를 짓고 있는 병수가 있었다. 문이 닫히고 미이는 병수와 함께 어둠 속에 갇혔다.

7

"왜 도망갔어요?"

"가…가까이 오지 마요."

병수를 피해 벽에 붙은 철제 상자를 더듬으며 안쪽으로 이동했다. 하지만 EPS실은 생각보다 좁았고 미이는 금세 구석으로 몰렸다.

"미이 씨, 갑자기 왜 그래요. 걱정되게…."

걱정이 된다는 그의 표정은 즐거운 일을 만난 듯 들떠 있었다. 그런 병수의 태도는 미이의 추측에 점점 힘을 실어줬다.

"손에 들고 있는 거 제 폰 맞죠?"

"병수 씨예요? 영상 올린 사람이?"

"혹시 폰 열어봤어요?"

빠른 걸음으로 계단을 내려온 병수는 거친 숨을 내뱉었다. 하지만 그의 목소리는 침착했다. 마치 자신은 아무런 죄가 없다는 듯이, 그런 일 따위는 모른다는 듯이.

"영상 올린 거 병수 씨냐고요! 그 팔찌도 제 것 맞죠? 대답해요."

"아, 영상. 그 전에 제가 먼저 질문 좀 할게요. 그동안 진짜 물어보고 싶었는데 참았단 말이에요. 이해하죠? 일단 첫 번째. 현민 대리랑 무슨 사이?"

혼란스러웠다. 왜 갑자기 그런 질문을 하는 건지 이해가 되지 않았다.

"무슨 사이냐고요."

"아무 사이 아니에요."

목소리가 심하게 떨렸다. 병수의 거친 숨소리가 공격적으로 느껴졌다. 눈이 어둠에 적응하며 그의 모습이 서서히 윤곽을 잡아갔다. 선명하게 보일수록 상황이 현실적으로 다가오며 공포감이 극대화됐다. 소리를 지르면 누군가 찾으러 와줄지, 이곳에서 안전하게 나갈 수 있을지, 그 어떤 것도 확신할 수 없었다.

"아무 사이 아니다…. 그럼 모텔은 왜 갔어요? 잤어요?"

그 말에서 확신했다. 그동안 미이를 따라다니며 일거수일투족을 감시했던 게 바로 병수였다. 하지만 대체 왜? 아무리 이유를 생각해 보려고 해봐도 떠오르지 않았다.

"저한테 왜 이러세요? 제가 뭘 잘못했죠?"

"미이 씨, 미이 씨는 그게 문제예요. 잘못한 걸 몰라. 감사할 줄도 모르고. 처음에는 나도 이렇게까지 할 생각은 없었다고요. 순수한 마음으로 좋아했으니까."

그의 얼굴이 점점 험악하게 변했다. 화내는 것 같기도 하고, 어떠한 감정을 참기 위해 애쓰는 것 같기도 했다. 그동안은 본 적 없는, 낯선 이의 모습이었다.

"제가 퇴근하고 밥 먹으러 가자고 했을 때 왜 거절했어요?"

'밥?'

바로 떠오르지 않아 한참 생각해야 했다.

"지금 기억 못 하는 척하는 거예요?"

분노가 응축된 미소에서 살기가 느껴졌다. 그의 눈이 번뜩였다.

전기에 감전된 듯 온몸이 떨리면서 어떤 장면이 떠올랐다. 스쳐 지나듯 밥 먹자고 묻는 병수와 불편해서 자리를 피하는 자신의 모습.

"그날 약속도 없었으면서 왜 약속 있다고 했어요? 바로 집에 갔잖아요."

"그걸 어떻게…"

물어보나 마나 한 질문이었다. 병수는 그때 집까지 따라왔을 게 분명했다.

"내가 집에 가서 곰곰이 생각해봤는데 너무 열이 받더라고요. 미이 씨가 나한테 왜 거짓말을 했을까. 처음에는 좀 부담스럽게 말했나 자책하다가 커뮤니티 사람들한테 물어봤거든요. 그때 깨달았지. 미이 씨가 날 개무시했구나."

병수의 표정이 끔찍하게 일그러졌다. 그는 미소를 유지하기 위해서 얼굴 근육을 움직였지만, 미이가 봤을 땐 경련이 일어나 근육이 제멋대로 들썩이는 것처럼 보였다.

"고민하다 문득 그런 생각이 들었죠. 미이 씨가 정신 차릴 수 있게 해줘야겠다. 사람의 성의나 호의를 무시하면 안 된다는 걸 제대로 알려주자. 그래서 유튜브에 올렸어요. 제가 말하면 듣는 둥 마는 둥 할 거니까 다른 사람들이 남긴 댓글 보면서 깨달으라고. 얼마나 많은 사람이 미이 씨를 욕하는지 직접 보라고."

"왜… 왜 이렇게까지 하는 거죠?"

"왜 이러냐고? 방금 말했잖아요. 미이 씨 같은 사람들은 혼쭐나봐야 정신을 차린다니까. 이런 일을 당하니까 떠오르는 사람이 나

밖에 없었죠? 그래서 도움을 청하려고 했잖아요. 나한테…."

병수가 다가왔다. 구두 굽 소리가 유난히 크게 들렸다. 더는 이 좁은 곳에서 그와 단둘이 있고 싶지 않았다. 빨리 이곳에서 벗어나고 싶었다.

"제가 잘못했어요. 밥도 먹으러 갈게요. 그러니까 제발 채널 좀 없애주세요."

"미이 씨는 그게 사과라고 하는 거예요? 좋아하는 마음을 이렇게 악용하려고 하다니 진짜 이기적이네요. 왜 사람들은 이렇게 이기적이지? 잘해주면 그걸 당연한 걸로 생각하고 제멋대로 굴어. 미이 씨 평소 모습 보면서 사람들이 뭐라고 하는지 봤어요? 댓글 봤죠?"

그를 쳐다보는 것조차 끔찍했다. 시선을 피한 채 아무 말도 하지 않았다. 꽉 쥔 두 주먹이 떨리고 입술이 바짝 말랐다. 어떻게 하면 이 상황에서 벗어날 수 있을까, 거기에만 집중했다. 자신의 말에 집중하지 않는다는 사실을 깨달은 병수가 미이 뒤쪽에 있는 철제 상자를 왼손으로 힘껏 쳤다.

"대답해!"

"봤어요."

"어떤 걸 봤는데요?"

"관종이라고…."

"또?"

말을 하라니 떠오르지 않았다. 하지만 말하지 않으면 안 될 것 같아 대충 안 좋은 말을 지어내기로 했다.

"싸 보인다고, 평소 행실이 눈에 보인다고…"

그는 오른손을 뻗어 미이의 턱 부분을 힘껏 움켜쥐고 좌우로 몇 번 흔들었다.

"대충 지어내려고 하지 말아요. 나는 다 읽어봤거든. 내 앞에서는 그렇게 고고한 척하더니 뒤에서는 막 엉덩이에 낀 바지 빼고, 브라 끈 올리고, 집에서 운동한답시고 딱 달라붙는 옷 입고. 미이 씨가 얼마나 저속하고 찌질한 사람인지 이제 알겠어요? 평생 모르고 살 수도 있었는데 그걸 알려준 저한테 고맙죠? 세상에 이런 사람이 어디 있어요."

"미안해요. 정말 미안해요. 제가 다 잘못했어요."

"뭘?"

"앞으로 정말 얌전하게 살게요. 잘못했어요. 그러니까 제발 저 좀 보내주세요. 그리고 영상도 내려주세요."

"그럼 유튜브에서는 내려줄게요. 대신 나랑 사귀어요."

병수가 히죽거렸다.

'유튜브에서는? 그럼 원본 영상은 어떻게 되는 거지?'

그의 말에 신뢰가 가지 않았다. 하지만 유튜브에서 내려준다는 말에 일단은 병수의 장단에 맞춰주기로 했다. 당장은 그게 급했다.

"알겠어요."

"나 사랑해요?"

기대에 찬 그의 눈빛을 보니 속이 울렁거렸다. 답은 정해져 있었지만 그 말이 목구멍을 바로 넘어오지 못하고 멈춰 섰다. 이런 얘기까지 해야 한다는 사실에 비참했지만 어쩔 도리가 없었다.

"네, 사랑해요. 사랑해요, 병수 씨."

정적이 흘렀다. 사랑한다는 말에 만족한 듯 웃던 병수의 얼굴에서 갑자기 웃음기가 싹 사라졌다. 그의 얼굴 근육이 심하게 움찔거렸다. 분노를 참는 듯하더니 미이의 어깨를 세게 움켜쥐었다.

비명이 미처 터져 나오지 못하고 신음 소리가 되어 목구멍 안에서 미세하게 새어 나왔다. 온몸이 떨리고 귀에서 맥박이 뛰는 느낌이 들었다. 차라리 정신을 잃으면 좋을 텐데 극도의 긴장감에 온 감각이 곤두섰다. 병수의 시큼한 땀 냄새, 숨소리, 모든 것이 미이를 압박했다.

"내가 우스워?"

어깨에서 통증이 느껴졌다. 두 손으로 그의 팔을 잡아 떼어내려고 했지만 소용없었다.

"그렇게 말하면 내가 다 들어줄 것 같았지? 내가 그렇게 쉬워 보여?"

그의 목소리는 점점 커졌고 미이가 몸부림칠수록 그녀를 잡은 악력은 더 강해졌다. 미이는 다급해졌다. 그녀는 병수의 팔목을 붙잡고 힘껏 물었다.

"악! 이런 미친!"

팔목을 물고 늘어지는 미이를 떼어내기 위해 병수는 그녀의 머리카락을 움켜쥐고 흔들다 아무렇게나 던져버렸다. 그 힘에 미이는 나가떨어졌다. 포장이 제대로 되지 않은 바닥에 쓰러지면서 살이 쓸리는 느낌이 들었다. 일어나려는 순간 병수가 달려들어 미이의 배를 발로 몇 차례 걷어찼다. 그동안 느껴봤던 고통과는 차원이 다른 종류였다. 기침과 앓는 소리가 절로 나왔다. 복부를 감싸 쥐고 몸을 움츠리는 미이를 보고 병수는 씩씩거리며 거친 숨을 몰아쉬었다.

"끝까지 날 무시해? 내가 아주 만만해 보이지? 말해봐."

아무 말도 할 수 없었다. 슬프지 않은데 눈가에 눈물이 고였다. 어디서부터 잘못된 것인지 알 수 없었다. 어떻게 하면 이 상황에서 벗어날 수 있을까 생각해봤지만 아무것도 떠오르지 않았다.

몸싸움하는 사이 미이의 손을 빠져나간 병수의 스마트폰이 한 번 더 울렸다. 화면에 불이 들어오면서 주변 물체가 눈에 들어왔다. 벽돌. 벽돌 세 개가 문 쪽에 한 줄로 쌓여 있었다. 스마트폰이 놓인 곳으로 천천히 걸어간 병수는 아무렇지도 않게 핸드폰을 집어 들어 메시지를 확인했다.

"씨발. 내일까지 한다니까 보채기는…. 아, 혹시 비밀번호 궁금해?"

꼼짝 않고 몸을 둥글게 만 미이를 한참 뚫어져라 보던 병수는 시선을 다시 스마트폰으로 옮기며 말을 이었다.

"궁금해할까 봐 알려주는 건데 내 비밀번호, 미이 씨 생일이야. 0823. 바로 맞힐 줄 알았는데. 역시 미이 씨는 센스가 부족해."

분노가 치밀었다. 스토킹을 당한 것도, 일상을 강제로 공개 당한 것도 자신인데 왜 자신이 바닥을 뒹굴고 고통을 느껴야 하는지 알 수 없었다.

'내가 뭘 잘못한 거지? 왜 내가 이런 일을 당해야 하는 거지? 왜 아무도 도와주지 않지? 전부 내 잘못인가? 이게 왜 내 잘못이지? 난 아무것도 안 했는데. 그저 평소와 다름없이 살았을 뿐인데.'

"내일 어떤 영상이 올라갈 예정인지 알려줄까? 미이 씨가 매일 밤 모텔로 들어가는 이유. 꽤나 자극적이지 않아? 안타깝게도 내가 모텔 방 안은 촬영을 못 해서 인터넷에 돌아다니는 영상 몇 개 대충 엮어봤거든? 봐봐."

영상 속에는 얼굴이 제대로 보이지 않는 여성이 옷을 갈아입는 모습, 씻으러 들어가는 모습, 여러 남자를 방으로 들이는 모습 등이 담겨 있었다. 화질이 좋지 않아 선명하게 보이지 않았고 선정적인 장면은 하나도 들어가지 않았지만 그런 건 중요하지 않았다. 사람들은 이걸 바탕으로 상상의 나래를 펼치고는 그대로 믿어버릴 게 분명했다. 그리고 그게 사실이 될 것이다.

"안 돼…"

병수가 미이의 얼굴 쪽에 쭈그리고 앉았다. 그러고는 그녀의 얼굴을 손으로 가만히 쓸었다.

"이거 내일 자정에 공개로 돌릴 거야. 이걸 본 사람들이 널 뭐라고 생각할까? 아마 근처에도 가고 싶지 않겠지? 그때 내가 옆에 있어 줄게."

"안 돼!"

미이는 몸을 일으켜 다짜고짜 병수에게 달려들었다. 당장 영상을 지워야 했다. 지금까지도 충분히 괴로웠다. 그런데 이보다 더한 것이 올라간다니 그냥 둘 수 없었다. 미이가 갑작스럽게 몸을 일으키자 병수가 뒤쪽으로 넘어지면서 스마트폰을 놓쳤다. 스마트폰, 스마트폰을 잡아야 했다.

"이 미친년이 끝까지!"

병수는 버둥거리며 스마트폰 쪽으로 가는 미이의 머리카락을 움켜쥐고 뒤로 잡아당겼다. 그러고는 손바닥으로 그녀의 얼굴을 몇 번이고 후려쳤다.

미이가 소리를 질렀다. 정신을 차릴 수 없을 정도로 시선이 흔들렸다. 뇌가 울렸다. 하지만 멈출 수 없었다. 지금 미이의 머릿속을 가득 채운 것은 병수의 스마트폰이었다. 다른 건 아무래도 상관없었다. 영상만 지울 수 있다면. 그 순간 병수의 주먹이 날아와 미이의 턱뼈를 찍었고 그녀는 다시금 바닥으로 내동댕이쳐졌다. 힘이 실린 발이 몸 이곳저곳을 때렸다. 신음이 절로 나왔다. 입가에서 뭔가가 흘러내렸다. 침인지 피인지 알 수 없었다. 그걸 닦거나 삼킬 힘도 없었다.

'분명 소리가 밖으로 새어 나갔을 텐데 왜 아무도 오지 않지?'

엘리베이터에서 내려 주차장으로 가는 길목이라 누군가는 들었을 것이다. 하지만 그 누구도 오지 않았다. 문이 열리기는커녕 발소리도 들리지 않았다.

미이는 이대로 죽는 건가 생각했다. 하지만 왠지 이 상황이 끝나지 않고 계속될 것만 같았다. 죽고 싶어도 죽지 못하고, 벗어나고 싶어도 벗어나지 못하는 상황. 언제쯤 이 지옥에서 벗어날 수 있을지, 끝이 보이지 않는 절망에 미이는 지쳐갔다.

그때 벽돌이 미이의 시선을 사로잡았다. 심장이 빠르게 뛰었다.

'저거라면. 벽돌만 잡는다면 벗어날 수 있을지 몰라.'

침을 꿀꺽 삼켰다.

"자꾸 화나게 할 거예요? 나도 미이 씨한테 손대기 싫다고요. 누가 좋아하는 사람을 때리고 싶겠어요. 이런 마음도 몰라주고 왜 자꾸 열받게 해요."

모든 것을 끝내고 싶었다. 아무도 구하러 오지 않는다면 자신의 힘으로 벗어나야 했다. 병수의 얼굴이 미이에게 점점 가까이 다가왔다. 그 순간 미이는 그에게 침을 뱉었다.

"이 미친년이!"

몸을 움직이는 것 자체가 고통스러웠지만, 병수가 잠시 주춤하는 사이 손을 뻗어 벽돌을 집어 들고 몸을 일으켜 세웠다. 머리를 정확하게 가격해 기절시키는 게 목표였지만 일은 생각했던 대로 흘러가지 않았다. 미이가 휘두른 벽돌은 병수의 눈썹 뼈를 찍었다. 뼈가 함몰되는 느낌이 벽돌을 타고 느껴졌다. 눈썹 쪽 살이 찢어지면서 피가 터져 나왔다. 피가 시야를 가리자 병수가 정신을 차리지 못하고 허우적거렸다.

"쌍년. 잡히기만 해봐. 죽여버릴 거야!"

벽돌을 쥔 손이 심하게 떨렸다. 금방이라도 놓칠 것 같았다. 하지만 이대로 멈추면 자신이 죽는다는 생각 하나로 미이는 양손으로 벽돌을 꽉 쥐고 병수에게 달려들었다.

"아악!"

미이는 괴성을 지르며 얼굴, 머리 할 것 없이 무작정 내리찍었다. 병수의 비명이 점점 사람이 아닌 짐승의 것으로 변해갔다. 손을 멈출 수 없었다. 내내 미이를 지탱하고 있던 무언가가 사라져버렸다.

8

정신을 차리고 보니 미이는 피범벅이 된 채 바닥에 쓰러져 있는 병수 위에 올라타 미친 듯이 그를 내리찍고 있었다. 그제야 정신이 든 미이의 손에서 힘이 빠졌다. 벽돌이 바닥에 떨어져 둔탁한 소리를 냈다.

"아… 아…"

다급하게 병수에게서 떨어진 미이는 한참 동안 아무것도 하지 못하고 손을 벌벌 떨었다. 아무런 생각이 떠오르지 않았다.

병수의 스마트폰이 진동했다. 그게 미이가 해야 할 일을 일깨워줬다. 바닥에 널브러진 사람 비슷한 덩어리를 피해 스마트폰이 떨어진 곳으로 기어간 미이는 떨리는 검지로 화면 속 번호를 눌렀다.

0823. 그동안의 노력이 허무할 정도로 쉽게 잠금이 풀렸다. 사진첩에는 미이의 얼굴이 적나라하게 나온 사진과 영상이 셀 수 없이

많이 있었다. 하지만 가장 중요한 것은 당장 올라갈 영상이었다. 유튜브 앱을 켜 업로드한 동영상을 보니 아까 병수가 보여준 영상이 비공개로 되어 있었다. 옆을 누르자 삭제 메뉴가 나왔다. 그걸 터치하니 화면에 '동영상을 삭제하시겠습니까?'라는 안내 문구가 떴다. 확인 버튼만 누르면 된다. 이걸 지우고 다른 사진과 영상도 지우면 모든 게 끝날 것이다. 떨리는 손으로 확인 버튼을 누르려는 순간, 끼익하는 소리와 함께 문이 열렸다. 미이의 눈으로 환한 빛이 쏟아졌다. 그곳에는 검은 덩어리들이 있었다. 그것들은 미이를 쳐다보고 있었다. 웅성거리는 소리와 눈을 찌르는 스마트폰 플래시. 미이는 현기증을 느끼며 눈을 질끈 감았다.

페이스트리

권혜린

방청객들의 환호성이 멈췄다. 쉬지 않고 떠들던 엠시의 입도 움직이지 않았다. 아이돌과 중견 배우가 섞인 패널들도 입을 벌린 채 굳어 있었다. 무대 오른편에 앉아 있던 그들의 머리와 얼굴에 흰 조명이 쏟아져 내렸다. 그들의 얼굴이 순간적으로 하얗게 보였다. 표정은 보이지 않았다. 눈, 코, 입도 사라진 듯했다.

누가 뒤에서 머리카락을 잡아당기는 것 같아 뒤를 돌아보았다. '생방송 가족의 부활'이라고 적힌 자막이 스크린을 메우고 있었다. 궁서체로 된 황금색 글자가 커졌다가 작아졌다. 글자 주변에서 폭죽이 터지고 있었다. 진짜 폭죽이 아닌데도 눈이 부셨다. 눈을 감았다. 재빨리 닫은 눈과 달리 닫지 못한 귀에 아빠의 목소리가 들렸다.

부활은 개뿔. 이 정도면 가족 종말이다!

아빠의 목소리는 바리톤이었다. 나와 오빠도 늘 하던 대로 아빠의 목소리를 따라 소리쳤다.

가족 종말이다!

내 입에서는 소프라노의 소리가, 오빠의 입에서는 테너의 소리가 나왔다. 평소에는 뻐끔거리기만 하던 막내의 입에서도 처음으로 소리가 터졌다.

삐요삐요삐요.

내 목소리보다 높은 소프라노였다. 막내와 함께라면 난 알토가 되어야 했다. 동그라미 받침이 빠진 사이렌 소리는 병아리가 우는 소리 같았다. 우리는 막내의 입을 쳐다보았다. 지금 하는 모든 행동이 전국으로 생방송되고 있다는 것도 잊어버렸다. 말간 침이 묻어 있는 막내의 입술이 부드럽게 움직이고 있었다. 일자로 늘어졌다가 동그라미 모양으로 오므라드는 입술은 파리나 벌을 기다리는 끈끈이주걱처럼 보였다. 그 분홍색 입술에서 곤충의 진액 같은 끈끈한 침이 나와 턱 밑으로 떨어졌다. 가는 실선이 길게 늘어졌다.

막내의 입에서 나온 사이렌 소리는 우리의 목소리와 섞여 합창이 되었다. 겹겹의 소리였다. 우리 가족이 마지막으로 굽는 페이스트리였다.

가족 종말이다, 종말이다. 종말, 종말이다.

우리의 합창은 한동안 계속되었다.

목소리로 장사하자고 말했던 사람은 아빠였다. 한때 집이라고 불렸던 공간에서 지내는 마지막 날에 아빠는 말했다.

자, 목소리를 팔자.

가수를 뽑는 오디션에 나가자는 건지, 아니면 목소리를 녹음해서 트럭 장사라도 하자는 건지 알 수 없었다. 나와 오빠는 아무 말도 하지 않았다. 세 살 난 막내는 입을 오므렸다 펴기만 했다. 막내의 봉오리 같은 입술에서 침이 흘러내렸다. 막내의 가슴에 떨어지려는 침을 재빨리 손바닥에 받아 내 옷자락에 닦았다. 옷자락은 이미 막내의 침으로 번들번들했다.

아빠가 다시 말했다.

자, 자. 목소리를 팔자는 거야, 목소리를.

목소리를 뽑아서 팔기라도 하자는 거야? 헌혈하는 것처럼?

나도 모르게 목소리가 날카롭게 흘러나왔다. 하루 동안 생각해 낸 게 고작 이거라니 한심했다. 아빠의 목소리는 오래 듣기 힘들었다. 프라이팬에 콩 볶는 소리라고나 할까. 그러니 그 말이 농담이든, 진담이든 우습긴 마찬가지였다. 농담이었다면 이런 상황에서 농담까지 한다는 것이 실없어 보였고, 진담이었다면 갈 데까지 갔다는 것을 비웃고 싶어졌다.

나는 아빠의 말을 콧등으로 내쳤다. 엄마라면 "저치가 하는 일이 그렇지 뭐" 하고 중얼거리면서 칠이 벗겨진 빨랫줄에서 걷어온 마지막 빨래를 개키는 데 열중했을 것이다. 가져가지도 못하는 빨래를 개는 이유는, 모든 마지막에는 의식이 필요하기 때문이라고 덧붙이면서. 오빠는 말이 없었다. 책을 정리하느라 바빴기 때문이다. 버려야 할 책과 가져가야 할 책을 신중하게 나누고 있었다. 미간에 주름을 잡으면서 고심하는 오빠의 표정은 책 감별사 같았다. 신부가 세례받는 자의 머리에 얹은 손처럼 책 위에 내려놓은 오빠의 손이 떨리고 있었다. 오빠의 모습이야말로 마지막을 위한 의식을 치르는 것 같았다.

나는 싸야 할 짐이 없었다. 나의 것이라고 말할 수 있는 물건을 만들지 않으려고 에너지를 쓴 보람이 있었다. 지금 이 상태 그대로 나가면 되었다. 한창 손이 갈 막내의 짐조차 거의 만들지 않았으니 말 다 했다. 막내도 불평이 없었다. 순한 성격을 타고난 것 같았다. 침만 조금 덜 흘리면 좋으련만. 그것까지 바라면 너무 큰 욕심일지도 모른다. 더 나갔다가는 아기가 되지 말라는 말까지 나올 것 같았다. 나는 막내의 턱을 지나쳐 가슴께로 떨어지는 침방울을 닦았다.

아빠의 말은 타이밍이 좋지 않았다. 우리는 한밤중에 집을 나가는 중이었다. 아니, 한밤중이라고 하기에는 달이 으스러지는 시간에 접어들었으므로 출근길에 집에서 도망치듯이 나오는 사람들과 마주칠 위험이 있었다. 빌딩 청소를 하러 가는 아주머니들이나 경비 아저씨들, 정확히 말하면 아주머니와 아저씨보다는 나이가 많고 할머니와 할아버지보다는 나이가 적은 애매한 호칭의 사람들과 우리는 달랐다. 배가 나오고 빡빡머리를 한 중년 아저씨와 장발에 피부가 흰 소년, 아기를 안고 있는 단발머리 소녀는 뛰었다. 다양한 연령대가 골고루 섞여 있는 우리가 버스를 탄다면 누가 봐도 도망가고 있다는 것을 알 수 있을 터였다. 내릴 곳이 정해져 있는 사람은 행복하다는 것을 그들은 모른다.

내릴 곳이 없는 우리는 결국 버스를 타지 못했다. 대신 발걸음을 옮겨 집 근처에 있는 초등학교로 향했다. 오빠와 내가 나온 초등학교였다. 밤이면 운동장은 아파트에 사는 이들의 주차장이 되곤 했다. 별관 주차장이라는 명성대로 운동장은 자동차들로 가득했다. 차와 차 사이에는 고양이 한 마리가 겨우 지나갈 공간밖에 없었다. 차들은 운동장 조회를 하는 학생들처럼 가지런히 서 있었다. 차들의 색은 달랐지만 내 눈에는 비슷해 보였다. 어둠이 내려앉은 차들에는 그림자가 얹혀 있었다. 그 어둠을 볼 수 있는 건 초승달 덕분이었다.

땅에는 나란히 누울 공간이 없었다. 별수 없이 자동차 위에 올라갔다. 한 대에 한 명씩, 공평했다. 몸무게가 많이 나가는 아빠는 차 위에 눕는 소리가 유난히 컸다. 차가 무너질까 봐 걱정되었다. 몸무게가 가벼운 오빠는 차 위에 가뿐하게 올라갔다. 나도 막내를 안고 누웠다. 왼손으로만 막내를 안고 차 위에 올라가는 일은 어렵지 않았다. 한 손에 막내를 안은 채 다른 손으로 뭐든 해내는 법은 엄마한테 배웠다.

오빠는 차에 누워서 말했다.

남들이 해변에서 선탠하듯이, 우리도 여기서 문탠 한번 해보자.

문탠이 뭔지 묻자 오빠가 대답했다.

달빛에 몸을 굽는 거야.

불판 위에 놓인 오징어처럼 막내가 팔다리를 허우적거렸다. 울지는 않았지만 뭔가를 원하는 것 같았다. 막내가 무엇을 원하는지 알 수 없었다. 막내가 원하는 것을 들어줄 수도 없을 것이었다. 나는 막내의 엄마가 아니었다. 보닛은 바람과 달빛을 받아 차갑고 축축했다. 등을 통해 전해진 냉기가 가슴을 뚫고 나오는 것 같았다. 막내를 안고 있어서 배만큼은 핫팩을 붙인 것처럼 따뜻했다. 막내의 배를 쓰다듬어 보았다. 몰캉한 뱃살이 느껴졌다. 막내의 배를 만지자마자 내 배 속에서 음악이 울렸다. 어제 점심 이후로 아무것도 먹지 못했다.

옆 차에 누워 있는 오빠에게 고개를 돌리고 말했다.

배고파 죽겠어.

오빠는 옆에 있던 등산 배낭을 말없이 던졌다. 오른손으로 배낭을 받았다. 마찬가지로 오른손으로만 배낭을 열었다. 배낭은 빵 봉지로 가득했다. 귀찮아서 어제 아빠 혼자 마트에 가게 한 건 실수였다. 하나에 꽂히면 끝장을 보는 아빠의 성격을 무시한 건 더 큰 실수였다. 커다란 봉지 하나를 꺼냈다. 투명하고 큰 봉지 안에는 손바닥만 한 빵이 가득 담겨 있었다. 하나같이 페이스트리였다. 봉지의 겉에 '한 입 페이스트리'라는 이름이 적혀 있었다.

왜 이것만 있어?

내 말에 아빠는 윗입술과 아랫입술을 우아하게 맞부딪치면서 말했다.

파격 세일하길래 쓸어왔다. 밖에서 먹으니 있어 보이지 않냐? 노천카페에서 먹는 것 같고.

페이스트리는 잘 구워진 초승달처럼 보였다. 자동차 위에서 달빛을 쬐고 있는 우리도 몸을 둥글게 말면 페이스트리 모양으로 구워질 것 같았다. 페이스트리를 굽던 때가 떠올랐다. 조리 과학고에 가기 위해 매일같이 빵을 굽던 시절이 있었다. 엄마가 도망가기 전의 일이었다. 페이스트리는 만드는 과정이 까다로워 시험에 안 나오기를 바라던 종목이었다. 반죽을 냉장고에 넣어 휴지하는 과정을 네 번이나 반복해야 했다. 나는 반복을 잘하는 아이였기 때문에 그 일이 지루하지 않았다. 아무 생각도 하지 않고 하루 종일 페이스트리만 만들라고 해도 할 수 있을 것 같았다.

나는 페이스트리를 가족에게 돌렸다. 오빠는 위도 작으면서 치사하게 한꺼번에 두 개나 가져갔다. 막내도 두 손을 앞으로 내밀었다. 페이스트리 조각을 침과 섞어 반죽처럼 만들어서 막내의 입에 넣어주었다.

아빠는 페이스트리를 한 입 베어 문 뒤 핸드폰 불빛으로 페이스트리의 단면을 살폈다. 나도 아빠를 따라 핸드폰 손전등을 켜고 페이스트리의 단면을 보았다. 크고 작은 구멍이 뚫려 있고, 구멍과 구멍 사이에는 얇은 막들이 층을 이루고 있었다. 거미줄 같았다. 그 거미줄에 걸려 우리는 아무 데도 갈 수 없었다. 그 구멍이 내 가슴에 뚫린 것 같았다. 아빠는 걱정도 안 되는지 자동차 위에 누워 페이스트리를 잘도 먹었다. 그 입으로 먹기만 한 건 아니었다. 입으로는 빵을 우물거리면서, 눈으로는 하늘에 있는 별을 보면서, 아빠는 문득 말했다.

공중에 모래로 된 성 하나 지어볼까?

그때 아빠가 봤던 별은 인공위성이 틀림없다. 별에 속았듯이 우리도 아빠의 말에 속았다. 그러니까, 공중에 짓는 모래성이 그 순간에는 멋있어 보였다는 뜻이다. 나와 오빠는 페이스트리를 먹던 입을 멈추고 아빠를 쳐다보았다. 아까 아빠가 목소리를 팔자고 말했을 때와는 다른 반응이었다. 아빠는 헛기침을 하더니 말을 이었다.

알다시피 우리에게 남은 건 몸뚱어리 하나뿐이다. 한데 몸뚱어리도 험하게 굴리면 남아나는 게 없지. 굴리고 굴려도 살아남을 수 있는 건 목소리뿐이다. 나는 너희들을 사랑하고 또 사랑해서, 너희들의 몸뚱어리가 빨리 닳는 건 원치 않는다.

목소리도 많이 쓰면 쉬잖아요?

오빠가 물었다. 아빠는 오빠를 사랑스럽게 쳐다보며 말했다.

그러니까 안 쉴 만큼만 하잔 말이다. 모두가 힘을 합하면 무리할 필요가 없어.

목소리를 어떻게 팔 건데요?

나도 관심을 보이는 척했다. 아빠는 신나서 말을 이었다.

세상에는 욕하고 싶어도 못 하는 사람들이 많고, 이들은 결국 화병이 나 병원에 가느라 쓸데없이 돈과 시간을 낭비하곤 하지. 그

228

래서 스트레스를 그때그때 해소해주는 게 필요한데, 우리가 그 역할을 하는 거다. 그들이 마음껏 욕하게 해주고 그 욕을 합창으로 따라 하는 거야. 시원하게 욕하고 나면 쓸데없는 위로는 필요하지 않다.

그게 말이 돼요?

아빠의 말이 끝나자마자 나는 소리를 빽 질렀다. 막내가 입술을 삐죽거렸다. 얼른 막내의 등을 토닥였다. 아빠의 입이 페이스트리를 먹는 데 집중하기를 바랐지만 아빠는 아랑곳하지 않았다.

스트레스가 많은 시대야. 틈새 전략이 필요하다니까.

나는 막내처럼 입을 다물었다. 이럴 때는 말을 못 하는 막내가 승리자 같았다.

그러니까, 우리가 페이스트리가 되는 거군요.

오빠가 페이스트리를 들어 올리며 말했다. 오빠는 뜬금없는 구석이 있었다. 아까 책을 쌀 때와는 반대로 덤덤해 보였다. 배낭에 책을 몇 권이라도 넣어왔다는 것이 오빠에게 힘을 주는 모양이었다. 오빠가 말을 이었다.

우리가 겹겹의 목소리들로 합창하면, 페이스트리처럼 멋진 목소리가 구워져 나오는 거죠. 겹과 겹 사이의 구멍들은, 그러니까 살면서 어쩔 수 없이 생기는 구멍들은, 굳이 메우지 않고 말이지요. 억지로 위로하는 게 구멍들을 메우는 거라고 생각하면….

그럼, 그럼. 억지로 다 채우려고 하다가는 체하지. 비어 있는 대로 사는 것도 나쁘지 않아. 역시 문학 하는 너희 오빠가 하나를 말하면 열을 안다.

아빠는 만족스러운 미소를 지었다. 곧이어 아빠의 손이 내가 들고 있는 봉지에 들어와 마지막으로 남은 페이스트리를 집었다.

아, 나중에 먹으려고 아껴둔 건데!

내가 소리를 질렀지만 아빠는 두 손가락으로 집은 페이스트리를 천연덕스럽게 한입에 넣었다.

* * *

남은 돈을 긁어모아 주황색 포장마차 천막을 샀다. 인터넷이나 공장에서 산 게 아니었다. 떡볶이 포장마차를 접으려는 남자에게서 헐값에 넘겨받았다. 이것도 오빠의 아이디어였다. 남자가 떡볶이 포장마차를 접는다는 정보를 일주일 전에 들었던 것이다. 이럴 때 보면 은근히 해결사였다. 남자는 점포를 사서 가게 이전을 하는 것이었으므로 선심 쓰듯이 쓰레기봉툿값만 받았다. 포장마차에서 쓰던 의자도 덤으로 한 개 주었다.

남자는 트럭에 올라타면서 한마디 덧붙였다.

거, 보아하니 길에서 자려는 것 같은데, 천막 가지고 바람 막기는 어림도 없소.

아빠는 호기롭게 대꾸했다.

우리가 덮는 게 아니라 사람들의 시린 마음을 덮어주려고 합니다.

아빠의 말에 남자는 어깨를 한 번 올렸다 내렸다. 아빠가 이어서 말했다.

동작대교까지만 데려다주시오.

대리운전이라도 부른 것처럼 당당한 목소리였다. 남자는 우리가 다리 밑에서 천막 치고 잘 거라고 오해했는지 고개를 끄덕였다.

우리는 짐짝처럼 트럭 뒤에 실려 동작대교로 향했다. 내가 막내를 안은 채 가운데에 앉고 오빠와 아빠가 양옆에 앉았다. 트럭이 과속 방지턱을 넘을 때마다 몸이 위로 솟았다가 내려갔다. 놀이기구를 타는 것 같았다. 남자는 운전을 거칠게 했다. 몸이 올라갈 때마다 막내의 배를 더 꽉 끌어안았다. 비라도 오려는지 하늘이 어두웠다. 주황색 천막이 있으니 비가 와도 걱정 없었다. 역시 마음을 덮기 전에 추운 몸을 덮는 게 우선이었다.

천막을 손바닥으로 쓸어보았다. 사포처럼 거칠었다. 너무 부드럽지 않아서 좋았다. 부드럽기만 하면 체할지도 몰랐다. 감당할 수 있을 만큼만 느끼는 것. 그것이 엄마가 떠난 뒤 시린 마음을 덮기 위해 내가 썼던 방법이었다.

막내는 그 와중에도 의젓하게 손가락을 빠는 데 열중했다. 오빠는 귀를 덮은 머리를 만지작거리면서 때 묻은 노트를 꺼내 일기를 썼다. 글씨 쓰는 것을 보기만 해도 멀미가 날 것 같았다. 나는 노트를 한 번 보았다가 고개를 들어 풍경을 보았다. 한강이 보이기 시작했다. 다리 위를 지나는 자동차들이 잔잔해 보였다.

오빠의 모습을 본 아빠가 말했다.

노트 아껴 써라.

오빠가 고개를 왼쪽으로 기울이자 아빠가 말을 이었다.

합창단 명함을 만들 귀한 종이다.

오빠가 처음으로 반항하려고 했을 때 트럭이 멈췄다. 남자는 경적을 세 번 울리는 것으로 인사를 대신했다. 천막이 생각보다 무거워 아빠와 오빠가 같이 들었다. 아빠는 의자까지 다른 쪽 어깨에 짊어졌다.

한강 쪽으로 내려오니 더위를 피해 나온 사람들이 보였다. 돗자리나 텐트에 앉아 있는 가족들과 연인들이 눈에 띄었다. 우산을 펴놓고, 아직 날이 저물지 않았는데도 돗자리에 누워 있는 사람들도 있었다. 목줄을 맨 강아지를 산책시키는 선글라스를 낀 여자도 보였다. 대여섯 살쯤 되어 보이는 남자아이와 아이의 아빠가 캐치볼을 했다. 남자아이가 던진 공은 아이의 아빠를 매번 비켜나갔다. 돗자리 위에는 치킨과 맥주 캔, 과자 봉지와 과일 들이 널려 있었다. 음식에 눈길을 주지 않기 위해 노력했다. 비둘기들도 음식을 노리고 있는지 돗자리 주위를 분주하게 돌아다녔다.

우리는 매점에서 최대한 멀리 떨어진 곳에 자리를 잡았다. 먹을 것을 보게 되면 나도 모르게 훔칠지도 몰랐다. 눈에서 멀어지면 마음에서도 멀어진다. 다행히 아직은 배낭에 페이스트리가 많이 남아 있었다. 돈을 벌 때까지는 이걸로 버텨야 했다. 아빠와 오빠는 어설픈 솜씨로 천막을 쳤다. 나는 막내를 안은 채 천막 치는 것을 쳐다보았다. 아빠는 내 쪽으로 고개를 돌리지도 않고 말했다.

발성 연습이나 해라.

그 말이 끝나자마자 막내가 물고기처럼 입을 빠끔거렸다. 나도 막내를 따라 입을 뻐끔거려 보았다. 돈이 없어 몇 달 전에 끊은 담배만 피우고 싶어질 뿐이었다. 입맛만 다시다가 입을 다물었다. 트림이 나왔다. 입안에서 오늘 아점으로 먹은 페이스트리의 맛이 느껴졌다.

천막을 친 뒤 아빠는 나와 오빠에게 1,000원짜리 두 장을 주었다. 페이스트리를 사고 남은 돈이라고 했다. 그 돈으로 피시방에 가서 광고 글을 올려야 했다. 피시방은 걸어서 30분 이상 걸리는 거리에 있었다. 피시방에 갔다 오면 오늘 먹은 페이스트리가 다 소화될 것 같았다.

피시방에는 자리가 많았다. 내가 컴퓨터를 켜고 인터넷에 접속하는 동안 오빠가 노트를 꺼내 광고 문구를 만들었다. 오빠가 만든 광고 문구는 딱 세 줄이었다.

목소리를 구워드립니다.

위로를 주는 페이스트리 합창단

- 동작대교 밑 주황색 천막으로 오세요.

나는 이 글을 인터넷 카페에 올리고 기사 댓글 창에도 붙여 넣었다. 한 시간이 금방 지나갔다. 게임 하는 사람들이 시켜 먹은 컵라면 냄새가 코를 찔렀다. 오빠도 게임 하는 사람들을 쳐다보았다. 게

임 화면을 쳐다보고 있는지 아니면 컵라면을 쳐다보고 있는지는 알 수 없었다.

돌아오는 길에는 발걸음이 더 느렸다. 천막에 돌아오자마자 오빠는 남은 노트를 모두 찢었다. 찢은 종이를 다시 여섯 개로 나누었다. 여섯 개의 종이에 각각 광고 문구 세 줄을 그대로 썼다. 나도 오빠를 따라서 명함을 만들었다. 수제 명함인 셈이었다. 오빠와 나는 그 명함을 들고 나가 돗자리와 텐트에 있는 사람들에게 나누어주었다. 사람들은 그게 치킨집 명함인 줄 알고 받거나, 받지 않았다.

우리에게 가장 먼저 관심을 보인 사람들은 한강에 죽치고 있던 낚시꾼들이었다. 그들은 명함을 받지 않고도 알아서 천막 쪽으로 다가왔다. 포장마차라도 생긴 줄 알고 온 그들은 곧 실망했다. 그들이 발걸음을 돌리려고 하자 아빠가 소리를 질렀다. 첫 손님을 그대로 보낼 수는 없었다. 그들도 잠재 고객이었다. 단순한 한량이 아니었다. 속에 쌓아둔 욕이 많았던 것이다.

그들이 편하게 속말을 할 수 있도록 내가 시범을 보여주었다. 된소리와 비하된 동물과 부정적인 숫자가 튀어나오자 그들의 얼굴이 붉어지다 못해 푸르러졌다. 그때를 놓치지 않고 아빠와 오빠가 합창으로 외쳤다.

지금입니다. 욕하고 싶은 사람에게 마음껏 욕하세요! 당신을 지지하는 이들이 여기에 있습니다!

그 노래를 들은 그들은 자기도 모르게 상사와 아내를 욕했다. 아빠는 사이사이에 추임새를 넣는 것도 잊지 않았다.

좋습니다. 잘하고 있습니다. 더, 더, 더!

* * *

제기랄, 내가 무슨 주물주라도 되는 줄 아나.

주물주가 뭐죠?

조물주처럼, 제가 주식을 다 아는 것처럼 여긴다니까요, 그 새끼
가. 제가 주식으로 이익 좀 본 걸 어디에서 들었는지 주식 투자 팁
좀 몰래 알려달라고 낮이건 밤이건 시도 때도 없이 연락해서 노이
로제 걸리겠어요. 그러다 손해 보면 욕하면서 눈치 주고, 제가 낸
보고서는 거들떠도 안 봐요. 제 말은 다 무시하고. 그러다가 며칠
뒤에 또 살살 달래면서 팁 달라고 하고…. 이러다가는 고객들보다
제가 먼저 중병 걸려서 보험료 타 먹겠네요, 제기랄.

합창을 시작하기 전에 5분 내외로 진행하는 면담에서 눈에 핏발
이 선 남자가 소리쳤다. 여의도에 있는 보험 회사에 다니는 남자는
회사에서 상사에게 하지 못한 욕을 여기서라도 시원하게 하고 싶다
고 했다. 아빠는 큼, 하고 헛기침을 하더니 오빠에게 눈짓했다. 주
식에 관해서는 모르지만 아빠는 한때 도박에 심취했던 적이 있었
다. 아빠가 그 이야기를 하게 되면 본업에 충실하지 못할 수 있으니
오빠에게 바통을 넘기려는 것이었다. 오빠가 왼쪽 머리를 귀 뒤로
넘겼다. 본격적으로 말하기 위한 준비 자세였다. 나는 오빠가 입을

떼기 전에 앞으로 한 발짝 나오며 말했다.

제대로 호구 되셨네요. 욕할 준비 하세요.

남자는 천막 밖에 있는 의자에 앉았다. 포장마차에서 받은 등받이 없는 빨간색 플라스틱 의자였다. 남자는 등을 꼿꼿이 편 채 천막 쪽을 노려보았다. 나는 숫자를 셌다. 하나, 둘, 셋. 경쾌한 밴드음악이라도 나와야 할 것 같은 인트로였다. 남자는 곧 냅다 소리를 질렀다.

언제까지 이따위로 할 거야? 내가 호구냐?

남자의 말에 이어 소프라노, 테너, 바리톤의 목소리가 어우러져 나왔다.

언제까지 이따위로 할 거야? 내가 호구냐?

욕 합창을 듣는 남자의 어깨가 들썩였다. 자세도 점점 낮아졌다. 고개가 떨어지고 등이 굽었다. 구조 조정에서 살아남기 위해 불평을 억지로 누르던 습관이 배어 있는 동작이었다. 호구라는 단어 하나만 발음해도 누가 들을까 봐 움츠러들었다. 남자는 급기야 머리를 감싸 쥐었다. 허리가 둥글게 말렸다.

침묵이 길어졌다. 나는 빈 시간을 참지 못하고 남자를 향해 외쳤다.

지금이 기회예요. 욕하고 싶은 사람에게 마음껏 욕하세요! 당신을 지지하는 이들이 여기에 있습니다!

그 말에 남자가 고개를 들었다. 머리를 감쌌던 손이 허벅지 위로 툭 떨어졌다. 입술 근육이 풀어지고 있었다. 물속에서 얼음이 저절로 녹는 것처럼 몸속 깊은 곳에서 얼어 있던 목소리가 녹아 튀어나왔다.

개자식아, 못 한다고 했잖아! 해보고 나서 시켜. 막 던지지 말고. 돈만 주면 다 되는 줄 알아? 내가 자판기냐? 푼돈 넣고 음료수가 덥석덥석 나오길 바라는 고약한 심보라니, 미친놈. 네가 월급 주는 것도 아니잖아!

이제는 지휘자가 된 남자를 따르는 합창이 이어졌다.

개자식아, 못 한다고 했잖아! 해보고 나서 시켜. 막 던지지 말고. 돈만 주면 다 되는 줄 알아? 내가 자판기냐? 푼돈 넣고 음료수가 덥석덥석 나오길 바라는 고약한 심보라니, 미친놈. 네가 월급 주는 것도 아니잖아!

한꺼번에 욕을 쏟아낸 남자가 숨을 몰아쉬었다. 몇 초 후 낮에 직장 상사 앞에서 못 했던 말들이 또 튀어나왔다. 남자가 목소리를 반죽하기 시작하면 합창단이 이스트가 되어 반죽을 부풀렸다. 페이스트리를 만들 때 밀가루, 이스트, 소금, 설탕, 버터, 분유, 계란 등 기본적인 재료만 필요한 것처럼, 합창도 기본적인 목소리만 있으면 되었다.

곧 '페이스트리 합창단'이 만든 페이스트리가 완성되었다. 페이스트리 안에 있는 겹겹의 살처럼 겹겹의 목소리로 만들어진 페이스트리였다. 천막이 열리고 손 하나가 나왔다. 내민 손에는 길쭉한 페이스트리가 얹혀 있었다. 크루아상이라고도 불리는 빵이었다. 남자가 의자에서 일어나 천막 쪽으로 다가갔다. 그리고 잘 구워진 페이스트리를 집어 들고서 미소 지었다. 페이스트리의 주름 사이에 명함 한 장이 꽂혀 있었다. 남자는 페이스트리를 한 입 베어 물면서 멀어져 갔다.

감사합니다. 또 오십시오.

천막 안에서 마지막 말이 흘러나왔다. 묵직한 바리톤이었다.

바로 합창 들어가 주세요. 지금 당장 욕 안 하면 화병 날 것 같거든요.

50대 초반의 여자가 말했다. 여자의 얼굴이 상기되어 있었다. 한 손에 핸드폰을 꼭 쥔 채였다. 여자가 핸드폰을 쥔 손을 흔들며 소리쳤다.

방금 시어머니와 통화했는데 글쎄, 몸살 나서 꼼짝 못 하겠으니 내려와서 김장이랑 대청소 좀 하고 가라는 거예요. 제가 일꾼으로 고용된 게 아니잖아요? 나도 요새 허리랑 다리랑 다 아파서 내 집 안일도 못 하는구먼. 아, 어떻게 시작하면 될까요?

오빠가 여자를 천막 밖으로 정중하게 안내했다. 페이스트리 합창단은 천막 안에 나란히 섰다. 막이 오르고 여자의 선창이 시작되었다. 여자는 한숨을 한 번 쉬었다. 그러고는 손에 쥔 핸드폰을 내려다보며 말했다.

회사면 사표 쓰고 때려치우기라도 하지. 이건 휴직도 없고 퇴직도 없고 누구 하나 죽어야만 끝난다는 거야? 나랑 전생에 무슨 원수가 졌길래 그래? 시베리아에서 귤 까먹는 소리 하고 있네.

천막 안에서 합창이 흘러나오기 시작했다. 아빠의 목소리가 유난히 컸다. 귤이라는 단어가 나오자 막내가 침을 흘리기 시작했다.

회사면 사표 쓰고 때려치우기라도 하지. 이건 휴직도 없고 퇴직도 없고 누구 하나 죽어야만 끝난다는 거야? 나랑 전생에 무슨 원수가 졌길래 그래? 시베리아에서 귤 까먹는 소리 하고 있네.

여자는 고개를 들고 눈을 부라리며 말했다.

개같이 부려먹고 싶으면 네 아들이나 딸 부려먹어.

개같이 부려먹고 싶으면 네 아들이나 딸 부려먹어.

아, 내가 했지만 마지막 욕이 참 좋네요. 속이 뻥 뚫리네. 그 부분만 반복해서 합창해주실 수 있을까요?

개같이 부려먹고 싶으면 네 아들이나 딸 부려먹어. 개같이 부려먹고 싶으면 네 아들이나 딸 부려먹어. 개같이 부려먹고 싶으면 네 아들이나 딸 부려먹어. 개같이 부려먹고 싶으면 네 아들이나 딸 부려먹어. 개같이 부려먹고 싶으면 네 아들이나 딸 부려먹어. 개같이 부려먹고 싶으면 네 아들이나 딸 부려먹어⋯

합창 소리를 배경 음악으로 들으면서 여자는 시어머니에게 전화를 걸어 말했다.

여보세요? 네, 어머니. 죄송하지만 이번에는 못 내려갈 것 같아요. 저도 요즘 몸살 기운이 좀 있어서요. 대신 김치 좋은 데서 사서 보내드리고 청소 업체도 좋은 데 전화번호 알려드릴게요. 저보다 전문가들이니까 더 마음에 드실 거예요. 그리고 아프시면 며느리가 아니라 의사를 부르셔야죠. 네? 주위에서 무슨 소리가 나는 거냐고요? 아이들이 재잘거리는 소리예요. 여기 한강공원이거든요. 네, 어머니. 귀가 잘 안 들리셔서 잘못 들으신 거예요. 네, 네. 또 연락드릴게요.

전화를 끊은 여자는 홀가분한 표정을 지었다. 천막 속에서 페이스트리 합창단이 나왔다. 오빠가 여자에게 페이스트리 명함을 내밀었다. 여자는 명함을 한참 들여다보았다.

고맙습니다.

여자가 작지만 분명한 목소리로 말했다. 그리고 명함이 꽂혀 있던 페이스트리를 두 입 만에 꼭꼭 씹어먹으면서 힘차게 걸어갔다.

합창에 중독된 이들은 반드시 천막을 다시 찾아왔다. 직장 상사에게 깨지거나 시부모에게서, 선생에게서, 부모에게서 잔소리를 듣고 온 날에는 포장마차에서 소주를 기울이거나 숨죽여 우는 대신 이곳에 왔다. 그들은 자신의 목소리를 따라오는 목소리들을 들으며 되뇌었다. 이들만큼은, 이 메아리만큼은 내 편이다. 흘러나오는 목소리들에 자신의 목소리를 한 겹 더하기도 했다. 마지막에는 마침내 "합창을 하는 순간만큼은 스트레스가 풀렸어" 하고 중얼거릴 수 있었다.

손님들은 한번 오기 시작하자 계속 이어졌다. 한강은 입소문도 빠른 곳이었다. 학생은 선생을, 자식은 부모를, 부모는 자식을 욕했다. 자매나 형제를, 친구를, 심지어는 자기 편이 되어주지 않은 신을 욕하기도 했다. 우리가 따라 한 욕을 듣고 나서야 사람들은 비로소

240

웃었다. 이마에 그어졌던 주름이 눈 옆으로 옮겨갔다. 합창은 술 몇 잔이나 담배 몇 개비보다 건강에도 훨씬 좋았다.

목소리를 구운 페이스트리의 가격은 우리가 먹는 페이스트리보다 세 배 이상 비쌌다. 그 돈으로 많은 일이 가능했다. 막내의 우유를 사고, 내 생리대를 사고, 아빠의 소주를 사고, 오빠의 노트도 샀다. 오빠가 산 게 제일 아까웠지만 노트는 명함으로 활용할 수 있으니 바가지 긁지 않기로 했다.

나는 매일 밤 지폐들을 세며 아빠를 향해 엄지손가락을 치켜세웠다. 그리고 하루 종일 했던 합창이 아니라 내가 유일하게 하고 싶던 말을 했다.

능력자네, 아빠.

아빠는 내 말에 낮고 낮은 목소리로 답했다.

능력자다, 아빠.

* * *

동작대교의 위아래에 붉은색 구름이 번졌다. 넓게 퍼진 노을을 배경으로 한강에서 한 가수가 버스킹을 했다. 날씨와 어울리지 않게 비와 관련된 발라드였다. 정확히 말하면 비와 눈물에 관한 노래였다. 음원 차트에서 1위를 달리고 있어 대부분의 사람들이 아는 노래이기도 했다. 가수를 둘러싼 사람들은 각자의 돗자리에서 먹고 마시면서도 귀는 가수 쪽으로 열어두었다. 가수는 버스킹을 유튜브로 방송하고 있었다. 눈을 지그시 감은 채 원곡의 가수와 비슷한 목소리와 창법으로 노래를 불렀다.

빗물이 눈물로 흐르고 네가 내 마음속에 흐르고….

지랄도 풍년이다. 너한텐 내 눈물도 아까워. 비처럼 눈물 죽죽 흘리게 해줄까?

지랄도 풍년이다. 너한텐 내 눈물도 아까워. 비처럼 눈물 죽죽 흘리게 해줄까?

가수의 노래에 갑자기 잡음이 섞였다. 한 사람의 말에 이어 합창으로 같은 말이 반복되었다. 사람들의 시선이 소리가 나는 쪽으로 향했다. 귀도 그쪽으로 잽싸게 이사했다. 가수도 사람들과 같은 방향으로 시선을 돌렸다. 소리는 버스킹 장소에서 100미터 떨어진 주황색 천막에서 흘러나오고 있었다.

페이스트리 합창단은 헤어진 애인을 향한 욕을 합창하던 중이었다. 오빠가 누구보다 열심이었다. 오빠는 두 주먹을 불끈 쥐면서 합창했다. 전쟁터에 나가기 전에 결의를 다지는 전사 같았다. 20대 중반의 의뢰인은 사흘 전까지 잘 만나던 애인이 갑자기 잠수를 타는 바람에 눈이 거의 뒤집힌 상태로 왔다. 눈에만 안 보였지 입에 거품을 문 듯했다. 덕분에 합창 속도도 지금까지 했던 수많은 작업 중에서 가장 빨랐다.

갑자기 끼어든 합창 때문에 잠시 멈칫했던 버스킹 가수는 애절한 노래를 꿋꿋이 이어갔다.

안 먹던 초콜릿을 너 때문에 즐겨 먹게 되었어. 달달한 마음을 먹는 것 같아….

나 사실 생선 존나 싫어하는데 너 때문에 억지로 먹었어. 연어 무한 리필집 갔을 때 몰래 토했어.

나 사실 생선 존나 싫어하는데 너 때문에 억지로 먹었어. 연어 무한 리필집 갔을 때 몰래 토했어.

하늘 대신 내가 울게….

네가 하늘만큼 울길 바랄게.

네가 하늘만큼 울길 바랄게.

의뢰인은 가수의 노랫말을 바로바로 응용해서 욕하는 재주가 있었다. 버스킹을 구경하던 사람들이 주황색 천막 쪽을 찍기 시작했다. 버스킹 가수도 결국은 방송하던 핸드폰을 합창단 쪽으로 돌렸다. 합창은 가수의 유튜브를 통해 곧바로 생방송되었다. 그 영상은 가수의 유튜브 채널에서 조회 수와 댓글 수가 가장 높게 나왔다.

그 뒤로 한강을 찾는 방송인들이 많아졌다. 의뢰인으로 와서 돈 내고 합창하는 장면을 방송으로 내보내는 이들은 양반이었다. 한강에 놀러 온 사람들도 수시로 천막을 기웃거리며 합창 장면을 찍었다. 한 BJ는 아예 천막 근처에 자리를 잡고 합창을 배경음으로 깔고서 방송하기도 했다.

합창 방송이니 합방인가? 여러분이 생각하는 그 합방 아닌 거 아시죠? 하하핫.

아, 완전 저질. 날로 먹고 있네.

밖에서 들려오는 소리에 나는 불만을 토했다. 내 말에 오빠가 말했다.

손님 더 늘어났으니 개런티 받은 셈 쳐.

개런티가 뭐야?

그렇게 쉬운 단어도 모르냐? 역시 사람은 책을 읽어야 해.

그런 말 안 써도 잘 살 수 있어.

아빠가 또 오빠 칭찬만 하자 심통이 나서 톡 쏘았다.

인터뷰 요청도 많이 왔지만 장사에 방해된다고 하면서 모두 거절했다. 버스킹을 했던 가수가 인터뷰 영상을 찍고 싶다면서 천막에 찾아와도 무시했다. 가수가 끈질기게 인터뷰를 요청하자 막내가 빼액, 하고 크게 울었다. 노래처럼 긴 울음이 이어지자 가수는 도망쳤다. 막내도 나날이 발전했다. 키운 보람이 있었다.

* * *

장사를 시작한 지 한 달째 되는 날이었다. 가을 같지 않게 폭우가 쏟아졌다. 우리는 날씨가 궂은 날에는 천막 안에서 잠이나 늘어지게 잘 정도로 여유가 늘었다. 엄마 없이도 잘 살고 있는 것 같았다. 가끔 학교가 그립기도 했지만, 그 대상은 친구나 선생님이 아니라 화장실에서 몰래 피우던 담배나 매점에서 사 먹었던 피자 호빵의 맛이었다.

그날도 우리는 장사를 접고 낮부터 천막에 누워 있었다. 아빠와 오빠는 코까지 골면서 잤다. 이제는 배가 고파도 페이스트리를 먹지 않았다. 처음에 배낭에 담겨 있던 페이스트리 중에서 마지막 하나를 남겨 천막에 걸어두었다. '페이스트리 합창단'의 간판이었다.

점심으로 컵라면과 김밥을 잔뜩 먹고 기분 좋게 배를 두드리며 자려고 했을 때였다. 천막이 좌우로 갈라졌다. 갈라진 틈으로 빗물이 먼저 들어왔다. 우산에서 떨어진 빗물이었다. 얼굴에 빗물을 맞은 막내가 울상을 지었다. 팔다리를 버둥거리는 막내를 안으며, 천막으로 들어오는 사람을 보았다. 작은 랜턴 하나만 켜져 있어 천막은 어두웠다. 어둠 때문에 천막에 들어온 사람의 얼굴을 처음에는 자세히 보지 못했다. 이런 날씨에는 손님이 거의 오지 않기 때문에 긴장되었다. 천막에서 욕이 계속 흘러나오자 신고가 들어가 경찰이 몇 번 찾아온 적 있었기 때문이다. 술김에 그런 거라고 해서 이제까지는 넘어갔지만 계속 안전하다는 보장은 없었다. 천막을 다른 다리로 옮겨야 할지도 몰랐다.

천막으로 들어온 사람은 젊은 여자였다. 딱 봐도 경찰은 아닌 것 같았다.

오늘은 장사 안 해요.

내 말에 여자는 명함을 내밀며 말했다.

당신들을 돕기 위해 왔어요.

나는 명함을 보지도 않고 막내의 침을 닦아주며 시큰둥하게 말했다.

도움 필요 없어요.

여자는 당황하며 말했다.

하지만 당신들은… 이곳에서 노숙을….

그때 코를 고는 소리가 멈추었다. 나는 왼손으로 막내를 안고 오른손으로 오빠의 어깨를 흔들었다. 실눈을 뜬 오빠는 상황을 재빠르게 파악했다. 오빠는 도미노처럼 오른손으로 아빠의 어깨를 흔들었다. 아빠가 눈을 뜨기도 전에 여자가 뒤이어 말했다.

떼로 하고 있잖아요. 그리고 어린아이가 이렇게 밖에서 자면 위험해요.

위험이라는 말에 아빠가 벌떡 일어나더니, 곧바로 여자 쪽으로 얼굴을 들이밀면서 소리쳤다.

개자식아, 못 한다고 했잖아! 해보고 나서 시켜. 막 던지지 말고.

아빠는 이제 잠꼬대도 노래로 할 정도로 프로가 되었다. 아빠의 말소리는 기도처럼 쏟아졌다. 오빠와 나도 목소리를 더했다. 우리는 더 이상 초짜가 아니었다. 완전한 페이스트리였다. 각각의 층이라는 목소리를 지키면서 페이스트리를 맛있게 구울 줄 알았다. 안타깝게도 우리가 구워낸 페이스트리를 여자는 받을 생각이 없는 것 같았다. 여자의 표정이 겹겹이 구겨지기 시작했다. 여자는 차분한 표정을 유지하려고 애쓰면서 말했다.

전 방송 작가예요. 당신들을 섭외하려고 방송국에서 왔어요. 유튜브에서 유명하시더라고요. 큰 무대에서 합창 한번 해보셔야죠.

우리 무대는 여기뿐인데요.

호의를 무시하면 당신들만 손해예요.

호의? 그게 뭐지. 호빵처럼 먹는 건가?

내 말에 여자는 말문이 막혔는지 입을 닫았다. 잠이 깬 아빠가
이어서 말했다.

당신 방송 작가 맞아?

왜 저희 생활까지 신경 쓰시죠? 사회 복지사라도 되나요?

우리는 사회에 있지도 않고, 복지도 필요 없는데요.

아빠의 말을 시작으로 우리가 돌아가면서 한마디씩 하자 여자는
당황하며 말했다.

엄청난 기회예요, 이건. 진짜 큰 프로에 섭외하는 거예요.

안 그래도 하루에 열두 번씩 카메라 들고 유튜버네, 피디네 난리
라 귀찮아 죽겠는데 방송은 무슨 얼어 죽을 놈의 방송!

아빠가 코를 후비면서 말하자 여자의 얼굴이 새파래졌다. 여자
가 고개를 숙였다. 우는 게 아닌가 싶어 자세히 보았다. 여자가 곧
고개를 들고 말했다. 여자의 얼굴에는 눈물 대신 짜증이 묻어 있
었다.

아, 스트레스. 이런 날씨에 외근도 짜증 나는데.

네?

저도 스트레스 좀 풀고 가도 될까요? 방송 작가도 스트레스 많아
요. 출퇴근 시간도 따로 없이 밤낮 시달리고…. 비정규직인 데다 돈
도 적은데, 제작비 메우느라 월급까지 밀렸어요. 그래서 이 방송이
잘돼야 하는데….

여자가 자신의 사연들을 늘어놓았다. 섭외자가 아니라 의뢰인으
로 온 거라면 상황이 달라진다. 아빠가 고개를 끄덕였다. 우리는 합

창할 준비를 했다. 여자를 의자에 앉히고 일렬로 섰다. 10초 만에
여자의 욕이 시작되었다.

엿 같네. 이럴 거면 편의점처럼 시급으로 쳐줘라. 일한 시간이라
도 계산하게. 넌 귀족이고 난 노예냐?

엿 같네. 이럴 거면 편의점처럼 시급으로 쳐줘라. 일한 시간이라
도 계산하게. 넌 귀족이고 난 노예냐?

미친, 일은 빛처럼 해야 하고 정산은 빚처럼 늦게 하냐?

미친, 일은 빛처럼 해야 하고 정산은 빚처럼 늦게 하냐?

여자의 목소리에는 힘이 넘쳤다. 한참 동안 욕한 뒤 여자가 후련
한 표정으로 한숨을 쉬었다. 그 모습을 본 오빠가 말했다.

아, 이제야 인간미가 좀 느껴지네요. 쓸데없이 고상한 척할 필요
가 없죠.

뭐, 힘들게 일하면서 여기까지 온 성의가 있는데 한번 나가볼까?

아빠의 말에 여자의 얼굴이 환해졌다. 여자가 약간 들뜬 목소리
로 말했다.

잘 생각하셨어요. 이번에 가족 특집 생방송을 하는데, 당신들 같
은 특별한 가족이 필요해요. 생방송에서 여러분의 상황을 잘 보여
주시면 특별 후원금 5,000만 원을 받아 재기할 수 있습니다. 흔하
게 오는 기회가 아니죠.

5,000만 원?

아빠와 오빠가 동시에 외쳤다. 아빠의 벌어진 입은 다물어질 줄
몰랐다. 막내도 큰 소리에 놀랐는지 입을 벌린 채 침을 흘렸다. 태

어나서 한 번도 만져보지 못한 큰돈이었다. 아무에게나 그런 돈을 주지는 않을 터였다. 우리는 역시 특별한 가족이었다. 특별하다는 말은 불꽃이 되어 내 마음에 튀었다.

아빠가 물었다.

지역 방송입니까, 전국 방송입니까?

당연히 전국 방송이지요.

전국 방송이라는 말에 오빠의 눈썹이 잠깐 꿈틀했다. 나와 똑같은 생각을 하고 있는 것 같았다. 나도 모르게 입 밖으로 속마음이 새어 나왔다.

엄마를 찾을 수 있을지도 몰라.

내 말에 여자가 반색하며 말했다.

방송에 나와서 그 말을 꼭 하세요. 엄마가 보고 싶고, 엄마를 찾고 싶다고 말입니다. 헤어지게 된 사연을 말하면 더 좋고요. 단, 언어 순화는 해주셔야 합니다. 방금 했던 욕은 방송에 못 나가거든요.

그때 나는 이미 엄마라는 말을 했던 것을 후회하고 있었다. 방송에서 엄마에 대해 말하면 안 될 것 같았다.

아빠는 페이스트리 합창단을 위해 이만한 홍보는 없다면서 좋아했다.

제대로 합창을 해보자고.

여자는 재주가 있는 가족일수록 유리하다고 덧붙였다.

여자가 돌아간 뒤에 오빠는 아빠에게 점잖게 말했다.

방송에 나갈 때는 언어 순화를 해요.

그렇게 어려운 말을 단번에 외우다니…. 오빠를 조금은 인정하기로 했다. 아빠는 오빠의 말에 코웃음 치며 말했다.

사업은 정직하게 해야 하는 거다.

* * *

생방송은 일주일 뒤에 있었다. 대기실에는 다른 가족들이 많았다. 열다섯 팀은 되는 것 같았다. 우리의 순서는 열 번째였다. 테이블에는 스태프들이 가져다 놓은 간식들이 많았다. 마트에서나 보았던 빵과 과자, 과일, 음료수가 가득했다. 빵 중에는 페이스트리도 있었다. 우리는 페이스트리를 집었다. 페이스트리를 씹으니 마음이 안정되는 것 같았다.

밤 10시가 되자 방송이 시작되었다. 방청객의 환호성이 울려 퍼졌다. 밴드가 경쾌한 리듬을 연주했다. 중앙에 있는 빨간 커튼이 양쪽으로 젖혀지자 엠시가 힘차게 나왔다. 텔레비전을 거의 보지 못한 나도 알 정도로 유명한 사람이었다. 아나운서 출신의 엠시가 힘차게 외쳤다.

안녕하십니까, 후원 서바이벌 오디션 〈가족의 부활〉 첫 방송이 시작되었습니다! 5,000만 원의 후원금을 받아 새롭게 부활하게 될 단 하나의 가족은 누구일까요? 모두 기대해주시고 소중한 한 표 부탁드립니다!

엠시의 말은 한국말인데도 어려웠다. 서바이벌 오디션은 무엇이며, 선거 기간도 아닌데 소중한 한 표라는 말은 왜 나와야 하는지 알 수 없었다. 재주를 넘는 곰이 된 것 같았다. 패널들과 청중 평가단들은 손에 단말기를 하나씩 들고 있었다. 투표 도구였다. 공부를 못 하고 들어간 시험장에서 시험을 보는 느낌이었다.

다른 가족들은 가면을 쓰기도 하고, 동물 옷을 입기도 하고, 서커스 옷과 도구들을 가져오기도 했다. 우리에게는 아무것도 없었다. 있는 것은 목소리뿐이었다. 인터뷰에서 말할 내용을 연습하는 가족들도 있었다. 무대에서 보여줄 공연을 최종적으로 맞춰보기도 했다. 하나같이 준비된 모습이었다. 있는 그대로의 모습을 보여주는 게 아니었다.

우리는 합창 연습을 할 생각도 못 하고 화면만 멍하니 보았다. 무대에서 동요에 맞추어 율동하는 가족도 있었고, 아이돌 춤을 추는 가족도 있었다. 차력이나 서커스를 하는 가족도 있었다. 하다못해 훌라후프를 돌리거나, 단체 줄넘기를 하거나, 앞구르기를 하기도 했다. 노래하거나 웅변하는 아이도 있었다. 무대에서 날아다니던 그들은 인터뷰할 때에는 눈물을 흘리거나 고개를 숙였다. 한 가족의 무대가 끝날 때마다 엠시가 많은 투표 부탁드린다는 말을 빼놓지 않고 했다. 엠시의 말이 끝나면 가족마다 하나씩 배정된 전광판에서 숫자가 올라가기 시작했다. 나는 말없이 페이스트리만 뜯었다. 아빠의 얼굴이 눈에 띄게 구겨지기 시작했다. 아빠의 얼굴을 그대로 접으면 금방 페이스트리를 만들 수 있을 것 같았다.

무대가 끝난 가족들은 대기실로 왔다. 그들은 손을 맞잡고 숫자가 올라가는 모습을 지켜보았다. 이번에는 사자 우리에 들어간 것 같은 표정을 하고 있었다. 후원금을 받으면 뭘 할 건지 소곤거리기도 했다. 내 품에 안겨 있던 막내는 그들이 말할 때마다 입을 뻐끔거리면서 그 말을 따라 했다. 평소에는 잘 시간인데도 막내의 눈동자는 또렷했다. 방송 체질인 것 같았다.

드디어 우리의 차례가 왔다. 우리는 한 줄로 걸어갔다. 아빠가 앞장서고, 내가 막내를 안은 채 그 뒤를 따르고, 오빠가 맨 마지막으로 걸었다. 우리가 무대에 서자 엠시가 우리를 소개했다.

열 번째 참가자입니다. 이들은 한강 다리 밑에 살고 있는 가족입니다. 천막 안에서 매일 듣는 소리는 욕밖에 없고, 떨이로 파는 빵을 먹고 삽니다. 이 가족의 무대를 보시고 마음에 드시면 투표해주십시오.

우리의 시험장이었다. 원치 않은 시험장이기도 했다. 지금 왜 여기에 있는지 알 수 없었다. 우리는 다른 사람들의 스트레스를 풀어주고 싶었을 뿐이다. 남들의 판단을 받을 필요가 없었다. 우리의 합창을 바꾸고 싶지 않았다. 처음부터 그럴 이유가 없었다.

엠시가 나를 보며 물었다.

어머니는 언제 집을 나가셨나요? 그 후에 어떻게 살았는지 말씀해주세요.

엠시가 내 입 쪽으로 마이크를 가져다 댔다. 아빠의 얼굴을 보았다. 아빠는 비장한 표정으로 고개를 가로젓고 있었다. 나는 아빠의 신호를 눈치챘다. 엄마라는 말을 꺼내지 말라는 뜻이었다. 대신 우리의 일을 하면 되었다. 페이스트리 합창단의 무대가 시작되고 있었다. 내가 개시해야 했다. 나는 마이크에 대고 소리쳤다.

개자식아, 내가 호구냐?

내 노래가 끝나자마자 나도 모르게 눈을 꽉 감았다. 내 말에 이어 오빠가 평소보다 크고 단단한 목소리로 노래했다.

이따위 방송; 후원금 주기 전에 직원 월급 먼저 줘라! 노예 말고 직원 고용해라!

마지막으로 아빠가 쐐기를 박았다.

부활은 개뿔. 이 정도면 가족 종말이다!

* * *

우리는 단 한 푼의 후원금도 받지 못했다. 우리의 욕에 흥미를 느낀 사람들이 투표를 하기 시작했지만, 방송국에서 황급히 생방송을 끊고 광고를 내보냈다. 무대를 끝까지 마치지 못하고 내려오는 우리에게 몇몇 청중 평가단이 박수를 쳐주었다. 누군지 몰라도 고마웠다. 탈락한 가족은 우리만이 아니었다. 모두 함께 탈락했다. 욕설 방송으로 징계받아 첫 회 만에 방송이 폐지되었기 때문이다.

우리의 영상이 유튜브에 올라왔다. 조회 수와 댓글 수가 나날이 늘어났다. 케이블 방송국에서 의뢰인들의 사연을 받아 스트레스를 풀어주는 합창 프로그램을 만들고 싶다는 제안도 왔다. 당장 받아들일 수는 없었다. 집이 무너진 개미 떼처럼 우리 가족이 흩어졌기 때문이다. 그 제안을 완전히 내치고 싶지 않아 '언젠간'이라는 애매한 말로 답했다. 가족만 다 모인다면 유튜브 채널을 만들어서 합창을 올려도 될 것이다.

아빠는 우리가 방송을 말아먹었다는 것에 자부심을 가져야 한다고 말했다. 이번에도 아빠의 말에 속을 뻔했다. 기분은 나쁘지 않았다.

우리는 노래한 대로 부활 대신 종말을 맞이했다. 아빠는 어린 우리를 길에서 살게 하면서 욕을 가르쳐 장사를 했다는 이유로 아동학대죄로 처벌받았다.

아빠는 나와 헤어지기 전에 내 귀에 대고 말했다.

다시 페이스트리를 만들어라. 너는 반복을 잘하는 아이잖니.

나는 고개를 끄덕였다. 말과 눈물을 함께 삼켰다. 누구보다 점잖게 욕할 줄 알았던 오빠는 욕으로 시를 쓰는 시인이 되겠다며 떠났다. 욕부터 배웠던 막내는 욕을 잘하는 보육 교사가 있을 수도 있는 영아원에 갔다. 똑똑한 막내는 뭐든 잘 배울 것이다. 막내에게 반복하는 법을 가르쳐주지 못한 게 후회되었다. 자리를 잡으면 아빠와 오빠와 막내를 다시 불러 모을 것이다. 할 수 있다면 엄마도. 우리만의 합창을 다시 시작할 것이다. 페이스트리 합창단을 이어갈 것이다.

나는 아빠의 말에 따라 페이스트리를 굽기로 했다. 언젠가는 근사한 빵집에서 페이스트리를 만들 것이다. 페이스트리를 만드는 일에는 자신 있다. 끊임없이 반죽하고, 냉장고에 휴지시키고, 가로 10

센티미터에 세로 20센티미터의 삼각형 모양으로 잘라 둥글게 말아 주고, 오븐에서 12분 동안 굽기만 하면 된다. 목소리만으로도 페이스트리를 구워냈던 나다. 겹겹의 목소리들이 들어 있던 페이스트리가 고객들의 스트레스를 얼마간은 줄여주었을 것이다.

아빠가 페이스트리를 샀던 마트에 갔다. 늦게 퇴근한 이들이 여유를 즐기며 떨이로 파는 제품들을 사고 있었다. 그곳에는 공장에서 찍어낸 페이스트리들이 진열되어 있었다. 우리가 먹었던 것들이었다. 그리고 보니 나에게는 마지막으로 남은 페이스트리가 있었다. 바지 주머니에서 페이스트리를 꺼냈다. 천막에 간판 대신 걸어 두었던 거였다. 그것을 한 입 베어 물었다. 처음 만들었을 때 한없이 촉촉했을 빵 속은 거짓말처럼 아직 완전히 말라 있지 않았다. 찰기가 느껴졌다. 페이스트리를 이로 잘게 뜯어 껌처럼 잘근잘근 씹었다. 갈색 껍질이 낙엽처럼 옷에 떨어졌다. 침과 섞인 빵조각은 잘 넘어가지 않았다. 오래오래 씹다가 죽처럼 되었을 때 삼켰다. 페이스트리에서는 오래전에 느꼈던 맛이 났다.

공모전은 작가가 지망생 혹은 습작생이라는 타이틀을 벗을 수 있는 좋은 기회다. 특히 교보문고 스토리공모전은 순문학과 장르문학이라는 문학계의 일반적인 이분법을 벗어나서, 재미있고 흥미로운 이야기를 찾는 곳이다. 그래서인지 다른 공모전에서 볼 수 없는 독특한 아이디어로 채워진 작품들이 상당수 응모되었고, 그런 작품들이 좋은 점수를 받으며 선정되었다. 물론 반짝이는 아이디어가 전부는 아니다. 그 아이디어를 빛나게 해줄 구성과 캐릭터, 그리고 무엇보다 읽기 좋은 문장들이 있어야만 한다. 보통 작가들이 후배들에게 조언할 때 힘을 빼라는 말을 많이 쓴다. 신인 작가 시절에는 그게 무슨 소리인지 몰라서 키보드를 살살 누른 적도 있다. 힘을 빼란 얘기는 사실 너무 기대하지 말란 얘기다. 남들이 생각하지 못한 어떤 아이디어가 있다고 해도 그것만으로 좋은 성과를 거두기는 어렵다. 오히려 제대로 구상을 하지 못하고 서두르다가 좋은 아이디어를 망치는 경우가 많다. 이번 응모작들 중에서도 그런 작품들이 몇 개 보여서 많이 아쉬웠다.

공모전에는 시대적 흐름과 심사위원의 성향같이 수많은 변수들이 존재한다. 따라서 좋은 작품이면서 눈에 띄지 못한 작품들도 분명히 있을 것이다. 공모전은 작가에게 있어서 반드시 도전해야 할 과제이지만, 성과를 내지 못했다고 좌절하거나 포기할 필요는 없다. 나 역시 공모전에서 번번이 물을 먹었으니까 말이다. 탈락자의 심정을 누구보다 잘 알기에 눈을 크게 뜨고 한 번이라도 더 보려고 노력했지만 어쩔 수 없이 놓치거나 탈락한 작품들도 분명 존재할 것이다. 그러니 선정되지 않았다고 해도 좌절과 포기 대신 희망을 품고 계속 도전해보라는 얘기를 남기고 싶다.

〈페이스트리〉는 많은 고민과 논쟁을 일으켰던 작품이다. 가독성도 뛰어나고 가족의 사연과 캐릭터도 더없이 잘 만들어냈지만 뭔가 결정적인 것이 없는 게 아닌가 하는 생각 때문이었다. 하지만 여러 번 읽어보니 그 안에 담긴 메시지를 충분히 이해할 수 있었다. 가족이라는 소재가 우리에게 너무 익숙한 나머지 그 안에 담긴 메시지가 새로운 것을 찾아야 한다는 심사위원의 강박 관념에 가려졌던 것 같다. 나름 시원하면서도 현실적인 결말은 작가가 현실에 두 다리를 딛고 글을 쓰고 있다는 걸 깨닫게 해줬다.

〈구독하시겠습니까〉 역시 적지 않은 논쟁을 불러일으킨 작품이다. 자기도 모르는 사이에 사생활이 찍혀서 유튜브에 공개된 여성이 주인공이다. 평범한 사람이 갑자기 미디어에 노출되었을 때 겪게 되는 변화와 그것이 스스로 원한 것이 아니었을 때 어떤 일이 벌어질 수 있는지를 한 번쯤 생각해보게 만든다. 주변의 반응으로 인한 주인공의 절망과 좌절은 과잉 미디어의 시대를 살아가는 우리에게 깊은 울림을 준다. 시시각각 조여오는 불안감과 누가 나를 지켜볼지도 모른다는 초조함이 잘 묘사되어 있다는 점이 높은 점수를 받았다.

〈롸이 롸이〉는 심사위원들이 공통적으로 흥미를 느낀 작품이다. 미세먼지가 심해진 근미래를 다룬다는 점과 예상을 뛰어넘는 후반부 전개 때문이다. 환경 문제로 시작해서 인간의 끝없는 이기심으로 이어지는 전개는 다소 황당해 보이지만 인간의 내면에 담긴 욕심을 떠올리면 충분히 벌어질 수 있는 일이다. 무엇보다 현실에 존재하는 사람들의 대화를 그대로 옮겨온 것 같은 작가의 감각을 높이 사고 싶다. 대화를 쓸 때는 입으로 직접 말해보라는 얘기를 후배 작가들에게 종종 한다. 실제 생활에서 쓰지 않는 단어와 문법으로 구성된 문어체 대화는 가독성을 떨어뜨리고 등장인물의 캐릭터를 약화시키기 때문이다.

〈용옹기이〉 역시 현실감 있는 대화체로 높은 점수를 받았다. 집안의 운명을 망쳤지만, 도로 살릴 수도 있는 책 《용옹기이》를 찾기 위한 주인공의 서글픈 모험담을 담고 있다. 마치 짧은 영화를 보는 느낌이었는데 헬스 트레이너 출신의 주인공 캐릭터는 언뜻 마동석을 떠올리게 했다. 그가 타고 간 열차가 하필 부산행이라는 점 때문에 더 그랬을지도 모르겠다. 심사위원들이 공통적으로 높은 점수를 주었던 점은 지극히 현실적인 설정과 주인공 캐릭터, 그리고 단편에 걸맞은 결말이다. 서사를 충분히 풀어내지 못하는 단편에서 급작스러운 결말은 완성도를 확 떨어뜨리기 때문이다.

〈휴먼 콤플렉스 임상 사례〉는 굉장히 흥미로운 SF다. 굉장히 흥미롭다는 점은 여러 가지 의미를 가지고 있는데 심리학자이자 상담사인 나와, 내담자인 K의 관계를 통해 인류의 미래를 떠올리게 만들기 때문이다. '지구의 절대적 지배자인 인간이 더 뛰어난 지식과 기술을 가진 외계인과 접촉해서 하층민이 된다면 어떤 일이 벌어질까'라는 의문은 오랫동안 계속되어왔고, 앞으로도 계속될 것이다. 인간이라는 것 자체가 콤플렉스가 되었을 때 등장인물이 어떤 반응을 보일지 궁금했고, 인간다운 방식으로 해결한다는 것이 마음에 들었다.

수상자들에게는 축하의 말을 전하고, 탈락한 이들에게는 위로의 말을 전한다. 하지만 내일의 해가 뜨게 되면 우리는 모두 글을 쓰는 한 명의 작가의 자리에 서게 된다. 오늘의 기쁨과 슬픔을 내일 글을 쓰는 원동력으로 삼기를 바란다.

응모작을 여러 날에 걸쳐 꼼꼼히 살폈다. 개인의 컨디션이 감상과 평가에 영향을 주지 않도록 평정의 상태에서 응모작을 대하며 몇 차례에 걸쳐 읽고 또 읽기를 반복했다.

예심에서 탈락한 작품군에서 비슷한 문제점을 발견할 수 있었다. 서사의 기본기는 있으나 구성을 제대로 하지 않아 이야기의 중간부터 서사가 흐트러지는 경우, 리얼리티의 부재, 문체의 문제 등 기본기가 부족한 경우가 많았다. 또 이야기의 재미만을 생각해 표현이 과다하거나 소설적 장치가 부족한 작품도 상당수 있었다. 자기 자신의 이야기를 쓴다는 목적의식 탓에 독자를 인지하지 못하는 경향 역시 두드러졌다. 당선작 다섯 편 〈구독하시겠습니까〉, 〈옹옹기이〉, 〈롸이 롸이〉, 〈페이스트리〉, 〈휴먼 콤플렉스 임상 사례〉는 이런 문제들을 능숙하게 피하고, 단편의 가장 중요한 매력을 살리는 데 성공했다.

〈구독하시겠습니까〉는 유튜브의 폐해와 스토킹을 논하는 스릴러다. 주인공 미이는 어느 날 자신의 일상이 유튜브에 올라가고 있다는 사실을 알게 된다. 미이는 회사의 누군가가 자신을 음해한다고 여기고는 공포에 질린다. 이후 몸을 숨기려 안간힘을 쓰면서도 범인의 정체를 밝히기 위해 노력한다. 그렇게 알아낸 범인의 정체는, 그리고 범인의 행동은 미이를 거대한 부조리의 함정에 빠뜨리고 만다.

〈용·옹기이〉는 공부하는 것보다 돈을 쉽게 버는 일에 관심이 많은 주인공 용수산이 '육사시미도 배 속에 들어가면 직화구이로 만들 만큼 불같은' 형의 심부름으로 부산에 갔다가, 헌책방 골목에서 누런빛의 책 《용·옹기이》를 우연히 발견하면서 인생 역전을 꿈꾸는 이야기다. 작가의 걸출한 입담이 용씨 집안 3대에 걸친 《용·옹기이》를 향한 집착을 멋지게 형상화하는 데 성공했다.

〈롸이 롸이〉는 미세먼지가 세계적으로 심각한 문제가 된 세상, 흡연자가 공공의 적이 된 근미래의 한국이 배경이다. 마약 단속만큼 심한 흡연 단속을 피해 담배를 얻으러 떠난 주인공 일행이 일본 도시 괴담에 등장하는 요괴 '쿠네쿠네'를 맞닥뜨리며 벌어지는 대소동을 호러와 코미디로 잘 버무려냈다.

가족, 아마도 그것은 한마디로 정의할 수 없기에 가족이라고 일컬어지는 것이 아닐까. 소설 〈페이스트리〉가 그려내는 가족이 그렇다. 가게 이전을 하는 떡볶이 장수에게서 산 천막에서 사람들의 화를 풀어주는 페이스트리 합창단. 그들을 들여다보면 밑바닥까지 떨어져도 결코 서로에게서 벗어날 수 없는, 겹겹의 페이스트리 같은 가족의 관계를 되새기게 된다.

〈휴먼 콤플렉스 임상 사례〉는 본격 SF다. 네오테니언과 합성 유전자인, 케미컬 클론, 방사능 돌연변이 그리고 인간이 각각의 계급이 된 미래 우주 사회. 그 속에서 인간이 가장 열등한 존재가 된다는 미래의 시대상을 담담하게 드러낸다. 자칫 어려울 수 있는 본격 SF를 일반 독자가 접근하기 쉽게 형상화하는 데 성공했다.

창밖에 비가 온다. 하염없이 내리는 비는 끝나지 않을 것만 같다. 공모전에 응모하는 마음도 이렇다. 정말 비가 멎을까, 날이 개고 해가 뜰까. 이렇게 기다리는 마음이 작가 지망생의 마음이다. 이번 공모전에서도 비가 그치지 않은 당신에게 응원의 박수를 보낸다. 아직 비는 그치지 않았다. 하지만 해가 뜨는 날은 반드시 올 것이다. 그날이 올 때, 나는 당신의 곁에 독자라는 이름으로 서 있겠다.

이번 공모전을 통해 날이 갠 이들에게는 진심 어린 박수와 응원을 보낸다. 비는 그쳤다. 이제는 당신이 누군가의 태양이 될 차례다. 찬란히 빛날 앞날에 건투를 빈다.

교보문고 스토리공모전
단편 수상작품집 2020

초판 1쇄 발행 2020년 2월 20일
초판 3쇄 발행 2022년 11월 11일

지은이 엄성용 신스틱 희림 반치음 권혜린
발행인 안병현
발행처 주식회사 교보문고
등록 제406-2008-000090호(2008년 12월 5일)
주소 경기도 파주시 문발로 249
전화 대표전화 1544-1900 **주문** 02)3156-3694 **팩스** 0502)987-5725

ISBN 979-11-5909-981-6 (03810)
책값은 표지에 있습니다.